孤高の悪評令嬢は皇弟殿下と契約破棄したい

—手違いで騎士皇弟を使い魔にしてしまいました—

JN230958

藍　川　竜　樹

T A T S U K I　A I K A W A

一迅社文庫アイリス

CONTENTS

序章　始まりは可愛い子猫の里親契約　8
第一章　押しかけてきた過去の過ち　10
第二章　私は可愛い子猫が欲しかった　90
第三章　子猫は獅子になりました　177
第四章　終わりを探して　241
終章　旅立ちの時　301
あとがき　308

KOKOU NO AKUHYOU REIJOU HA KOUTEIDENKA TO KEIYAKUHAKI SHITAI

{KOKOU 6}

CHARACTERS PROFILE

ラドミラ

魔導貴族のドラコルル家の当主で宮廷魔導師。ウィンク一つで魔物を魅了して蕩かす。妖艶な美貌の持ち主。弟妹至上主義でちょっと抜けたところがある。

ルスラン

一夫多妻の隣国イズゼト帝国の皇弟。公女との婚約のため国を訪れた。ラドミラの護衛対象。元は傍系の皇族で、騎士としての能力も高い有能な人物。

用語

ルーア教

空高くにおわす唯一神ルーアを崇める。シルヴェス王国を含む大陸の西部の国々の国教。

シルヴェス王国

聖王シュタールを開祖とする王国。大陸の内部に位置する。国全体が東西文化交流の窓口となっている。

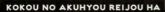

ムシュ、シュフ、フシュ

ドラコルル家と契約をしている魔物。子猫サイズで、竜に似た頭には角があり、背には小さな翼がある。

ウシュガルル

ドラコルル家と契約をしている魔物。褐色の肌に淡い金髪の麗しい青年の姿をしている。

ウームー

ドラコルル家と契約をしている魔物。白い肌に艶やかな漆黒の髪の麗しい青年の姿をしている。

ベネシュ

ラドミラの父親。先代当主の婿養子で、暫定的に代理として伯爵位を継いでいる。

リジェク

ドラコルル伯爵家の長男。騎士見習い。冷え冷えとした一瞥で魔物を凍らせて砕く。

レネ

ドラコルル伯爵家の末弟。ボーイソプラノで子守唄を歌い、竜すら眠らせる。

ルーリエ

ドラコルル伯爵家の次女。魔物を食べることで無力化し滅する能力の持ち主。

ロベルト

平民出の宮廷魔導師。ラドミラの同期で年上の上司。ラドミラの夫候補。

カリエ

シルヴェス王国の公女。婚約者だったルスランの異母弟が亡くなったばかり。

ダーシャ

ラドミラの祖母。禁断の森の中にある庵で隠棲していた。

ジャン

ルスランの母方の祖父。イズゼト帝国の貴族ベルク家の当主で元北方黒鷲騎士団の団長。

イラストレーション◆くまの柚子

孤高の悪評令嬢は皇弟殿下と契約破棄したい
―手違いで騎士皇弟を使い魔にしてしまいました―

KOKOU NO AKUHYOUREIJO HA KOUTEIDENKA TO KEIYAKUHAKISHITAI

序章　始まりは可愛い子猫の里親契約

「治療の対価になにを求める、禁断の森の〈時操りの大魔女〉よ」

言われて小さなラドミラは考えた。ふわふわ紅の髪に白い肌、天使のように愛くるしいラドミラは今年で七歳。秋に妹が生まれるので遠い森に隠棲《いんせい》した祖母に預けられている。つまりお姉さんなのだ。家を離れて一人ぼっちでも寂しくない。そう思うのにその日は祖母も森の庵《いおり》を留守にしていて、母の魔女服《ローブ》にくるまり泣いていた。

そこへ訪れた老騎士がラドミラを祖母と勘違いしたのだ。困り顔で瀕死の猫を差し出した。

「どうか救って欲しい。貴女《あなた》ならできると聞いた」

ラドミラは魔導師一族の直系だ。生まれたときから周りに魔導があった。幼くても傷の治療ならお手のものだ。無事、治すと騎士から報酬を聞かれた。

甘いお菓子も綺麗《きれい》なドレスもいらない。欲しいのは母の温もりだけ。

そのとき騎士が抱く猫が目に入った。お腹《なか》の大きなお母さん猫だ。この猫の子なら可愛《かわい》いだろう。そう考えたときラドミラは素敵なことを思いついた。この国の魔女は嫌われ者だ。ラドミラに家族の他に話せる人はいない。でも猫なら友だちになってくれるかもしれない。いや、使い魔にすればずっと一緒だ。なんてよい考えだろう！

さっそくローブで顔を隠したまま厳格な祖母の口調を真似《まね》て要求する。

「今そなたの邸《やしき》にいる子の中で一番、若い命をよこすがよい。我が従者とする」

これから生まれる子を母猫から奪うのはかわいそうすぎる。だからもう独り立ちしただろうお兄さんかお姉さん猫をもらおう。〈お姉さん〉の自分とお似合いだ。きっと仲良くなれる。

騎士も重々しくうなずいた。

「うむ。あいわかった。だがあの子はまだ幼い。一人で立てるようになってからでも良いか。あれの母も悲しむ。幼いうちは手元におくことを許してくれ」

猫を飼ったことのないラドミラはそんなものかと納得した。報酬の遅延を承知し正式な使い魔契約を交わした。

だがその後ラドミラの手に猫が届くことはなかった。気位の高い騎士や貴族が魔女との約束をやぶるのはよくあること。哀《かな》しく思ったがあきらめ、忘れることにした。

そしてそれらの出来事を思い出したのは十二年後、王宮の夜会に出席したときだった。

国賓として招かれた隣国殿下に壁まで追い詰められて顔の横に手をつかれ、もう片方の手で握った剣を突きつけられ、殺気だった顔ですごまれたのだ。

「責任をとってもらおうか」と――。

第一章　押しかけてきた過去の過ち

1

「隣国の皇弟ルスラン殿下たってのご希望だ。宮廷魔導師ラドミラ・ドラコルルに今宵《こよい》の歓迎式典への出席を命じる。陰ながら殿下を護衛するように」

ラドミラが上司を介して急な王命を告げられたのはとある初夏の午後。

急逝した母に代わり、魔導貴族家の名門ドラコルル家の爵位を継いで一年が過ぎたころ。当主としてはまだ年若なので婿養子である父に後見を頼み、四人姉弟妹《きょうだい》の長姉として家長役をこなしつつ二十歳の誕生日がくるのを待っていた、六の月のことである――。

その夜、シルヴェス王国が誇る王宮、ヴェスティア宮は眩《まばゆ》いばかりの光に満ちていた。

国賓の歓迎式典がおこなわれるのだ。

広間には無数の燭台《しょくだい》が輝き、飾られた初夏の薔薇《ばら》が馥郁《ふくいく》と薫る。集った貴族が優雅に扇をひらめかせ、軽やかな笑い声をたてていた。

そんな中、ぽつんと目立つ空白がある。

皆が畏怖《いふ》と蔑《さげず》みの目を向け避ける一画。その中心で孤立し、それでも顎《あご》を上げ孤高の女王のように君臨しているのは一人の令嬢だ。

人の目を惹《ひ》かずにはいないすらりとした長身。炎を溶かしたような深紅の髪に重たげな睫《まつげ》が影を落とす琥珀《こはく》の瞳《ひとみ》。蠱惑《こわく》の唇は紅を塗らなくとも蜜《みつ》のように艶《つや》めき、しなやかな細腰は官能的ですらある。あでやかに翅《はね》を広げた揚羽蝶《あげはちょう》めいた、少々きつめの美貌《びぼう》の乙女《おとめ》。

十九歳になったラドミラだ。

魔導貴族とは魔導王国として名高いこの国特有の呼称。魔導の技をふるうことで国に貢献し、爵位を得た者を指す。ドラコルル家は魔導貴族の叙爵第一号の由緒ある世襲伯爵家だ。

が、爵位を得、王の庇護《ひご》を受けても魔導貴族の社交界での地位は低い。昔ながらの領地をもつ封土貴族や武勲をたてて叙爵された騎士貴族からは成り上がりと蔑視《べっし》されている。

おかげでラドミラに〈友だち〉はまだいない。広間にいても人が周りを避けていく。

「……おい、なにをやってるんだ」

見かねたのか、同僚である宮廷魔導師ロベルトがラドミラを迎えにきた。

栗色《くりいろ》の髪にヘイゼルの瞳。二十四歳になるロベルトは平民出の叩《たた》き上げだ。ラドミラより五歳年長だが魔導の塔に入った時期は同じ。なので同期の気安い間柄でもある。

髪をきちんとうしろになでつけ、宮廷服の上に魔導師のローブを羽織った、いかにも有能な文官といった堅苦しい風貌《ふうぼう》の彼はラドミラのドレスを見るなり苦虫を噛《か》みつぶした顔になる。

「そんな目立つ護衛がどこにいる。だから俺《おれ》と同じにローブにしておけと言ったんだ」

「隅でこそこそするのは性に合わないもの。それに今夜は隠密の護衛でしょう？」

なら、ローブ姿はかえって目立つ。

ラドミラは宮廷魔導師であるだけでなく貴族だ。

「私はふだんから女伯爵として社交界に出入りしてるのよ？　この式典の招待状だってもってる。それでローブなんか着て隅に控えたら護衛ですと公言しているようなものじゃない」

どうせ〈ぼっち〉になるなら壁際ではなく真ん中で。

それがラドミラの生き方だ。

そんなところも可愛げがないと陰口を叩かれる由縁だが譲る気はない。これから自分のあとを追い、社交界に入る可愛《かわい》い弟妹《きょうだい》たちには自信に満ちた長姉の背を見せたいのだ。

そもそもラドミラを護衛に選んだ時点で隠密性がどうというほうが間違っている。

「私がお固く、地味に装って目立たなくなると思う？」

問いかけるとロベルトが渋い顔で口を閉じた。

当然だ。ラドミラはどんな服でも目立つ。今宵の装いは初夏の夜らしい濃紺のドレス。動くたびに衣擦《きぬず》れの音がするサテン地で、黒いレースと刺繍《ししゅう》で飾られた襟ぐりがＶの形に開き、少し下がった肩部分にパフスリーブの小さな袖《そで》がついている。ほっそりとした腕を覆う長手袋は肘上丈。品良く大人っぽい一揃《ひとそろ》いだ。

ラドミラは着飾るのが好きだ。ごてごてと派手な成金趣味にする気はないが、自身に似合う色や素材を厳選し、光を透かせた宝石が肌に色のついた影を落とすのを見たり、官能的な絹の肌触りを楽しむのは好きである。

もちろん最初は空気を読んで地味にまとめもした。宮廷魔導師になってすぐのころだ。

新参だし、悪目立ちするのは良くないとドレスの裾《すそ》を膨らませるバッスルも外し、リボンやフリルの装飾もはぶいた黒一色の魔女服をまとった。が、装飾が一切ないドレスというものはごまかしもなく体の線を際立たせてしまう。黒もまたしかり。黒は華やかな色なのだ。喪服の黒は着る者を三割増し美しく見せるというが、魔女服の黒も魔導師ローブの暗色もラドミラの深紅の髪や白い肌を際立たせ、奥にある艶《なま》めかしい肢体を想像させてしまう。

詰め襟の禁欲的な騎士服の男装も同じく。一度着てみたら騎士たちに鼻血を出させ、同僚の魔導師だけでなく王宮に出入りする女性たちからも「あざとい」と反感をかった。

まさに歩く媚薬《びやく》。お仕事服が倒錯仮装にしか見えない。

ならば清楚《せいそ》系はどうだと鈍色の修練女服を着て施療院の手伝いにいったこともある。結果、あまりの違和感に入院中の子どもが怯《おび》えて泣き出し、聖職者たちから魔導の塔に風紀粛正の要請が届いた。〈背徳的〉衣裳《いしょう》は封印するよう書面で求められたのだ。

化粧もしない素顔で優しく微笑《ほほえ》みかけただけなのに派手すぎて怖いとは、解せぬ。

以来、開き直って好きな格好をしている。

こんなラドミラの服装事情は魔導の塔の者なら皆知っている。なのになぜ〈影ながら護衛〉などというむちゃな王命を受諾したのか。

(誰《だれ》か使者殿に進言する者はいなかったのかしら)

しかも護衛対象の皇弟はまだ若い男性と聞く。

「いいの？　私に護衛なんかさせて。今ならまだ間に合うわよ」

あとから文句を言われないように牽制《けんせい》しておく。ラドミラは容姿が派手なだけでなくとある悪評もついて回る。男を惑わす魔女という評判だ。

もちろん誤解だ。魔導師を縛る魔導法が制定された今、人の心を操る違法行為はありえない。なのに古い伝承が残るこの国では魔女は今でも大釜《おおがま》で惚《ほ》れ薬はじめ妖《あや》しい薬をつくると思われている。そのうえラドミラの一族は代々退魔の異能をもつのだ。

ラドミラに発現したのは魔物を魅了する力。魅惑の眼差《まなざ》しで体を蕩《とろ》かし溶かしてしまう。魔物にしか効かない力だが、人にも有効と思われているのだ。

夜会に出ればまっとうな貴族は近づかない。それどころか既婚男性からは「違うんだ、あの女が誘ってきたんだ、俺は悪くないっ」とよそ見をしたことを妻に咎《とが》められたときの言い訳につかわれる。女性陣からは「あの人が魅了の技をつかったから私はふりむいてもらえなかったのよ」と、目当ての彼と踊れなかった八つ当たり砂袋《サンドバッグ》にされる。

毎回たいへん迷惑している。おかげで十代にして恋愛に嫌気がさした。隠居したい。

それでもラドミラは伯爵家当主だ。後継者が必要だ。なので子ができたら離縁する前提で、次代に魔力を受け継がせる素質のある同僚に契約結婚の取引をもちかけ了承をもらった。

もう婿を探しに社交界に出る必要はない。今夜も「護衛」の王命には病欠届けを出した。邸《やしき》で弟とゆっくり過ごすつもりだったのに仮病をつかうなと名指しで呼び出された。

空気を読んで欠席を決めたのに、解せぬ。

「先方からの求めだ。隣国殿下は政敵に雇われた魔導師に命を狙《ねら》われている。我が国に来る道中でも毒を盛られたそうだ。宮廷魔導師として籍をおく者はすべて護衛として広間に揃えて欲しいと言われた。君は腕利きだ。外すわけにはいかない」

ラドミラの不満を受けてロベルトが説明する。彼は平民出だが優秀だ。魔導研究以外は興味のない世捨て人のような魔導師が多い中、世俗の権力にも欲があるためラドミラと同期の若造ながら塔の副長に抜擢《ばってき》され、王宮との折衝にあたっている。なので事情に詳しい。

ちなみに彼は婚約中及び結婚中はドラコルル家の名を利用可能にすること、一族が集めた文献を読み放題にすることを条件に、ラドミラの契約夫になることを承知している。

つまり先ほどからただの同僚として話しているが、ラドミラの婚約者だったりする。

恋愛感情は互いに一切ないが。

ラドミラに劣らず、魔導師としての野心はあっても恋心は枯れきった彼が淡々と隣国事情を分析する。

「隣国では二年前の政変以来、今でも政争が続いている。国賓として招いた皇族を我が国で害されるわけにはいかん。君も聞いただろう。今回来訪したルスラン殿下の異母弟、カリエ公女殿下の前婚約者だったジェミル殿下は二月前に急死したばかりだ」

この国の王族であるカリエ公女は国交のため四歳のときに隣国皇族と婚約した。その婚約者が死亡し、新たに婚約者となったのが本日、訪れた皇弟ルスランである。

「逆に言うと、そんな危険な、弟君の喪にも服さないといけない時期にどうしてわざわざ警護の難しい他国に来るの。はっきり言って迷惑なのだけど」

皇弟ルスランの訪問目的は表向き外遊となっている。が、実際は亡き異母弟の代わりに婚約した公女カリエとの初顔合わせだ。そのことは王宮関係者なら誰でも知っている。

「公女カリエ様は十歳よ？　結婚できるのはまだ先。会うのを急ぐことないのに」

そもそも年齢の釣り合っていた前婚約者が変死して二月しかたっていない。

「幼い同士だったけど相手もひんぱんにカリエ様のもとを訪れて関係は良好だったと聞くわ。

ルスラン殿下との再婚約も顔会わせももう少し先に延ばせなかったのかしら」

カリエも前婚約者もまだ幼く二人の間に恋心が育っていたかは不明だが、近しい者が死ねば誰でも落ち込む。なのにすぐ次の婚約者をあてがうとは国の問題があるにしてもひどい。

カリエと年齢の近い妹をもち、母を一年前に亡くしたばかりのラドミラとしては他人事《ひとごと》ではない。妹がそんな目にあったらと考えるだけでぞっとする。

「上の考えることはわからないわ。カリエ様は道具じゃないのよ」

「それだけ先方が我が国の魔導に興味があるということだ。国王陛下は渋られたが、隣国皇帝自ら強く要望してきたらしいぞ」

遠い異国のことで真偽は不明だが、うわさによるとジェミル殿下の死は無残なものだったそうだ。警戒厳重な皇宮にいながら、魔物に喰《く》い殺されたのだとか。

「隣国は大気に漂う精気《メラム》が薄く、魔物が少ない分、魔導術も発達していない。広間に揃えた魔導師の中に護衛につかえそうな者がいれば連れ帰りたいのが本音だろう。我らが国王陛下は身内には甘い。可愛い姪《めい》公女の婚約者を守るためなら宮廷魔導師も派遣する」

「私が派遣組に選ばれないことを祈るわ。十歳の女の子を政治に利用する国なんて信用できない。それに私は弟妹たちのいるこの国を離れる気はないもの」

そのときだ。

侍従が広間の奥扉を開き、王と皇弟ルスランの入場を告げた。

「いよいよか」

ロベルトがつぶやいて玉座のほうへ向き直る。歓談していた貴族も会話をやめ、王を迎えるため序列順に並び直す。その列に加わりながらラドミラは護衛として辺りに気を配った。

気は進まないが出席した以上、目の前で皇弟を害されるわけにはいかない。

(さて、どんな皇弟殿下が現れるのかしら)

どうせ守らないといけないなら、弟妹たちのような可愛い相手のほうがやりがいがある。

考えていると、貴婦人たちの間から熱のこもった感嘆の吐息があがった。

「まあ、あの方が殿下?」

「なんて素敵な御方でしょう!」

現れたのはたしかに淑女の吐息に値する美青年だった。

ルスラン・イズィール、今年で二十一歳になる青年皇族だ。天からの光を紡いだような黄金の髪に紺碧《こんぺき》の海を思わせる青い瞳。繊細なつくりの顔立ちは彫りも深く、男らしい。無駄のない鞭《むち》のようにしなやかな長身は逞しく、彼がただのお飾り皇族ではないことを示している。純白の手袋に覆われた大きな手は自ら剣を取る騎士のものだ。

独自の宗教をもつ一夫多妻制の隣国、イズゼト帝国の帝室は代々後宮によりすぐりの美女を集めるため美形揃いと聞いたがほんとうだ。

だが想像外の麗しさよりも、ラドミラは皇弟ルスランを目にして驚いた。

いや、正確には、どくりと心臓が跳ねた。

(どうして……!?)

彼からは、濃厚にラドミラの気配が薫ったのだ。魔力の残り香が。

上から見慣れない呪《じゅ》がかけてある。帝国独自の呪《まじな》いだろうか。そのせいで察知しにくくなっている。うまく隠されて、塔でも腕利きの部類にあるロベルトも気づいていない。それでも彼の体から濃く発散されるのはラドミラの匂いだ。

(どういうこと？　初めて見る人よね??)

宮廷魔導師は国の宝だ。存在は国家機密扱いで特権を与えられる代わりに行動を制限される。ラドミラはこの国から出たことがない。当然、隣国皇族とも会ったことがない。

なのに濃く薫る魔力。自分の感覚が狂っているのだろうか。この一年は母の死を悲しむ間もなく伯爵家を背負って立たねばならず忙しかった。つかれが出ているのかもしれない。

そう思うのに目が離せない。どくどくと胸が脈打つ。

まるでわかたれていた半身にようやく会えたような。目が、心が惹きつけられる。

「ラドミラ？」

ロベルトが怪訝《けげん》そうな顔をする。が、そちらに意識をむける余裕がない。王が式典の開催を告げ、皆が杯を手に乾杯をおこなう間も少しも動けず、ひたすらに壇上の彼を凝視する。

王が壇上の椅子に腰掛け、上位貴族から順に進み出て交流が始まったそのときだ。

皇弟がこちらを見た。ばちりと目が合った。

とたんに彼が動いた。壇を降り、真っ直《す》ぐにラドミラのほうに向かってくる。

いや、それはありえない。ラドミラは陰から護衛を命じられただけだ。事前の顔会わせもしていない。こちら目当てのわけがない。彼の興味を引くなにかが進行方向にあるのだろう。

国賓の行く手を遮らないよう、ロベルトともども脇《わき》へ避《よ》け、一礼したときだ。

「あっ」

声がして、皇弟が手にした杯を傾けた。ついうっかり。よそ見をしていて均衡を崩した。そんなささいな仕草だった。杯の中身が控えていたラドミラにかかる。国賓の前で魔導の技をふるうわけにはいかない。甘んじて受けた飛沫《ひまつ》はラドミラの長手袋に濃い染みをつくった。

「おや、これは申し訳のないことをした。君の手袋が濡《ぬ》れてしまった」

皇弟が足を止め、凛々《りり》しい眉《まゆ》をひそめる。

「私の不手際だ。すぐ替えを手配しよう。階上に控えの間がある、一緒に来るといい」

「え、あのっ」

辞退する暇もなかった。皇弟自ら一伯爵でしかないラドミラの腕をとり広間から連れ出す。

皆が驚き、ざわめくのに背を向け、そのまま階上に連れていかれたラドミラは彼に与えられたものだろう四間続きの豪奢《ごうしゃ》な一室に連れ込まれた。しかも皇弟は扉脇の護衛も追い払う。

「しばらく誰も来ないように」

命じてお付きが待機する隣室との境の扉を閉めてしまう。あっという間に二人きりになったラドミラは頭を抱えたくなった。なぜに婚約者との顔合わせにきた国賓殿下と密室にこもらないといけない。あとにしてきた広間でどんな悪評をたてられているか考えるだけで怖い。

「殿下、失礼ながら……」

無礼を承知で声をかけたところで、相手の態度が豹変《ひょうへん》した。

「貴様がすべての始まり、元凶の魔女か」

物騒な言葉とともに、さきほどまでの清々《すがすが》しい青年皇族の仮面が剥《は》がれ落ちる。憎しみさえこもった目でにらまれた。

(嘘《うそ》、ちょっと待って、どうして私がそんな目を向けられないといけないのっ)

心当たりが一切ない。

彼がずいと歩を進める。

迫力に押されてラドミラはあとずさった。そのまま壁際まで追いつめられる。額に怒りの青筋を浮かべた皇弟殿下に、どんっ、と顔の脇に手をつかれた。逃げられない。

……なにがどうしてこうなった。

◇◆◇　◇◆◇　◇◆◇

彼女が顔をひきつらせ、背にあたった壁にへばりついている。

ようやくのことで見つけ出し、追いつめた〈性悪な魔女〉であるはずの女が目をぱちくりさせて、ルスランは舌打ちをしたくなった。

思った以上に美しい女だった。小さな白い顔に、完璧《かんぺき》な目鼻立ち。ふだん女性に関心のないルスランでも彼女が美女の類《たぐい》に入ることは理解できる。

だが、この女のせいで母は死んだ。なのにまったくわけがわからないといった、邪気のない表情をしていることにいらだちがこみ上げる。

ルスランは皇帝の弟だ。異母兄である現皇帝に子が生まれなければ帝位を継ぐかもしれない尊い身分にある。だが最初からそうだったわけではない。

帝国は一夫多妻の国だ。当然、皇帝には妻が多くいて、ルスランの父は祖父帝の数いる子の一人にすぎなかった。祖父帝と父は昔から折り合いも悪く、皇太子も別にいた。父の側妃であった母もルスランを産んだあとは宮廷を辞し、実家であるベルク子爵家の別邸に隠棲《いんせい》していた。ルスラン自身も父からの関心が薄く、帝位が回ってくることはまずない傍系皇族として身分を意識することなく育った。子爵家当主であり、帝国最強といわれる黒鷲《くろわし》騎士団を率いる祖父や、伯父一家と同じく将来は騎士として身をたてるつもりで鍛錬を積んでいた。

あれは九歳になったときのことだ。

いつも通り本邸に遊びにいき、七人いる従兄《いとこ》たちと木剣で騎士のまねごとをしていた。

突然、胸に痛みが走り、妙な刻印が浮かび上がったのだ。

呼ばれた医師も原因がわからず、体中すべてをつくり替えるような痛みと高熱にルスランは耐えた。三日三晩うなされ、ようやく回復したときには胸の刻印も消えていた。

家族一同安心したが以来不思議なことがルスランの身に起こった。怪我《けが》をしても治りが早い。病にかかることもない。小鳥や狼《おおかみ》といった野生の獣がルスランを恐れて近づかなくなった。馬や猟犬など邸で飼う生き物には変わらず接することができたし、騎士を目指すうえで頑健な体は有利だ。が、自分でも少し気味が悪かった。

それに胸から乾きが去らないのだ。

誰か、魂を捧げる相手を求めずにはいられないような。

夢に見るのだ。毎夜、目をつむるとどこからともなく甘い、愛らしい声が聞こえる。自分を呼んでいる。『早く来て、私はここよ』『大好きよ、私の使い魔さん』と。

当時は祖父も政争で命を落とし、目標としていた騎士団への入団も魅力を感じなくなっていた。だから伯父や従兄たちに相談しても「騎士として生きがいを求めているのではないか。剣を捧げられる相手ができれば落ち着くさ」と助言され、体のことは家族以外には言わないようにしろと口止めされるだけだった。万一、体の不思議を知られ、魔神と契約を交わしたせいだとでも疑われれば神学者の手で宗教裁判にかけられかねないからだ。

そのうち祖父帝が崩御し、なぜか父が帝位についた。くりあがってルスランも皇子となり、その後、異母兄が即位したことで皇弟になった。

だが父にも異母兄にも跪《ひざまず》くのが苦痛でしかなかった。

頭のどこかで、自分が膝《ひざ》をつく相手は他《ほか》にいると思えてしかたがなかった。

そんなときだ。祖父の部下だった男がベルク子爵家を訪ねてきた。まだ若いのに騎士を引退することにしたという。それで敬愛していた祖父の墓に参り、遺族と思い出話をしたいとやってきたのだ。たまたま子爵家にいたルスランも伯父たちとともに同席した。

そのときだ。男が言ったのだ。「そういえば大魔女殿に猫を贈ったのですか」と。

「以前に団長殿をお送りしてこの邸に来たときも今も猫がいる様子はないのですが、あのとき正式な契約を交わしておられたでしょう？」

詳しく聞くと、祖父は死の直前、彼を供につれて内密に隣国に渡っていた。

「ご存じありませんでしたか。まあ、団長は団のことを他にもらす方ではありませんでしたが。もう時効ですから話してしまいましょう。当時は先々帝の寵姫《ちょうき》が自身の勢力拡大を謀《はか》っていましてな。折り悪く団長配下の騎士が御前の馬上試合で馬場に飛び出した寵姫の愛猫を蹄《ひづめ》にかけてしまったのです。猫は皇帝下賜のもので寵姫はその罰を口実に騎士団幹部すべての首を刎《は》ね、自分の息のかかった者に代えろとむちゃを言ったのですよ」

当時の皇帝は寵姫に骨抜きにされていて、騎士団自体がつぶされそうな状況だったとか。

「それで騎士の一人が禁断の森の魔女に頼ってはどうかと言い出したのです。時操りの大魔女なら死にかけた猫も助けてくれると」

　言い出した騎士は帝国北方の出でシルヴェス王国とも往き来があり魔女のことを知っていた。魔女や魔導師はもちろん魔物がほとんどおらず、〈魔神〉と呼ばれる太古の神の末裔《まつえい》が細々と僻地《へきち》に生息しているだけの帝国では考えつかない解決法だった。

　だがそれしかないと祖父は猫を連れ、隣国との間にある内海を渡ったそうだ。そして治療の代償に〈今そなたの邸にいる子の中で一番、若い命〉を差し出した。

　それを聞いてルスランは愕然《がくぜん》とした。

　つじつまが合うのだ。〈一番、若い命〉の部分を自分に置き換えれば。

　胸に妙な刻印が浮かび、体がつくり替えられるように痛んだこと、その後の体の異変。

　それらが使い魔契約とやらをした結果であれば？

　動揺を隠し、さらに詳しく聞いてみれば〈若い命〉の届け先に指定された木の洞《ほら》とやらを見にいく際に彼は魔女の隣を歩いていたそうだ。そのときに魔女から「できれば受け取る子猫の毛色は温かなクリーム色がいい」と、こっそりささやかれたのだとか。

「存外、愛らしい願いを口になさるので拍子抜けしましたよ。猫とはいえ命を引き戻す魔導術の対価なら、櫃《ひつ》いっぱいの金貨や宝石、いえ、こちらの命を引き換えに要求されてもおかしくない。実際、最初に聞いたときは団長殿のご家族を贄《にえ》に差し出すよう言われたと思いました。ですがよく聞いてみれば子猫とは、魔女殿も欲のないことで」

見た目と違い妙に老人めいた話し方をする彼はそう朗らかに笑って帰っていったが、その場にいたベルク子爵家の皆は蒼白《そうはく》になった。

確信したのだ。祖父は孫の一人、つまりベルク子爵家の子を差し出すよう魔女に言われたと考えたのだと。頭を抱えた伯父がうなるように言った。

「……我が親父殿は騎士として尊敬に値する人物だった。だが柔軟な考え方のできない堅物でもあった。皇帝陛下の命は絶対と考える忠義の人だったあの親父殿が騎士団存続を懸けた命の対価に子猫を一匹などと軽く考えるわけがない」

そもそもその母猫とやらは寵姫のものでこの家に猫などいないのだ。

「他に知られないうちに手を打つぞ」

伯父が宣言した。当然だ。祖父にその気がなくとも皇族を代償に差し出したのだ。帝室に対する重大な大逆罪だ。契約を交わした祖父含め一族すべてが罪を問われる。

それだけではない。ルスラン自身、皇族の身で他国の魔女の従者になるなど大醜聞だ。帝国に長子優先の帝位継承法はない。毎回、代替わりの度に荒れるのだ。野心がなくとも外戚どもつけいる隙《すき》を狙われる。この件が公になれば命がない。

すでに子爵家では犠牲を払っている。政敵の讒言《ざんげん》で処刑された祖父だけではない。ルスランの体質を不審に思った政敵が「側妃は魔物と密通し殿下を産んだのだ」と密告し、ルスランの母は神学者たちの前で自ら命を賭《と》した真偽の神託をおこなうはめになり、死んでいる。

「……フェリハの死を無駄にしてはならない」

身の潔白を訴え、自害した妹を心から愛していた伯父が低くうなりながら言った。

それからは子爵家をあげて情報を集めた。禁断の森の大魔女がすでに故人となっていたことには驚いたが、ルスランにかけられた〈契約〉はまだ生きている。騎士が見た魔女はローブに身を隠していたが幼かったというし、祖父が会った相手は弟子だったのかもしれない。

魔女を異端とするルーア神の教えが大陸に属するほとんどの国で国教となっている今、魔女が生きることを許された国は隣国シルヴェス王国しかない。今まで一度もこちらに接触してこなかったが、祖父と契約した〈魔女〉が生きているならきっと王国内にいる。

ちょうどそのときなにも知らない兄帝から、亡き異母弟ジェミルに代わりシルヴェス王国の公女と婚約するようにと命令された。

魔女の使い魔となった身で誰かを娶《めと》る気はない。だがこれで堂々と隣国へいける。

大魔女の代理を務めたほどの魔女なら腕もいいはずだ。魔導王国といわれる隣国の王なら存在を把握しているだろう。宮廷魔導師に召し上げているかもしれない。

さいわいというべきか皇族は常に命の危険に晒《さら》されている。「道中、政敵が雇ったらしき魔導師に狙われた。厳重な警護をお願いしたい」と理由をつけて歓迎式典の場に宮廷魔導師を集めてもらった。護衛には魔導師を、できれば魔女を交ぜてくれるよう希望も出した。魔導師たちが集う〈魔導の塔〉を見学する許可も願い出た。公務の予定が押すなか、できうる限り魔導師や魔女を目にできる滞在予定を組んだ。

集った魔導師の中から彼女を見つけられる自信はあった。

一度も会ったことがなくとも九歳のときからずっとその気配を感じていた相手だ。

実際、隣国に近づくにつれ、息苦しいような焦りと胸苦しいまでの興奮を覚えた。それは歓迎式典がおこなわれる広間に足を踏み入れた瞬間に最高潮に達した。

このどこかにいる。

そして壇上からこちらを見上げる金色の目を見た瞬間に「彼女だ」と確信した。

あとは相手がよけいなことを口走らないうちに別室に連れ込み、口止めをし、契約を解くように要請すればいい。

だがようやく会えた彼女はこちらのことを綺麗《きれい》に忘れていた。

その紅の唇で「あなたが私の使い魔ね」と憎らしいことをつぶやくこともない。

子猫との取り違えが起こっていることに不思議そうに首を傾《かし》げることも、謝ることもない。

なんのことかわからないとばかりに目を瞬《まばた》かせながらこちらを見上げている。

（被害者は覚えていても加害者は忘れるものというがこれはあんまりではないか……）

なんのために祖父は決断し、なんのために母は死んだのか。

彼女のせいで辛苦をなめたのに、使い魔としてすり込まれた本能からか彼女を憎みきれずにいた。それどころかいつのころからか夢にさえ出てきてくれなくなった彼女をひたすらに追い求め、一目会いたいと切ない焦がれる心で願っていたのに。

そのときルスランの胸を占めたのは忘れられたことへの怒りか、失望か。自分でもわからない。だがこみ上げる激情を抑えきることはできなかった。騎士として叩き込まれた守るべき淑女に対する礼節のすべてをかなぐり捨て、剣を抜く。目の前の魔女に突きつける。

「責任を、とってもらおうか」

万感の想いを込めて低くささやいた、その瞬間だ。

「ぐっ」

全身を貫く痛みが走り、ルスランは思わずその場に膝をついた。本能で悟る。

どうやら〈使い魔〉は〈ご主人様〉に剣を向けることはできないらしい。

◇◆◇　◇◆◇　◇◆◇

「で、殿下!?」

ラドミラは驚きのあまり目を瞬かせた。どういうことだ。問答無用で部屋に連れ込み、剣を突きつけたと思ったら、皇弟殿下が床に膝をついた。苦しそうに胸を押さえ悶《もだ》えている。

わけがわからない。

だが国賓であり護衛対象である彼を苦しませたまま放置できない。魔導師は薬師も兼ねるのだ。いそいで助け起こそうとその体に触れて、ラドミラの手がびくりと跳ねた。

この、感触。彼の体から、ラドミラと主従契約を結ぶ、使い魔契約の波動が伝わったのだ。

ありえない！

愕然として手を引くと、彼が顔を上げた。こちらを見て痛みをこらえるかすれた声を出す。

「私に覚えがないか、禁断の森の〈時操りの大魔女〉よ。正確には私の祖父を覚えていないか。十二年前のことだ」

〈時操りの大魔女〉と、祖母の二つ名を言われてラドミラは思い出した。一度だけ、ラドミラは使い魔契約をおこなったことがある。祖母のもとで過ごした子どものころだ。人里離れた深い森で厳しい祖母と過ごす日々が寂しくて、子猫が欲しいと願ったのだ。

「……思い出したわ。そういえばそういう契約をした！」

ラドミラが使い魔契約をおこなったのはあれが最初で最後だ。

猫を相手に里親約束ではなく使い魔契約を結んだのは、母がドラコルル家に代々仕える高位の使い魔を使役するのを見て憧《あこが》れていたからだ。

それに、もうすぐ妹が生まれるから。

そのころのラドミラはすでに魔女や魔導師に対する人の負の感情を理解していた。だから姉として家族を守るため絶対に裏切らない、生涯傍《そば》にいてくれる〈味方〉が欲しかったのだ。

「でもどうして。私が要求したのは子猫よ。それがなぜこんな大きな人が来るの」

「命に関わる治療の対価が子猫の譲渡ですまされるわけがないだろう！　祖父は『今そなたの邸にいる子の中で一番、若い命』と要求されて、孫を差し出せと言われたと思ったのだ！」

疑問に思って聞くと、額に青筋を立てて突っ込まれた。

もちろん今のラドミラなら命に関わる治療の価値は知っている。だが当時は人に報酬を要求したのも初めてで、治療の対価がそれほど高価とは思わなかったのだ。

それにあのときの自分は勝手なことをしたと祖母に叱《しか》られるのが怖くて顔を隠していた。

「……正体がばれないように祖母を真似《まね》て重々しいわかりにくい言葉をつかった自覚はあるわ。はっきり子猫が欲しいと言わなかった私も悪かったけど、まさか自分の孫を、しかも皇弟殿下を要求されたと勘違いして差し出すほうにも問題はない？」

「それには注釈がつく。当時は祖父の首だけでなく騎士団全体の存亡がかかっていた。魔女に孫を寄こせと言われても断れない状況だったのだ。そして祖父が孫とはいえ皇帝の血を引く者を贄にするはめになったのは不幸な偶然が重なったからとしか言えない。祖父は断腸の思いで伯父の子を想定したのだと思う。子爵家の七人いた男子の末弟にあたるセミフを。たまたま私が本邸に遊びに来ていたからややこしいことになったのだ」

「……〈魔物と旅人の知恵比べ〉の逆が起こったのね」

事情を話されてラドミラは言った。〈魔物と旅人の知恵比べ〉はこの国に伝わる昔話だ。

――とある旅の男が半年ぶりに故郷に戻る途中で道に迷った。死にかけていたとき魔物に声をかけられた。「お前の家で次に生まれる子をよこせば助けてやる」故郷では羊飼いだった男は季節柄求められたのは次の春に生まれる羊の子かと思い、承知した。だが家に帰って驚いた。旅だったあとに長らく子宝に恵まれていなかった妻の妊娠がわかり、大きな腹をしていたのだ。さては魔物はこの子を狙ったか。困った男は森の賢者に相談にいった。すると賢者は妻より大きな腹の、身ごもったロバを差し出した。魔物が約束の報酬を受け取りに男の家にいくと、先に生まれていたのはロバの子だった。魔物は地団駄を踏んだが「契約は契約だ」とロバの子を連れて去り、妻の子は助かったという。


「でもそれならどうしてもっと早く言ってくれなかったの。すぐ解呪したのに」

「そのことだが私も最近まで君の存在を知らなかったのだ」

彼が言うにはあのときの老騎士は国に戻るなり邸には寄らず、直接、猫を届けようと皇宮にいる寵姫のもとに向かったそうだ。

「だがその場で政敵からの讒言にあい捕われ、処刑された。……当時も宮廷は荒れていたからな。なので祖父は私が使い魔にされたことを知らないまま死んだ。祖父からなにも知らされなかった私たちも同様だ。君こそおかしいと思わなかったのか。意図したことではないが祖父は報酬を未払いにしたのだろう？」

「それはよくあることだったから。この国での魔女や魔導師の扱いはぞんざいなの。報酬を踏み倒されるのはしょっちゅうよ。だから約束を守らせるための契約魔導があるのだけど、あのときの私はまだ幼かったから。うまく契約魔導が発動しなかったと思ったのよ」

それにあのあとは無事、妹が生まれて家に戻った。先に生まれていた弟もいたし三年後には母がさらにもう一人弟を身ごもり、ラドミラには三人の弟妹ができたのだ。可愛がる相手がいっぱいで猫への渇望も薄れた。同時に始まった次期当主としての教育も忙しかった。

（それにしても。私が欲しかったのは可愛い猫の子だったのに）

十二年の歳月を経てようやく届いた報酬は、ラドミラより三つだけとはいえ年上の、お世辞にも〈小さくて愛らしい〉とはいえない成人男性だった。髪色は金で、希望したクリーム色の毛皮と似ていなくもないが、こちらを見下ろす高い背丈が残念すぎる。

「……こうして見ていてもあなたが私の使い魔なんて、信じられないわ」

いろいろあった衝撃で、ラドミラは皇族相手に完全にため口になっている。

先方も他で頭がいっぱいなのか指摘もしない。

それで現実感が麻痺《まひ》したのかもしれない。傲慢《ごうまん》なまでに整った顔の隣国殿下がほんとうに自分の従属物なのか、確認したくなった。言ってみる。

「お手」

差し出したラドミラの手に、相手が、ぽん、と間髪入れずに大きな手をおいた。

二人で重なった手を凝視する。

それから、ルスランが手を離した。とびすさるようにしてラドミラから距離をとる。重ねてしまった自分の手をかばい、こちらをにらみつける。

「貴様っ」

「……ごめんなさい。悪ふざけがすぎたわ」

まさかほんとうに言うことを聞くとは。血のつながった祖父とはいえ自分以外の者の勘違いに巻き込まれて、運命を歪《ゆが》められた人にすることではない。ラドミラは反省した。

「責任はとるわ」

いきなり剣を突きつけたりする相手だが、こちらの不手際で人生を狂わせたのはたしかだ。加害者として償《つぐな》う責任がある。

なにより今後のことがある。今までは互いの間に距離があり、相手を主従と認識しなかったこともあって結んだ契約は実行力を伴うものになっていなかった。だがこうして邂逅《かいこう》してしまった以上、彼はラドミラの言葉に条件反射で従ってしまう。これはまずい。

他国の皇族を使い魔にしたと国交問題に発展するだけではない。人を魔導で従属させるなど許されない。力ある魔導師を縛る法としてこの国には魔導法がある。そこに禁忌と記されている。ことが露見すれば魔導師の評判が悪くなるだけでない。ラドミラ自身処罰される。

(冗談じゃないわ)

牢獄《ろうごく》につながれた恥ずかしい姿を可愛い弟妹たちには見せられない。絶対に解呪をおこなう。

ラドミラは決意した。

◇◆◇　◇◆◇　◇◆◇

《帝国暦四五二年六月二十日

初めて目にした禁断の森の魔女は驚くほど幼い外見であった。ローブで隠していたが背などこちらの腿《もも》までしかない。思考も浮世離れして幼く、同居の者に報酬が届く様を見られたくないと森の木の洞を贄の届け先に指定された。あんな洞に人は入らないと思う。我が孫は儂《わし》に似て頑健だ。ついでになぜか猫の飼い方を聞かれた。その口調は実に愛らしく、この人物が真実、禁断の森の大魔女なのか疑問に思った。だが瞬時に傷を治した手腕はさすがだった。伝承通り時を操り老化を止めているのだろう。いったい実年齢はいくつなのか。息子夫婦の末子セミフを従者に差し出せとの要求をのまざるをえなかったが騎士の子とはいずれ親もとを巣立つもの。なによりこれでも儂は一団を束ねる者、人を見る目はある。傷ついた猫を前に報酬の交渉をするより先に痛みをとろうとした心優しきあの魔女ならば我が孫のよき主《あるじ》となろう。騎士団の未来もつながり実に実り多き旅であった。我が帝国に栄えあれ》

帝国黒鷲騎士団団長、ジャン・ベルク子爵の従軍日記より

2

やってしまったことはしかたがない。

我が道をいく女王様と陰口を叩かれるラドミラだが、別に我儘《わがまま》放題というわけではない。潔く罪を認めもするし、そうなれば償いの実行もする。

「まず下準備が必要よ。解呪にかかる前にかけられた術式の構造を調べるの」

ルスランに、これからおこなう手順を説明する。

「昔に構築した術式だし、使い魔契約は破棄することを前提につくったりしないから。構造を調べてそれを解きほぐして無効にする解呪の術式を新たにあなたにかけないといけないの」

体を調べさせてと言うと嫌そうな顔をされた。だが背に腹は代えられないと思ったのだろう。彼が上着の釦《ぼたん》を外し始める。その嫌々な仕草が妙に艶《つや》っぽくラドミラは思わず赤面した。

「い、言い方が悪かったわ。服は脱がなくていいから」

逞《たくま》しい体から目をそらし、あわてて止める。

「そのままそこに立っていて。そう、少し腕を広げて。服の採寸をするみたいに」

ほっとしたように彼がその場で腕を広げた。その様も彫像のように見事だ。これはかなり女を泣かせているなと思いつつ、なるべく彼にふれないように気をつけて調べていく。だが。

「……なに、これ」

幼少時につくった術式だと甘く見ていた。本来、魔物と結ぶ使い魔契約をむりやり猫と結ぶように歪めてあるうえ、勘違いで人と人が結ばれているのだ。しかもドラコルル家直系の才能あふれるラドミラが幼い、まだ系統だった理論を学ぶ前に野生の勘、もとい、直感で構築した術式は、基本もガン無視したややこしい〈わたしがかんがえたすごいけいやく！〉的な大人になった本人が見ても茫然自失《ぼうぜんじしつ》の、むちゃな最強仕様になっている。

(無駄な魔導印も多いし、昔の私いったいなにを考えてこんな契約陣をつくったのっ)

彼が高熱を出したのはそのせいだろう。通常、使い魔契約を結ぶ際に痛みは伴わない。ますます悪いことをした。

それにやはり上から見慣れない呪がかかってラドミラの契約陣と癒着、一体化している。契約を破棄するためにはこの二つともを解かなくてはいけない。

うーんと考えつつ顔を上げると期待に満ちた彼の目とぶつかった。すぐ解けるのだろう？　解けるはずだ。解いてくれ！　と強く訴えかける瞳だ。真実を伝えにくい。

「……ごめんなさい。今すぐここで解くというわけにはいかないみたい」

「なぜ!?」

「その、かけた術式が独自のものすぎて規格が通用しないの。いろいろ解呪の術式をつくってどれが効くか試しながら調整しないといけないの。一気にやると体がもたないわ」

「体力なら自信がある」

「堂々と言われたところ悪いけど私がついていけないの。それにもう広間に戻らないといけないでしょう？　さすがにこれ以上二人でいると不審をかうわ」

解呪には魔力をつかう。それに階下の広間からは宴《うたげ》が続いていることを示す音曲の音が聞こえてくる。国賓が自身の歓迎の宴をすっぽかすわけにはいかない。開始そうそう中座しただけでも前代未聞の大事件だ。

公務放棄はよくないとの自覚はあるのだろう。ルスランがしぶしぶうなずく。

「だが今後、君とどう連絡を取ればいい。この件は私も内密にしたい。表だっては会えない」

「それならいい方法があるわ」

ラドミラは自身の影に向かって呼びかけた。

「フシュ」

ぽん、とラドミラの影から小さく可愛い二頭身の子竜の姿をした生き物が飛び出す。

ドラコルル家代々当主の使い魔を務めてくれている高位の魔物だ。母から受け継いだ。

魔物とはこの大陸に生息する不思議な生き物のこと。ふだんは大気の中を魂核という実体のない姿で漂っているが、力あるものは自身の魔力でメラムを集めて好きな姿をとったり、すでにあるなにかに取り憑《つ》いて自分の体にしたりする。なのでメラムの濃いこの国にはドングリ型やキノコ型、リス型にネズミ型といろいろな姿をした魔物たちがいる。

なかでもフシュは遠い昔に異国の地で神と崇《あが》められた強い力を持つ魔物だ。フシュ、シュフ、ムシュの三柱で一つの存在だが、今はムシュには邸にいる弟レネの守護をお願いしている。

「この子をあなたに預けておくわ。あなたにかかった契約術式の解読を手伝ってくれるし、伝言があればこの子に託してくれれば私のところに運んでくれるから」

フシュが無事、ルスランの影に入って落ち着くのを見守り、定着の魔力を注ぐ。それから、常に持ち歩いている鍵《かぎ》を一つ差し出す。

「転送陣の起動鍵よ。私の塔の私室につながっているの。これがあれば魔導をつかえない人でも私が構築した転送陣をつかえるわ」

宮廷魔導師の研究の場である魔導の塔は王宮の敷地にある。警備は万全なうえ図書塔が隣で便利だ。なのでラドミラは城門が閉まった夜でも往来ができるよう転移座標を室内に設定した転送陣をつくって通勤につかっている。

「解呪を試せばどうしても魔力が外にもれるから。もれても不審をかわない塔の私室をつかうわ。今夜から待機しておくから空き時間ができたら来てちょうだい。鍵の座標を少しずらして付随の続きの間に出るようにしたから。そちらは私はつかってないから、いつあなたが来てもだいじょうぶよ。間にある扉を叩いて私がいるか確認して」

「君の、私室だと？」

最もふさわしい場を紹介しただけなのに、ルスランが思い切りしかめ面をする。今さらながらに得体の知れない魔女に契約をいじられる現実が怖くなったのだろうか。言ってみる。

「あのねえ、私は自慢じゃなく使い手なの。国中を探しても私に対抗できる魔導師はそうはいないわ。身分だって宮廷魔導師で信用はある。安心して身を委ねてくれていいから」

「……別に君の腕を信じていないわけじゃない」

「じゃあなんなの。勝手のわからない〈敵〉の領域に単身踏み込むことに抵抗があるの？　別にあなたを連れ込んで実験体にしようとかいうんじゃないわ。解呪するだけ」

嘘は言ってないのはわかるわね？　と、彼と目線を合わせる。

「他国の王に仕える魔導師が信じられないのはわかるけど、私だって国賓の契約解除に失敗すれば破滅よ。大事な弟妹たちのためにも下手《へた》な手は打てない。それでも信じるのが嫌ならあなたの人を見る目を信じなさい。それなら他人を信じたことにはならないでしょ」

「そこは信じることにした。信じないと話が進まない。が……君は平気なのか？」

「なにが」

「男と密室で二人になることがだ。私はこれでも元騎士だ。信用してもらっていいが、公務がたてこんでいるから深夜しか一人になれる時間はないぞ。君は一応、淑女だろう？」

「突っ込むのはそこ⁉」

驚いた。彼のためらいはまさかの淑女に対する騎士道精神からの気づかいだった。

皇族なのに元騎士と主張するとはどういうことと首を傾げたが、こちらはすでに控《こ》えの間《こ》に引き込まれた身だ。淑女を壁に追い詰め剣を向けた時点で彼は騎士ではないと思う。

そこでふとラドミラは思考を止めた。そもそも〈魔女〉に皇族が気をつかうだろうか。

自慢ではないがラドミラは物心ついてから今まで家族以外から淑女扱いをされたことはない。社交界に出れば男も女も皆、魔女に誘惑されてはたまらないと距離をおく。

(淑女うんぬんは建前で、二人になりたくないからごねているとか?)

密室にこもればラドミラが誘惑してくると警戒しているのかもしれない。ありえる。

彼は婚約者に会うためこの国に来た。だがそれを喜ばない者もいる。

婚約者であるカリエ公女はこの国の王位継承権を放棄して嫁ぐ予定だ。が、こちらは小国。結婚を機に帝国がこの国をのみ込む気ではと心配する声がある。王も年齢の近かった前婚約者と違い、年の離れたルスランに困惑していると聞く。国力の差もありこちらからは断れないが帝国側に非があるなら喜んで婚約解消を申し出るだろう。

つまりラドミラは王から派遣された婚約妨害のお色気要員か、悪女らしく彼を籠絡《ろうらく》して玉の輿《こし》を狙っていると見られたのだ。

(魔導師として責任をとろうとしているだけなのに、女だとこれだから)

こちらの見た目と悪評も誤解の一端になっているのだろうが、妙な疑《うたが》いを招《まね》く。

ラドミラはため息をついて言った。

「わかったわ、防犯警報ベルをつくる。私と二人でいて貞操の危機を感じたらつかいなさい」

「いや、だからそれは逆だろう。貞操の危機を感じるのは君だ。魔力がもれてもだいじょうぶな秘密が守れる場所なら君の邸はどうだ。魔導師の家なら対策がほどこしてあるだろう」

「家族がいるから駄目」

「だからいいのだ。父君に立ち会ってもらえば過ちも起こりえないし男女二人と悪評をたてられることもない。万一この密会が人に知られても君の評判だけは守られる」

まだ言うか。家族は巻き込みたくないのだ。しかたがない。奥の手だ。

「安心して。私、年下が好きなの。それも可愛らしい天使が」

「は？」

「なにより家を継いだばかりだから、あなたを襲って既成事実をつくるなんてありえないの。婿取りもできない醜聞を起こせば当主の重圧が可愛い弟妹にいってしまうもの」

ラドミラに必要なのは婿という名の種馬であって、玉の輿ではない。

「だから安心して。私とあなたは医師と患者と同じ。まずはこの鍵を試してみて。私の私室を見れば色気なんか皆無とわかるから。魔導書だらけだもの。それに空間転移は慣れないうちは驚くから何度か試して慣れて欲しいの」

言ったが彼はまだ警戒している。「そういう問題ではない」「男女の倫理が」とぶつぶつ言っている。あなたは貞操観念の固い乙女かと突っ込みたくなった。

だが困った。膠着《こうちゃく》状態だ。彼は毛を逆立てた猫のように警戒心いっぱいになっている。鍵を受け取るどころかラドミラに近づこうとしない。悪評以前に彼にとってラドミラは祖父を騙《だま》して自分を生贄《いけにえ》に差し出させた悪い魔女なのだろう。

しかたがない。ラドミラは鍵をもったまま、強引に彼の手を取った。

「わかったわ。一度目は一緒に転移しましょう。いくわよ」

こういう疑り深い相手は一度、実行させて危険がないことを自分の目で確かめさせたほうが早い。ラドミラは彼にふり払われないうちにと鍵を発動させる。体がふわりと浮遊感につつまれて、視界が変わった。ごと、がたんっ、とすごい音がして埃《ほこり》が舞う。

「きゃっ、なにこれ」

二人が転移した先は、立つ場所もない物置状態になっていた。

(そういえば、前任者から引き継いで一度もここに入ったことがなかったわ)

この控えの間を含む塔の一画を自分のものにしたのが宮廷魔導師になった二年前。その後、仕事に慣れる前に母の死があり、忙しくてこちらの整理までは手が回らず放置していた。

前任者が残していったらしき木箱の山に埋もれた皇弟殿下をいそいで掘り出す。

「だ、だいじょうぶ？」

「……君は私を殺す気か」

見ると、彼が転移した床部分には細かい刃がびっしり突きたった拷問器具があった。彼はとっさに避けたようだが、もう少しで串刺しだ。死ぬところだった。

（な、なにこれ）

前任者の趣味か、防犯用の罠《わな》か。

驚いた拍子にラドミラの肘《ひじ》が傍の木箱の山にふれた。とたんに崩れて中身がこぼれる。

鞭に鎖、鉄枷《てつかせ》、口枷などの拘束具にそれらの図付説明書、三角木馬はじめ怪しげな拷問具が山と出てきた。さすがにこれは怖いというか、自室にあるのが見つかると恥ずかしい。

（いやあああああっ、なにを考えて前の住人はこんなものをため込んだのっ）

ため込むだけならまだ許せる。が、おいていくな。誤解されてしまう。

ルスランが淡々と言った。

「人の趣味をとやかく言う気はないが、ため込みすぎだろう」

「これは違うのっ、私のじゃないの。前任者のよ。信じてっ」

「……そういうことにしておこう」

彼の目が冷ややかだ。警戒するだけでなく、完全に引いている。ますます距離をおかれた。

（これは時間をかけて誤解を解いていくしかないわね……）

ラドミラは基本、他人にどう思われようが平気だ。可愛い弟妹はじめ、家族さえ信じてくれたらそれでいい。だが使い魔契約の解呪には信頼関係が必要だ。互いの間に心のつながりがあるかどうかで解呪の速度はぜんぜん違う。

「でもこれで鍵の使い方はわかったわね？　この部屋のものは隅に寄せて片付けておくから、

今夜、宴がはけて時間ができたらここに来てね」

一応、言ってみたが、無言で顔を横にそらされた。

前途多難である。


そうして一夜が明けてその翌朝のこと。魔導師が集う魔導の塔にある私室では、ラドミラが可愛い兎《うさぎ》の人形を手に難しい顔をしていた。

「うーん、この方法でも無理か」

あれから。ルスランから読み取った結果をもとに構築した契約魔導陣を、妹から贈られた人形の上に再現して解呪の方法を探っている。だがおかしい。うまくいかない。

「理論上はこれでいいはずなのよ。やっぱり上書きされたこの呪が邪魔をしてるのかしら」

一晩、寝ずに試したが契約陣にほころび一つつくれない。おかげで寝不足だ。ラドミラは欠伸《あくび》を噛み殺しながらこの謎《なぞ》の呪に似たものがないか蔵書の項をめくる。

(それにしても。結局、昨夜、殿下は来なかったわね)

あれだけ「だいじょうぶ」と示したのに無駄に終わったのが少し寂しい。

まあ、有効な術式を構築できていないから彼が来ても成果は出なかった。あきらめもつくがもう夜も明けた。ラドミラは昨夜のドレス姿のままだ。ルスランは来なかったのだし、着替えに一度、邸に戻りたい。が、先夜、彼は広間に戻る前に言ったのだ。

「これから君を専属護衛にしたいと国王陛下に願い出る。それで解呪のための時間はつくれるだろう。……こんな部屋に来なくとも」

最後の一言はよけいだが、彼が王に願ったなら命令書をもった使者が来るかもしれない。昨日《きのう》のように邸まで来られては弟の手前、仕事をさぼったようで恥ずかしい。どうせならここで受け取ってしまいたい。そう思いラドミラは眠い目をこすりつつ塔で待機している。

使者を待つ間、時間が惜しくて文献を漁《あさ》っていると、使者ではなくロベルトがやってきた。

「こんな朝からここでなにをしている」

彼も徹夜だったのか、つかれた顔で入ってくるなり断りもなくラドミラの執務椅子《いす》に身を沈める。まるで自分がこの部屋の主だといわんばかりの態度だ。

気安い間柄とはいえ、こんな不遜《ふそん》な真似をしたことのない彼がなぜだ。解せぬ。

ただでさえ今は寝不足でいらいらしている。ラドミラはさりげなく解呪の文献を棚に戻すと、鈍器になる隣の本を手に取った。どん、と音を立てて机におく。

「ここは私の部屋ではなかったかしら?」

「それを言うならこの塔は私の管轄下にある。長の代理も務める塔の副長だからな」

嫌みったらしく言ってくる。そうだった。彼は一応、ラドミラの上役だった。

「あら、では、お偉い副長様、今日《きょう》はこんな朝から平魔導師になんの御用? ルスラン殿下が謙虚で優しい人柄が気に入ったと私を専属護衛に指名してきたとか?」

「謙虚? 優しい人柄? なんだそれは」

彼が命令書をもつ使者なのかと思って催促したら真顔で返された。顔をしかめると彼が「嘘はついてない」とルスランの護衛予定表だという書類の束を差し出す。

「君を専属にというのは初耳だな。宮廷魔導師を、できれば魔女を護衛につけて欲しいとは言われているが指名はない。殿下の護衛には今、ドミニクがついている。君の出番はない」

「ドミニクって、彼を実戦配備してだいじょうぶなの?」

ドミニクはラドミラと同じく宮廷魔導師だが武闘派というより研究肌だ。一日机から動こうとせず、食事も片手間につまめる甘い菓子で代用している。おかげでいささかふくよかになりすぎた男で体力や瞬発力があるとは言いがたい。

(まだ命令書が塔まで届いてない? それとも彼が私を専属にするのをやめた?)

確認のため書類を奪い取り、机上に座る。ロベルトを見下ろす形になった。ふふんと顎を上げると彼がむっと顔をしかめた。副長だと胸を張るがラドミラにだって打診は来たのだ。業務の多さから当主業との兼任は無理と断っただけで、決して魔導師としてロベルトに劣っているわけではない。ラドミラの挑発行為にあきらめたのかロベルトもなにも言わない。ラドミラに見下ろされたまま勝手にくつろいだ顔をしている。おかげでラドミラも昨夜の異常事態から平常を取り戻せた気がする。堂々と机に座ったまま護衛の名も記された予定表をめくる。驚いた。

「深夜しか一人になれる時間はない」とルスランは言ったが朝から夜までびっしり公務がつまっている。視察と交流の茶会、夜会の出席が主だが働きすぎではないか。他人事ながら心配になる。これは彼が言う通りラドミラを専属護衛にでもしないかぎり二人の時間をつくれそうにない。なのに予定表のどこを探しても護衛役としてのラドミラの名はない。なぜだ。

顔をしかめると、「昨夜なにがあった」とロベルトに聞かれた。

「式典が始まってそうそうに殿下と階上に消えただろう。護衛や近侍もいるから妙なことにはならないと見送ったが、残された貴族どもの反応はすさまじかったぞ。少しは慎めと言いたいがあれは先方の暴挙だ。しかたがない。だが殿下はいったいなにをしたかったんだ？」

「……濡れた手袋を替えてもらっただけよ。どうしてそんなことを聞くのかしら」

「私の記憶がたしかなら君は昨夜と同じ服装のままだが？　染みのついた手袋もそのままだ」

ラドミラはつまった。あわててごまかそうとしたがラドミラは嘘やごまかしに向いていない。

ロベルトはかえってなにかあると気づいたのだろう。

「自分の婚約者が国賓とはいえ知らない男に連れ去られ、男が広間に戻ったあとも行方《ゆくえ》不明。探してみればなんの伝言もなく会場を辞したあとならふつう気になるものだと思うが」

目線を鋭くして言われた。だが。

「婚約者？」

聞き直すと、ロベルトがふんと横を向く。

（そういえば、そういう関係だったわ）

あまりに契約婚約すぎて忘れていた。が、彼なりに心配してくれていたことはわかった。

ラドミラは表情をゆるめて「ありがとう」と微笑みかけた。

「守秘義務というか詳細は話せないけど。今、殿下には私の力が必要とだけ伝えておくわ」

「魔導師として求められただけか。ならいいが……。帝国の闇《やみ》にあまり深入りするなよ？　私も貴重な同期を失いたくない。君が消えれば残るは無能な老害ばかりだ。仕事が増える」

素直ではないことを言う。だがその表情に朋輩《ほうばい》に対する気づかいが透けて見える。

ロベルトは魔導師として信用できる相手だ。それにドラコルル一族の中だけで育ち、学んだラドミラと違い、国中を渡り歩いて隠棲した魔女や魔導師の教えを乞《こ》うた彼の知識は幅が広い。彼ならルスランの使い魔契約に上書きされた謎の呪のこともわかるかもしれない。

「これの解呪法を知ってる？」

詳細は伏せて、紙に描いた謎の呪だけを見せる。彼は眉をひそめると微動だにしなくなった。

不安になって「ロベルト？」と呼びかけると、彼が一言、言った。

「美しくない」

「え？」

「無駄が多い、基礎がなっていない、構築理論が稚拙《ちせつ》すぎる、見るに耐えん。なんだこれは」

そこまで言わなくても。

「この国の魔導理論をつかったものではないな。異端すぎて私にはわからない。長ならわかるかもしれないが。あの人なら年の功で古今東西どこの呪にも通じているはずだ」

ラドミラとロベルトの上役である魔導の塔の長は謎の人物だ。ロベルトと同じく平民の出らしいが詳しい経歴はわからない。王国北部の出とのうわさはあるが、研究以外興味のない人で塔の私室にこもったきり姿を見せない。かくいうラドミラもその姿を見たことがない。

そう考えているとロベルトがにやりと笑った。

「長なら私も見てみたい。副長の辞令も書類の受け渡しも扉の隙間《すきま》からやりとりするだけだからな。巣穴からいぶし出すなら協力するぞ。火事でも起こせばさすがに出てくるだろう」

山狩りか。ラドミラは思わず胸内で突っ込んだ、そのときだ。

塔の外、王宮の庭園が広がる辺りから急激に正体不明の魔力が膨れ上がった。頭痛と耳鳴りがしてラドミラとロベルトは頭を押さえる。

「なっ、なにこれっ、頭が痛いっ」

「魔力の相互干渉波だ、塔の長自ら張った王宮の結界が誰かに侵食されているっ」

結界の侵食？　嫌な予感がする。ラドミラはいそいで手にしたルスランの予定表を見た。朝も早いのにこの時刻、彼は王宮の奥庭で王族との朝食会に出席する予定になっている。会場はちょうど今、結界の異常が感知されている場所だ。

（まさか……）

帝国の闇。ルスランは政敵に狙われているとロベルトが言っていなかったか?

頭を押さえている場合ではない。ラドミラはドレスの裾をもつと部屋を飛び出した。

問題の庭園めがけて駆ける。途中、結界の異常にまだ気づいていない騎士たちがいた。庭の警護に立ちつつ、昨夜の夜会ドレスのまま駆けてくるラドミラを怪訝そうに見ている。

「貴顕の警護と周辺の皆の避難をうながしなさいっ。襲撃よっ」

そちらに声をかけて、ふだんは王族以外立ち入り禁止の奥園に駆け入る。

そこにルスランがいた。

まだ食卓には着かず、王や大公と歓談している。給仕の女官たちが傍らに控えていた。

「殿下っ、退避してくださいっ」

思わず呼びかけると彼が驚いたような顔を向ける。その頭上では王宮を包む結界がたわみ、弾《はじ》けんばかりに膨らんでいる。駄目だ、もう間に合わない。避難させるのは無理だ。

「皆様どうかそのまま。動かないでください、守護の陣を張りますっ」

王族含め、その場にいる皆に呼びかける。さすがは魔導大国の王族とその傍仕えだ。内容を聞き返す無駄はせず、即座にラドミラの指示に従い、互いに背を寄せ合い、備える。

だがルスランは魔導の襲撃と防御に慣れていないのだろう。どこに襲撃者がいるのかと辺りに目をやり、それでも女性は守らねばとでも思ったのかラドミラの前に出ようとする。

「護衛対象なのに前へ出ないで、邪魔っ」

一喝して、守護陣を張る。自分本位の義務感でうろうろされたくない。

その刹那《せつな》だった。侵食を受け、異常を起こしていた王宮の結界が弾け飛んだ。破片がラドミラの守護陣にぶつかり、常人でも見える派手な火花を上げる。

「きゃあっ」

王族女性の一人が身をすくめ、悲鳴を上げる。まだ幼い王子が健気《けなげ》にも騎士道精神を発して彼女をなだめている。そちらは彼にまかせて、ラドミラは守護陣に込める魔力をさらに強めた。力ずくでふりかかる結界の破片を押しのける。異変に気づいた今日の護衛役であるドミニクや塔の魔導師たちが駆けつけ、援護してくれるのを感じる。もう少しだ。

やがて降り注いでいた結界の残骸《ざんがい》がすべて消えた。新たに王宮を覆う結界も張り直される。

「……もうだいじょうぶです」

皆に告げる。給仕の女官や魔導の攻撃には無力な護衛の騎士たちや、その場に座り込んだ皆の中、ただ一人、天を仰いで立っていたラドミラは腕を下ろし、ふり返った。

「あなたが在籍するすべての宮廷魔導師の護衛を希望した理由がやっとわかったわ」

初めて見る魔導の攻防戦にまだ少しとまどい顔のルスランに言う。

周囲には濃い魔導の気配がした。それでいて術者本人の気配はない。この攻撃は定められた時がくれば発動するように、前もってしかけられた時限式の罠だったのだ。

王宮に張られた塔の長の結界をやぶることもだが、直接攻撃をかけるより罠をしかけるほうが高度な技術が必要となる。相手の魔導師はただ者ではない。

「どうしてもっと詳しく相手の力量を伝えて、護衛強化の要請をしなかったの。それなりの対処ができたのに。あなたを危険に晒してしまったじゃない」

「……？　魔導師に襲われたことは王に伝えていたはずだが」

ルスランが怪訝な顔で問い返してくる。

「そこまで重大な事態なのか？　私には空が少し光ったくらいにしか見えなかったが」

不思議そうに首を傾げられてラドミラは脱力した。違うのだ。ここまで強力な相手とは思えない要請の仕方だったのだ。だからこちらも〈念のため〉の警護しかしていない。

「そうだったわね。あなたは魔導師のいない国で育った人だったわ」

なら、しかたがないいき違いなのかもしれない。海を知らない者に海の脅威を説明するのは難しい。きちんと魔導師に襲われたときの状況を聞かずにいたこちらが悪い。

「また子猫のときと同じ勝手な思い込みを繰り返してしまったわ。反省したつもりだったのにあなたに聞こうとしなかった私の失態よ。ごめんなさい」

ルスランが驚いたような顔をする。性悪な魔女が素直に謝るとは思っていなかったのか。

「それにしてもこんな罠にひっかかったなんて！」

朝食会の警備にラドミラは関与していない。だが同じ王宮の敷地内にいたのだ。しかけられた罠に気づこうと思えば気づけたはずだ。なのに発動するまでわからなかった。悔しい。

（それにこの時間に発動させたということは、朝食会の予定を知られているわ）

城内の結界をすべて点検し直すだけでなく関係者も調べないといけない。反省点と善後策をつめ直すがやはり罠に気づけなかった自分が悔しすぎる。ラドミラが子どもっぽいと自覚しつつも歯ぎしりしていると、ルスランがまじまじとこちらを見ているのに気づいた。

「なに」

「いや、君でもそんな悔しそうな顔をするのかと」

「……？　それは私だって人だもの。感情だってあるわ」

「いや、そういう意味ではなく……。君が可愛く思えたから不思議だと。なぜだろう？」

はい？　大真面目《おおまじめ》に問われてラドミラはこんなときにと殴りたくなった。

「からかうならあっちにいって」

なぜかまだ自分の傍にいる彼を王族たちのほうへと追い払おうとしたときだ。

ふうっと視界が暗くなった。まずい。魔力切れだ。昨夜は徹夜でルスランを待って細々と魔力をつかった解呪の試しをしていた。そこにこんな大技をつかったのだ。限界が来た。

「おい？」

とっさにルスランがラドミラの手を取る。

「……冷たい。氷のようだ」

手袋越しでもラドミラの体調不良に気づいたのだろう。彼があわてたように顔を覗《のぞ》き込む。

「医師を呼ぼう」

彼がラドミラの腕を取り、抱き上げようとする。ラドミラはあわてて止めた。

「ちょっと寝不足なだけよ。休めばすぐ治るわ」

人前でそんな真似をされるわけにはいかない。かまわないでと言いたかっただけだがまずい。言い方が悪かった。これでは彼を待って徹夜したと言っているようなものだ。彼も思いあたったのだろう。「その、すまない」と顔を曇らせる。それがいたたまれない。解呪対象であり、護衛対象でもある相手に気づかわれるなど魔導師として屈辱でしかない。

「私の仕事はあなたの護衛よ。ふらついたのは私が体調管理もできない未熟者だったから。謝られる謂《いわ》れはないわ」

これまた謝らないでと言いたかっただけだが、余裕がないからか突き放した言い方になった。

二人、無言で立ち尽くす。気まずい。

「ラドミラ、だいじょうぶか」

そこへ、結界再構築の指揮が終わったのかロベルトが来てくれた。ほっとしてラドミラはかけられていたルスランの手を外し、差し出されたロベルトの腕へと重心を移す。

「ロベルト、ごめんなさい、ここから退場するまで支えてくれる？　宮廷魔導師が一仕事終えただけで倒れるなんて、無様な姿を人に曝せないから」

「わかった。ここから手近なら塔の君の私室だ。そこに連れていくのでいいか？」

ロベルトがさりげなく、エスコートするように腕を支えてくれる。「ええ」と答えて、まだルスランが所在なげに立っているのに気がついた。一応、元騎士を自称するだけあって、ラドミラを運ぶのを手伝うべきか迷っているらしい。

「護衛対象が魔導師を気づかう必要はないわ。でも今日は悪いけど休ませてもらうわね。明日《あす》からは頑張るから、こんなところにいないでお国の護衛のところにもどってちょうだい」

言下に助けは必要ないと断って、ラドミラはその場を立ち去った。

◇◆◇　◇◆◇　◇◆◇

（……その男の手なら、借りるのか）

手助けはいらないと拒絶されて、ルスランはため息をついた。

昨日、探していた相手をようやく見つけた。逃がすわけにはいかないと頭に血が上り、今までのいらだちもつのって剣を向けてしまった。

反省する間もなく解呪のためとはいえ未婚女性の私室を訪ねるように言われ、鍵まで渡された。若い男を相手にだ。無防備すぎるだろう！　と叱りつけたくなった。

諭そうとすると彼女はあっけらかんと「医師と患者と同じ」と言いきり、年下が好きと聞いてもいない性癖まで明かされた。淑女にしてはあまりに赤裸々で、どう対せばいいか悩む間に私室まで連れていかれて、木箱にしまわれていたとんでもないものを見せられた。

正直、引いた。引いたまま式典会場に戻ったが、落ち着いて考えれば契約した当時の彼女は幼い子どもだ。勘違いをした祖父にも責任はある。彼女だけが悪いわけではない。部屋の鍵にしてもこちらの要請に応じて解呪の場を提供してくれただけだ。

それに「報酬を踏み倒されるのはしょっちゅうよ」と言ったときの彼女の顔。

影が浮かんで、彼女が今まで受けた仕打ちが透けて見えた気がした。西方諸国での魔女への蔑視を思い出し、自分がとった態度がいたたまれなくなった。

騎士らしく、謝るべきだ。ため込まれていたとんでもないものも彼女が言う通り前任者の所有の可能性もある。裏付けも取らず決めつけるのは誠実ではない。彼女が渡してくれた鍵をつかって彼女のもとにいき、許しを乞うべきだ。

だが行動に移せなかった。式典のあと部屋に戻り、帝国から持参した宮廷魔導師たちの調書を読み返した。謝罪の前に念のため、彼女の趣味や性癖を確認した。が、契約主と判明したラドミラ・ドラコルルの項には「男を惑わす悪女」と記載があった。ますますわからなくなった。こちらを成人男性と意識しない開けっぴろげな態度と陰のある顔、それにこの悪評。一致しそうでしない。今まで周囲にいなかった種類の女性すぎてどう許しを乞えばいいか途方に暮れる。

迷ううちに約束の深夜を過ぎ、今さらいくことができなくなった。

なのに彼女は見捨てず、危機に駆けつけてくれた。

正直に言うと今でもどういう危機かよくわかっていない。だが彼女がその場にいた皆を救ったのはわかった。懸命に天に腕を伸べる姿に責任感ある魔女と知った。ラドミラ・ドラコルルという人物を見直した。

そんなすごい女性なのに事が終わってみれば子どもっぽく悔しがって唇をとがらせていた。

それが、途方もなく可愛く見えたのだ。

自分でも不思議なくらい鮮烈に目と脳裏に焼き付いた。

「だから、からかったつもりはないのだが……」

ついもれた本音だ。それからラドミラが倒れかかった。「ちょっと寝不足なだけ」と言ったが、明らかにルスランのせいだ。罪の意識を感じた。責任をとって屋内に運ぼうとしたが断られた。そんな資格はないと言われたようで手を出せなくなった。

そこへラドミラの同僚らしき男がやって来た。昨夜の夜会でも彼女と一緒だった男だ。彼が相手だと素直に身を委ねるのを見てもやもやした。

自分たちは彼女が言う通り「医師と患者と同じ」。だが突き放されたように感じて胸がざわついた。そんな自分に動揺した。自分のことなのに心がわからずとまどう。

ルスランが顔をしかめていると護衛役である宮廷魔導師が太った体をゆらしてやってきた。

「ご無事でしたか、殿下。それにどうでした、彼女の体調は。僕と交代できそうでしたか」

間が悪い。昨夜要請したラドミラを専属護衛にとの指名がようやく魔導関係者に届いたらしい。彼は彼女に渡すつもりだったのか命令書らしき紙筒をもっていた。

「……いや、今日一日休むと言っていた」

「へえ、珍しい。彼女は腕利きなのに。これくらいの魔力消費で休むなんて。じゃあ、この命令書は誰に渡しておけばいいんだろう」

思わずというように彼が小声でつぶやく。それを聞いてひっかかった。魔導のことはわからない。だがいつもなら倒れないらしいラドミラが倒れたのなら。

「その魔力消費とはどんなことをすれば起こるのだ」

純朴そうな顔をしたドミニクという宮廷魔導師に聞いてみる。

「例えば。自室に描いた転移陣へ飛ぶ鍵の座標を描き換えたり、なんの素養もない人間を一人連れて転移したり、あとは自分の使い魔を他人にあずけてその人物にかけられた呪を走査し、解呪を試みるといったことに魔力はいるのかな？」

「妙に具体的な例ですけどそれはすべて魔導ですから、当然、魔力をつかいますね。とくに最後の自分の使い魔を他人に預けて解呪を試みるのはよほどの魔導師でないとできないことで、かなりの魔力をつかいます。もしかして彼女のことですか？　ああ、そういえば昨夜は僕が寝たあとも魔力を感じたから、徹夜でもしたのかな。魔導師にしては珍しく身なりを気にする人なのに昨夜のドレスを着たままだったし」

言われて、愕然とする。やはりラドミラの不調は自分のせいだ。一人で解呪を試みてくれたのだ。赤の他人の自分のために。そしてそのせいで魔力不足になった。

「……支えの手を断られるはずだ」

こんな男に頼る気になるわけがない。自分は皇弟である前に騎士だ。なのに一方的に守られるだけだった。なんと無様な。屈辱だ。いや、情けない。なにより彼女に申し訳がない。ラドミラ・ドラコルルは守られるべき淑女なのに。

ルスランは自分が被害者であるとの意識のもと、警戒という名の壁を築き、加害者を気づかうことをおろそかにしていたことに遅ればせながら気づいたのだった。

◇◆◇　◇◆◇　◇◆◇

それからしばらく経《た》ったお昼過ぎ。一眠りして元気を取り戻したラドミラは廊下側から扉を叩く音に気がついた。開けてみると同僚のドミニクに連れられて帝国人らしき房のついた筒帽子をかぶった長衣《カフタン》姿の老人と医師がいた。

ドミニクが見舞いの品らしき軽食の入った籠《かご》を渡しながら言う。

「ルスラン殿下がよこしてくださったんだよ。君を心配して。診察を受けたほうがいいって」

「必要ないわ。ただの寝不足よ。自分の体くらいわかってる。もう現場に戻れるわ」

「どうかそれはお控えください、お嬢様」

ルスランの侍従だと名乗った帝国人の老人が、会話に割り込んだ。

「お嬢様のおっしゃることもごもっとも。それでも殿下はご心配なのです。魔導のことはご存じではありませんから。私どもは診察を受けてもらえるまで絶対に傍を離れるなと命じられております。あなた様が診せてくださらないと首を刎ねられてしまいます。診察を受け、どうか今日一日だけでも自室で休んでくださいますよう、お願い申し上げます」

丁重すぎるくらいに丁重に言われた。魔導師や魔女を蔑視するこの国でこんなことを言われたのは初めてだ。とくにラドミラは派手できつめの顔立ちのせいか、叩いても壊れないと乱雑に扱われることが多い。

たしかにラドミラはつかれている。もう少し休めるなら休みたい。庭園の現場検証にはロベルトがあたっているからラドミラがいく必要もない。ただ、塔の皆が働いているのに自分だけ寝ているとさぼっているようで落ち着かないだけで。

老人を見る。にっこり笑った好々爺《こうこうや》に見えて、梃子《てこ》でも動かない頑固そうな顔をしている。ルスランがほんとうに首を刎ねることはないだろうが、この老人はラドミラが診察を受けないかぎりどこまでもついてきそうだ。観念して診てもらったほうが早い。

それにしてもあの警戒心でいっぱいの皇弟殿下が、医師と侍従をよこすとは。

（……少しは私への警戒を解いてくれたということかしら？）

これは解呪にもつきあってくれるだろうか。

ラドミラはほっとしてお節介な皇弟殿下の気づかいを受け入れた。

「殿下に御礼の文を託してもいいかしら？」

侍従だという老人に訊《たず》ねて、礼状をしたためる。こっそり魔導をつかって彼の目にだけ映るように一文を加えて。


――信頼して解呪をまかせてくれるのなら、今夜、私の部屋まで来てください。


そしてその夜。ラドミラが私室で待機していると控えの間から扉を叩く音がした。

どうぞ、と応えると扉が開いて現れたのは、ルスランだ。

なんだろう。その姿を見ると感動がこみ上げた。ずっと餌付《えづ》けに挑戦していた野良猫がようやく餌《えさ》に口をつけてくれたような。喜びがわきあがりラドミラは知らず微笑んだ。

ルスランが気まずそうな顔をして、頭を下げる。

「その、いろいろとすまなかった」

「謝ることはないわ。そもそも最初に猫と間違えて契約を交わしたのは私よ」

皇族に頭を下げられてラドミラはあわてた。他人に見せられない姿だ。さいわいと言うべきか二人きりだが。

困ってわたわたしていると、彼が言った。

「調子はどうだ」

解呪をせかさず、まずはラドミラの体調を聞いてくる。そして手にした籠を差し出した。

「見舞いの品だ。厨房《ちゅうぼう》にあったものをもってきただけだから好みにあうかはわからないが」

彼《かれ》の国のお菓子だそうだ。名称を聞いたら考え込み、「知らない」と言われた。

彼は甘いものに興味のない人のようだ。愛らしい籠と大きな騎士の手が似合わない。それに取り出された白っぽい粉をまぶした一口大の四角い菓子が山と盛られた皿は一枚だけだ。

「あなたは食べないの？」

「毒見が必要か、魔女殿は？」

そんなつもりで言ったのではない。というか毒見が必要なのは彼のほうだ。だが止める間もなく片眉を上げて彼が一つ手に取り食べてみせる。

とたんに眉をひそめたので異物でも入っていたのかと身構えると彼が言った。

「甘すぎる」

ラドミラは、ぷっと噴き出した。我慢できず肩を揺らして笑う。彼がじっと見る。

「なに？」

「いや、笑うのだなと思って」

「私をなんだと思ってるの」

魔女は笑ったりしないと思っていたのか。顔をしかめると彼が「失礼した」と謝った。

「君には嫌われている。しかめ面以外を見せてもらえたのが意外だった」

「ますます失礼よ、それ。私を嫌っているのはそちらでしょう？」

「すまない。嫌っていたわけではない。警戒したのはたしかだが」

妙にルスランが素直になった気がする。そうなるとラドミラとしても壁を築く気はない。もともと話し合いたいと思っていた相手だ。

「いいわ。お互い昔のことは水に流しましょう。どちらに非があるか謝るのもなしよ。それを言い出せば私のほうが非が多すぎてずっと謝り続けることになるから」

それから、素直に礼を言う。

「お医者様を差し向けてくれてありがとう。おかげでゆっくり休めたわ」

「受け入れてもらえてなによりだ。うら若い女性のもとにあんな老人を送り込んでかえってすまないことをしたのではないかと心配していた」

「そんなことないわ。どちらも素敵なおじ様だったわよ」

それを聞いてまた彼がとまどったように眉をひそめる。

「なに？」

「年下好きなのでは」

ラドミラはまた噴き出した。律儀に魔女の言葉を覚えていたのか。

「愛《め》でるのは可愛い子がいいけど、お医者様にまで若さを求めたりしないわ。私の職場なんて年寄りばかりよ。たしかに侍従の方はずいぶんなお歳《とし》で驚いたけど」

「すまない。爺《じい》やは私が手配したわけではないのだ。勝手に医師についていった。あれは私が生まれる前から仕えていて過保護だ。よけいなことを言ったかもしれないが忘れてくれ」

「やけに気にするのね。あんなに気安げなおじ様なのにどうして」

「嫌な思い出があるのだ。騎士見習い時代にあれが宿舎まできて世話を焼いたことがあった。おかげで見習い仲間から妙なあだ名をつけられて卒業までからかわれ続けた」

「なんというあだ名？」

しかめ面をした彼が少しためらい、それからそっとラドミラの片頬《かたほお》に顔を近づけた。吐息を感じて驚く間もなく耳元にささやかれた。

「ルゥお嬢様、だ」

すぐに顔を離し、「忘れろ」と横を向く。顔が赤い。またまた笑ってしまった。

「それは警戒したくもなるわ。お坊ちゃまくらいは予測したけどまさかのお嬢様呼び」

「そんなに笑わないでくれ。だから言うのは嫌だったんだ」

お互い、笑って、拗《す》ねて、肩の力が抜けた気がする。

おかげで「解呪のことだけど」と、自然に口火を切れた。人形相手に頑張ったが無理だったことを告げる。

「でも昼に休んでいる間に思いついたこともあるから、片端から試してもいい？」

「望むところだ」

胸を張って言われて、受けて立つ。それから小一時間、解呪を試した。彼は平気な顔をしていたが、ラドミラはけっこう力を削られた。意地でも倒れたりはしなかったが。

（自分で言うだけあって、体力馬鹿《ばか》……）

耐えかねたラドミラが「今日はここまで」と言うとルスランはけろりとした顔で戻っていった。騎士として育ったからかそれくらいこなせなくては公務の多い皇族は務まらないのか。

だが安心した。これで解呪もはかどりそうだ。

帝国の珍しいお菓子ももらえたし、忘れていた自分の過去の過ちとも向き合えた。

出会うきっかけをつくってくれた今は亡き彼の祖父殿に、少しだけ感謝した。

◇◆◇　◇◆◇　◇◆◇

《ベルク子爵が処刑されてから騎士団の扱いは変わった。子爵には息子がいたが父ほどの影響力はない。団は半ば解体され、身分ある者たちの気まぐれに翻弄《ほんろう》された。その日も私はある皇子の正妃のもとへ出向させられた。正妃の今年五歳になる息子に剣の稽古《けいこ》をつけろと言われたのだ。が、いってみればただの玩具《がんぐ》だった。木剣をもつことも避けることも許されず、聞いた齢《よわい》より大柄な息子の手が届くよう身をかがめ、彼がふるう剣を受けねばならなかった。事実上のなぶり殺しだ。正妃は我が子の勇猛さに目を細めて喜んでいる。あとで聞いたが正妃は黒鷲騎士団を憎んでいた。彼女の夫が団長だったベルク子爵の娘を側妃にしたので嫉妬《しっと》していたのだ。ベルク子爵が命を落とすこととなった讒言に正妃も関わっていたのかもしれない。だが疑惑を口にすることはできなかった。浅く、深く、次々と突き立てられる剣に私は死にかけていた。そのときだ。私を救ってくれた人がいた。正妃の夫である皇子だ。彼は自身の妻子を諫《いさ》め、私を屋内に運び医師の手当てを受けさせてくれた。私が感謝すると彼は言った。「君は隣国の魔女の血を引いているそうだな。魔導とやらの素質があるとか」と》

元帝国騎士、バリス・アイディーンの回想録より

3

ここ数日、夜が来るとラドミラは一人、塔の私室に佇《たたず》むようになっている。隣室につながる扉を見つめる。やがて、こん、と控えめな扉を叩く音がして、低い声が聞こえてくる。

「ラドミラ、いるか？」

ルスランだ。いつからだろう。気がつくと彼には名前で呼ばれるようになっていた。

「いるわよ、ルスラン」

ラドミラも気安く彼の名を呼んで返事をする。

扉が開いて、するりと彼が入ってくる。今夜の服装は西方風のシャツにズボン。その上に色鮮やかなカフタンを羽織った姿だ。艶めく緑の生地と金糸の刺繍が華やかで、地味な魔導師の部屋に孔雀《くじゃく》が舞い降りたようだ。

昼はきちんと装っているらしいが、夜に訪れる彼はいつも奇抜だ。寝室に引き取り、近侍の目もなくなってから抜け出すのでこうなるらしい。昨夜は「侍従に着替えさせられるのを阻止できなかった」と夜着の上にシーツをまとった情けない格好だった。彼自身、恥ずかしそうにしていたのでラドミラは見て見ぬふりをした。ルスランが部屋に踏み入り、短く告げる。

「手早くすませたい。さっそく始めて欲しい」

前と変わらぬ簡潔な言葉だ。それでもラドミラの負担を気にしているのが透けて見える。

ここ数日ですっかり気の置けない関係になっているが「今日はここまでにしよう」と解呪の試行に終わりを告げるのはいつも彼からだ。体力馬鹿な彼は変わらず余裕の顔だから誰かから魔力消費のことを聞いたのだろう。解呪を焦っているだろうになにも言わず試行が終わればラドミラへの礼と疲労回復を狙ってか〈お茶会〉に誘ってくるのも最近の定番の流れだ。

今夜も成果をあげられず、魔道具を片付けるラドミラに彼が声をかける。

「このあと私の部屋まで来れるか？　今夜の魔女殿への報酬は冷める前に片付けなくてはなら

ない難物だ。もちろん人払いはすませてある」

「そんなこと言われたらいくしかないじゃない」

向こうでは用意できない熱いお茶の入った茶器を籠につめ、手を差し出す。エスコートするかのように重ねられる手。彼ごと転移をおこない、馴染《なじ》みになった彼の部屋にお邪魔する。

王宮の敷地にある、賓客が滞在する迎賓館の一室だ。彼の毎夜の通いを簡略化するため、初日の夜に転移陣を構築させてもらった。おかげで自由に往き来できる。

さすがに豪奢な部屋だ。分厚い絨毯《じゅうたん》が敷かれ緞帳《どんちょう》が垂れている。それでいて重厚な彫刻がほどこされた暖炉の前におかれたのは覆いを掛けたお菓子の皿だ。その落差に笑ってしまう。

ルスランが皿を火に近づける間にラドミラは卓に塔から持参した茶器を並べる。

ラドミラの影とルスランの影からそれぞれ使い魔のフシュとシュフが出てきて、待ちきれないとばかりに歓喜の舞を踊り出す。

彼らは甘いものが大好きなのだ。供物と称して毎日なにかしらお菓子を食べている。

「レネとムシュへのお土産ももらっていいかしら?」

「ああ、ちゃんと別にとりわけてある」

ルスランがいって、これまた炉端においていた取っ手のついた鍋を示す。中に皿が入っているのだろう。火の傍なのでいつもの木籠はおけなかったようだ。

ルスランが「温まったぞ」と言いながら、この場で食べる三皿にシロップをかける。

甘い匂いにつられてフシュとシュフが飛んでくる。彼らに「こら、熱いからあわてると火傷《やけど》するぞ」と注意しながら、ルスランがお持ち帰り用の鍋の傍にもシロップ壺《つぼ》をおく。

「弟君とムシュの分のシロップだ。温め直して、これをかけてくれればいい」

三柱で一つの存在であるフシュたちの残り一柱、ムシュは弟のレネについている。一柱だけお菓子なしでは拗ねてしまう。そしてムシュにお土産を持ち帰ると当然、レネも期待に満ちた顔をする。なのでラドミラは合計、五皿分のお菓子を毎夜ルスランにたかっている。

(かなり迷惑だと思うけど。その分、解呪を頑張るから)

断る選択肢はない。彼のお菓子はそれだけの魅力がある。がっちり胃袋をつかまれている。

だがラドミラだって明らかに迷惑顔の相手にたかろうとは思わない。彼が菓子を食べるラドミラやフシュたちを見て、楽しげに目を細めているので遠慮しないだけだ。

彼と数日だが差し向かいで過ごしてだんだんわかってきた。基本、彼は裏表のない人だ。まだ専属護衛の要請が降りてこないのでたまにでしかないが、会場の護衛としてつきあう昼の公務の場では彼は皇弟としてふるまう。正装姿だし王侯貴族相手に腹芸もおこなうが、本来、こちらが彼の素なのだろう。そして、騎士道というものを重視する。

彼は、女性とは丁重に扱わなくてはならないものだと信じている。

初めての夜、広間からラドミラを連れ出したのは緊急事態だったからで、ふだんの彼は女性に対して騎士としてふるまう。先日休んだラドミラに医師を差し向けただけで彼が来なかったのも場所が女性の私室だから。自ら見舞うと人目を引くからと我慢したらしい。自分の行動を律することができる大人なのだ。さすがは皇族の生まれと感じる。

それでいて〈爺や〉のことでは恥ずかしがって頬を赤く染めたりする。甘いものは苦手で食べられないし、よく知るといろいろ可愛げのある人だ。

二人で卓につき、彼が厨房から調達してきた帝国の菓子を味見する。彼は甘味は食べないので純粋にラドミラのためだけに確保してくる。深夜、皆が寝静まった中をこっそり厨房に下りて甘味を漁る皇弟殿下を想像すると笑えてきて菓子の美味度が倍増する気がする。

「あなたのお国はお菓子の種類が豊富ね。こんなにチーズがのびるお菓子なんて初めて」

ラドミラは本日の彼の供物にフォークをいれつつ言う。あいかわらず菓子の名は不明だが、バターの風味が香ばしいカリカリした生地は細い麺を固めて焼いたような不思議な形をしている。中にはとろりと蕩けたチーズがたっぷり入っていて、上にかかったシロップと炙《あぶ》ったピスタチオが香ばしくて美味《おい》しい。チーズが熱々とろとろなのでフォークですくって食べるのだが、甘い。悶えたくなるほどの強烈な甘みとチーズの熱さに眠気と疲労が吹き飛ぶ。

このお菓子は魔導の塔でも脳のお供として仕入れるべきだと思う。

だが解呪の成果もあげられないのに一方的にこんな甘さを堪能するのは公正ではない。

「あなたのこと、もっと聞かせて」

自分の分を食べ終えたフシュにねだられ、一口わけてあげながら言う。

「これだけ解呪を試して無理だもの。私が思いつかないなにかがあるとしか思えないの」

だから教えてと言う。無駄飯食いになるのは魔導師としての矜持《きょうじ》が許さない。

「……急にそう言われても。私のなにを話せばいい？」

「なんでも。あなたの生い立ちやおかれている立場や。どこに手がかりがあるかわからないから。そうね、例えばあなたは誰にどうして命を狙われているの？　敵がわかればあなたがされたなにかがわかるかもしれない。いろいろ調べたけどあなたにかけられている呪はこの国のものではないのよ。なら、あなたの国に手がかりを求めるしかないわ」

先日の朝食会で襲ってきた相手の正体もつかめていない。ロベルトが塔の魔導師を指揮して痕跡《こんせき》を追ったが見つからなかった。ルスランの使い魔契約の上に謎の呪をほどこしたのも魔導師。関係があるかもしれない。

言うと、ルスランがためらいつつも口を開いた。

「誰に狙われていると言われても。帝国は帝位争いが激しい。その時々で競争相手は変わる。私にかけられた呪はわからないが今回、狙われた理由ならわかる。この国の公女と婚約しただろう？　それを警戒されたのだと思う。他国の王族を妻にすれば今までの立場の弱い皇弟から一転、他国の後ろ盾を得た帝位簒奪《さんだつ》者になるということらしい。私に野心はないのだが」

それから彼は騎士として身を立てるつもりでいた傍系皇族という生い立ちを話してくれた。

「今回の婚約はこの国に来るのに都合がいいから受けただけだ。解呪さえ成功すれば口実を見つけて破棄するつもりだ。だから君は解呪に集中してくれたらそれでいい」

「あなたを襲ってくる相手をほうっておけと？」

「もちろん君や周囲に害が及ぶようなら解呪よりそちらの撃退を優先してくれ。だが俺の身を気づかう必要はない。君との契約のせいか俺には昔から攻撃に対する耐性があるんだ」

ラドミラは知らなかったが、使い魔となった彼は傷の治りも早く、軽い呪《のろ》い程度なら退ける力があるらしい。病にもかからないし、害意をもつ獣も近づかないのだとか。

「もちろん俺自身がなにかするわけではなく、この体が勝手にだがな」

「なにそれ」

ラドミラは眉をひそめた。そんな便利な加護機能を契約に付けた覚えはない。

（なにか私が知らない力が働いてる……？）

ラドミラはじっとルスランを見た。そんなラドミラをどう思ったのか、彼が口を閉ざした。

「こんな話、退屈だろう」

打ち切ろうとする。それを止めた。

「教えて」

ラドミラはルスランの口を封じて言った。

「今までいろいろ試した解呪法はやはり合ってるの。でも解けなかった。あの上からかかってる呪に原因があるとしか思えない」

知識の広いロベルトでさえわからなかった呪だ。見てわからないなら、呪をかけられた者に聞いて手がかりを得るしかない。

「いつあれがかけられたか覚えていない？　身内に魔導師の血筋の人がいたりする？」

「そう言われても我が国はこの国と違って魔導は一般的ではない。魔導師など存在しないぞ？いても星詠みや夢詠み、占術師くらいだ」

言われてルスランがとまどった顔をする。

「契約陣の上に別の呪が上書きされていると聞いても、誰かになにかされた記憶もない。ただ、血筋に関してはありえるかもしれない。なにしろ父方は混じりすぎだ。代々の後宮には帝国領からだけでなくさまざまな地域の娘が侍《はべ》る。魔女が先祖にいてもおかしくない」

だからルスランの異母兄弟たちはお互いあまり似ていないそうだ。

母が違うだけでなく、先祖返りでいろいろな形質が出るからだろう。

「逆に母方の血筋は単一といっていい。帝国ができる前から都近郊に領地を構える騎士の家系だ。形質的には頑健で多産。母は私しか産まなかったが伯父のところは子が七人いる」

「七人も!?」

「ああ。祖父だけでなく伯父も従兄たちも騎士だ。頑健で医師や薬師すらお抱えがいない」

なら、魔導師が関わることはないのか。隣国帝室に魔導師の血を引く者がいて独自の魔導法を構築しているなら、情報がこの国にも伝わるはずだ。それに彼の生い立ちを聞くとほとんど皇宮には出入りせず子爵家で暮らしている。念のため母方の人たちの行動を聞いてみる。

「ここ数十年は戦もない。子爵家の皆も騎士団と邸の往復ばかりだな。祖父は若いころ修行も兼ねて前線を巡《めぐ》ったらしいが、晩年は騎士団長として皇宮に詰めることが多かった。我が国の宮廷には魔女を異端とするルーア教の司祭はいないが神学者たちがいる。医術や天文学のほうが盛んで魔導そのものがない。魔女や魔導師の出入り自体ないから祖父や伯父がそんないかがわしい存在と交流をもつとは思えない」

言って、うっかり魔女や魔導師を「いかがわしい」と言ってしまったことに気がついたのだろう。恥じて頬を染める彼に、「気にしないで。続けて」と言う。

「育った環境が違えば価値観が違うのは当然のことよ。あなたは今は私を受け入れているのでしょう？　なら、上等の部類よ」

「……君は寛大だな。だがここでそう口にすれば誇り高い君の逆鱗《げきりん》にふれるのだろうな」

「なによそれ」

「いや。なんとなくそれくらいのことはわかってきた」

それ以上はこの話題にふれず、ルスランが自分語りに戻る。

「……そんな国柄だから私は幼いころから自分にかけられた謎の呪い、君の使い魔契約に頭を悩ませていた。傷の治りが早いのも気味が悪いと言われないように隠すのに苦労した」

当時を思い出しつつ語っているのだろう。遠い目になる。

「おかげで怪我をしないよう、剣や乗馬の腕が上達した。だが知らぬうちに父の政敵が放った刺客の攻撃まで退けていたようだ。毒が効かないのはおかしいと密告された。神学者たちに裁判にかけられ、殺されかけた。君は帝国に伝わる教えと神話を知っているか？」

聞かれてうなずく。帝国の神話とは、世界をつくった地母神の伝承だ。ラドミラも母から教えられたことがある。

――かの女神は世界を創るために子神を産んだ。太陽の神に星の神、夜の神。天の神が揃ったところで母神は地を整えようとした。だが母より高みに昇った子神らは慢心した。地にある母より天にある自分たちのほうが位が上だと反乱を起こしたのだ。

母神は自身の手足となる獣の子神らを新たに産み、受けて立った。だが母神はすでに天の神々を生み出す際に己の力を裂き、与え、弱っていた。結果、母神は天の神に敗れた。

戦いのために生み出された獣の子神らも異郷に逃れ、力をつかい果たした母神はそのまま眠りについた。その体が山となり台地となり、人が住まう地になった。天の神も戦いで傷ついた体を休めるため眠りにつき、神の時代は終わった。人の時代になったのだ。そして力をつかい果たした母神の体から創られた地であるため、帝国の大地にはメラムが少ないのだという。

「我が国でも神々を崇めてはいるが彼らはすでに眠りについている。ただそこにあるだけで応えてはくれない。だから我々は神の力に頼ることはしない。魔物もいないからその力に頼ることもない。この国の魔導と似た学問がないのだ。世にいる人外のものは魔神とひとくくりにされるし、科学で解明できない現象は魔神のしわざということになる。戦いに敗れた神の眷属《けんぞく》が他国に逃れず辺境にとどまり魔神になったとの説もあるからな。だから不思議な力をもつ私は、母が父を裏切り魔神と密通したすえに生まれた子ではないかと訴えられた」

「なによそれ！」

「もちろん、父もろともこちらをつぶしたい者たちのでっちあげだ。だがなかなか反証できなかった。その裁判のときに母が身の潔白を申し立て自害した。四年前のことだ。病がちな人で先は長くないと言われていたが、俺のために命を投げ出してくれたのだ」

ラドミラは息をのんだ。

「母は帝位から遠いとはいえ皇族の側室だ。神学者たちも気まずかったのだろう。俺には潔白との判決が下った。それから何年かたち、祖父をたずねて部下が来た。それで使い魔契約のことを知った。それで俺はこの国に来た。君を探すために」

ルスランはいつの間にか〈俺〉と私的な一人称をラドミラの前でつかうようになっていた。それだけ気を許してくれたということだろう。

だが話を聞いて、彼が最初に見せた警戒も当然だと思えた。彼は祖父を惑わし、母を殺した魔女を問いつめる、その一心でこの国に来たのだ。すべてラドミラのせいだ。

話し終えたルスランに言う。

「……ごめんなさい」

「え？」

「私の命に代えてもあなたの契約は解くわ。あなたの母君に誓う。誰がなにを言ってきても、あなたはなんの呪も受けていない、ただの人間だと言えるようにするから」

◇◆◇　◇◆◇　◇◆◇

彼女が真摯《しんし》な目を向けてきて、ルスランははっとした。

彼女は母の死や祖父のこと、ベルク子爵家がその後、奔走することになったすべてを自分の契約のせいだと責任を感じているのだ。

違うと言いたくなった。それを言うなら勘違いして契約を結んだ祖父も同罪だ。

だが言おうとして彼女の顔を見ると言えなくなった。金色の目に吸い込まれそうになる。

（……人に魅了の技はつかえないと聞いたが）

魔女の行方を探るため、この国の魔導師の情報を集めた。そのときに彼女の異能のことも知った。魔物だけにつかえる退魔の能力だった。だが本人が自覚していないだけで、ほんとうは人にもつかえるのではないかと思った。

形のよい小さな顔を縁取るゆるやかな紅の髪、少し切れ長の金色の瞳。人を魅了せずにはいない、艶やかで、華やかで、それでいてどこまでも嫋《たお》やかな美しい女性。

さきほど「教えて」と見つめられたときにはどきりとした。まるであなたのことを知りたいと言われた気がして。

事前に手に入れた彼女の情報はわずかだ。王国側の警戒が厳しく調べられなかった。

母が死に、ドラコルル家の当主となったこと。まだ年若なので婿養子の父が後見役をしていること。ただし魔導貴族としての実務はラドミラが宮廷魔導師になりこなしていること。

まだ十九歳と若い令嬢の身で、彼女は一家の主であり一人前の宮廷魔導師なのだ。

そしてこの国に来てから知ったこと。

意外と潔く謝ること、漢気《おとこぎ》があること。情が篤《あつ》い優しい女性であること。それでいて限界まで弱音を吐かない誇り高い意地っ張りであること。……年下好きであること。

他になにがあるだろう。ルスランはそれ以上のことを知りたくなっている自分を自覚した。

「どうしたの？」

急に黙り込んだルスランを不審に思ったのか彼女が聞いてくる。

「いや、なんでもない」

そう返しながらも、ルスランは彼女と過ごす時間を心地よく感じ始めていた。早く解呪をすませて国に帰らないといけないのに、そのときが来るのが少し寂しい。

彼女が考えるように美しい目を伏せ、言った。

「だけどその話を聞いてますます謎になったわ。あなたのお祖父様のことが」

「祖父のこと？」

「生粋の騎士なのよね？　子爵家の出で前線を巡ったことはあっても晩年は騎士団長として都にいた。魔女や魔導師なんていかがわしい存在と交流をもつとは思えない」

「それのどこに不思議が。もともと我が国に魔導師はいない。交流がないのがふつうだ」

「じゃあ、どうやって瀕死《ひんし》の猫を私のところまで連れてこれたの？」

はっとした。

「正確には私の祖母の、禁断の森の大魔女の庵《いおり》まで。私が治療したときの猫は瀕死だったわ。でも何日も前の傷じゃなかった。馬の蹄にかけられたのは傷の形状からしてたしかだったけど、数時間しかたっていない状態だったわ。でないともう死んでいるもの。でもあなたが言うには猫は当時の皇帝の寵姫のもの。なら、当然あなたの国の都にいた猫よね？」

彼女の言う通りだ。祖父はその時期、都にいた。

どうやって祖父はひどい外傷を負った猫を運んだ？

「祖母は訪ねてくる者を拒まなかった。でも依頼を受けなくても暮らしに困っていなかった。どちらかというと庵に客が来ることを喜んでいなかったわ。だから道の整備なんかしなかったし、転送陣もつくらなかった。もちろん庵の正確な場所も公にしていない。いえ、隠していたくらい。あなたの祖父殿はどうやって俺の場所を知ったの。おかしいわ」

「……たしかに。言われてみればその通りだ」

あの男は祖父の配下の一人が北の出身でこの国のことを知っていたと言った。だがそんなうわさめいた情報だけで地図上でも大きく幅を占める森に立ち入るだろうか。かの森は人の手が入らない、太古から存在する原生林と聞く。当然、魔女の庵の他に家もない。

「あそこは深い森の中よ。かんたんに来れる場所じゃない。私たち家族も祖母に会いにいくときは転移能力のある使い魔に運んでもらっていたくらいよ？　転移陣をつかうか、猫の時を止めるかしないと間に合わない。どちらにしろ魔導師の協力が必要よ」

帝国の帝都バイラムはこの国との境にある広い内海の対岸、起伏に富むウルガ半島の中心、ドルク高原にある。シルヴェス王国北部にある禁断の森まではかなりの距離がある。言われるまでは気づかなかったが、ありえない距離なのだ。

なにが真実なのか。彼女を知る前なら魔女が責任逃れにこちらを惑わしていると思っただろう。だが本人を知った今は彼女がそんなごまかしを口にしないことはわかっている。なら、おかしいのは自分が聞かされた〈事実〉のほうだ。

（いったい祖父はなにをした。いや、俺はあの元騎士からなにを聞かされた……？）

ルスランは尊敬していると言いつつ、自分の祖父のことをよく知らないことに気がついた。祖父の存命中は本邸と別邸と別に暮らしていたし、祖父は仕事第一の人だった。めったに邸に帰らなかった。寡黙なたちで仕事の内容を邸でもらすこともなかった。自分が知る祖父は伝聞によるものばかりだ。祖父が見ず知らずの遠い人に思えた。その感覚にとまどう。

それはルスランに初めて芽生えた、〈過去〉への疑いだった。

そのときだ。ぴたりと彼女が動きを止めた。

「どうした」

「誰かが塔の私の部屋に入ったみたい。結界に反応があったわ。でも……扉は開いてない」

はっと二人で顔を見合わせる。

謎の魔導師の存在を話したばかりだ。彼女が首から下げていた予備らしき鍵を取り出す。

「転移っ」

ルスランはあわてて剣をつかみ、ラドミラの腕につかまった。一緒に転移させてもらう。馴染みとなった浮遊感のあとに、見慣れた彼女の私室に出る。

そこに賊がいた。ただし人ではない。

部屋の四方でうごめいていたのは蜘蛛《くも》だった。大きな猫ほどある蜘蛛が大量に群れている。

「下がって、合成魔物よっ」

ラドミラがこちらをかばう。だが彼女は前の朝食会のときに倒れたばかりだ。先ほども解呪で無理をさせた。魔力を消費するという魔導術をこれ以上つかわせたくない。

（剣が効く相手なら……！）

ラドミラの腕をつかみ、後方へ放る。そちらに仮眠用のクッションを備えた長椅子があることは目の隅で確認済みだ。が、とっさのことで乱暴な動作になった。「ちょっとっ」と抗議の声が聞こえたが、前を向いたまま剣を抜く。

「まかせてくれ」

今夜の服装が動きやすいものでよかった。おかげで立ち向かえる。

「俺は君の使い魔なのだろう？　ならば主を守るのは当然のことだ」

一度、彼女だけを戦わせて後悔した。だから今度は引かない。蜘蛛の形をした黒っぽい魔物に立ち向かう。壁や天井を這《は》い、カサカサと長い脚を動かし移動する彼らの動きは速かった。襲ってくる。だが、殺意はない。速度も石弩《いしゆみ》の矢ほどではない。

（いけるっ）

剣をふり切る。軽い手応えがあり、斬《き》り裂かれた魔物が床に落ちた。続けて何体か屠《ほふ》ると形勢不利を悟ったのか蜘蛛の群れがざわりとうごめいた。ルスランから離れ、いっせいに壁の一点を目指す。そこにはいつの間にできたのか、影を濃縮したような黒い穴が開いていた。

「転移陣の亜種よっ。触れちゃ駄目、あなたまで引き込まれるわっ」

ラドミラが警告する。転移できる穴とはこの国に来てまだ数日なのにすっかり不思議の国の住人になった気分がする。あわてて身を引く。だがこのままでは彼らに逃げられる。

いそいで手をのばし、気持ち悪いが脚をつかんで一体、確保する。

「捕まえたぞ」

ラドミラに掲げてみせる。

彼女の前でようやく騎士としての働きができたことが妙に嬉《うれ》しかった。

◇◆◇　◇◆◇　◇◆◇

誇らしげに魔物を掲げるルスランに、ラドミラは思わず笑ってしまった。

まるで主に獲物を持ち帰った猟犬だ。

（前は、護衛対象なのに前へ出て邪魔と思っていたのに）

ラドミラはルスランのことを見直した。騎士として育ったと言うだけのことはある。軟弱な国賓との見方を変える。ただ、自慢げに掲げた魔物は残念ながらつかい道がない。

「ごめんなさい、これ、口をきける仕様になってないから。思考能力もないし、せっかく生けどってもらったけどなにも聞き出せないわ」

「つかえないのか」

ルスランががっかりした顔をする。主に駄目出しをされた大型犬のようで、成人男性なのに可愛く思えた。気落ちしているのをなぐさめたくてつい、いい子、いい子、と頭をなでる。

「……なにをしている？」

「えっと、ご褒美……？」

怒るかと思って手を止めた。が、彼はおとなしくしている。それどころかもっとなでろといわんばかりに頭をぐいと突き出された。

手で触れるのも怖いような豪奢な金の毛並みをワシャワシャとなでる。皇弟殿下の威厳もあったものではない。思わずまた笑ってしまった。

（けっこう、いい男じゃない）

つかえるし、頼れる。

さすがは私の使い魔と自画自賛して、最後に大きくひとなでしてから手を離す。

だが笑えないのが部屋の惨状だ。蜘蛛たちに荒らされ、木箱や本が床に散らばっている。

「結界が張ってあったのに」

「魔物をよこしたということは相手は魔導師なのだな？」

「ええ」

つまりこの国の者の可能性が高い。しかも魔導の塔にまで手を出せると限られてくる。

「あなた、私との使い魔契約のことは伯父一家しか知らないと言ったわよね？」

「ああ、そのはずだったが……」

ルスランが渋い顔をする。彼もわかっているのだろう。

塔にあるラドミラの私室には貴重な魔導書など金目のものもおいてある。ルスランには秘密

なで
なで

だがシルヴェス王国の国防に関わる重要図面も。なのに引っかき回されたのは今回の使い魔契約を調べるため、私的に持ち込んだ母の日記や祖母からの手紙だ。ドラコルル家に伝わる使い魔契約の契約書や報酬など。つまり使い魔契約に関する覚え書きの類だ。

「私が不在のことが多いドラコルル家におくより、警備の厳重なこちらのほうが安全かと思って持ち込んだのだけど」

裏目に出た。ざっと見たところなくなったものはないようだが、彼の解呪を始めた段階での侵入だ。〈敵〉は解呪の邪魔をしようとしているのだろうか。

「もれているな、俺のことが」

ルスランが言った。

のんびり互いを知り、解呪の方法だけを探っていられる時間は終わったらしい。

◇◆◇　◇◆◇　◇◆◇

《帝国騎士の父と魔女の母との間に生まれた自分には二つの道が開けていた。シルヴェス王国で魔女の子として蔑まれて生きるか、帝国で騎士の子として生きるか。どちらを選ぶかは自明の理だった。後者のほうが身分の縛りはゆるい。帝国では奴隷であっても功績を挙げさえすれば総督まで上り詰めることができる。だが騎士として仕えて知ったのは宮廷の腐敗だった。親

兄弟で争う醜い政争の世界。唯一心のよりどころだったベルク子爵までもが讒言にあい、処刑された。こんな場所で生きていく価値はあるのだろうか。心が折れそうになるのを支えてくれたのは、あの日見た少女の姿だった。帝国暦四五二年六月二十日、その日のことを忘れない。私にとって人生の分岐となった日だ。腐敗した貴族の中でただ一人気高くあるベルク子爵。敬愛していた騎士団長に従い訪れた森の庵。そこに彼女がいた。もちろん当時の私はすでに成人した男だ。一人の騎士として貴婦人の前に膝を折ることはあっても、幼い少女に見とれることなどありえない。だが目をそらせなかった。小さな体から次々と生み出される魔力の波動。自分に魔導師としての資質があることは血筋からして知っていた。だが帝国の民として暮らす以上、関わることはないと思っていた。なのに一目で魅せられた。あの記憶があったから、皇子の誘いにのったのだ。あの日見た小さな魔女こそが私の〈ローディツィア〉、運命の女神だと今なら言い切れる。今の私を創ったのは紛れもなくあの日の彼女だ》

元帝国騎士、バリス・アイディーンの回想録より

第二章　私は可愛い子猫が欲しかった

1

ふと目を覚ますと、階下から楽しげな声がした。

(なに……？)

ラドミラは起き上がった。周りを見る。王都にあるドラコルル邸のラドミラの寝室だ。昨夜遅く、いや、日付が変わった深夜か早朝か判断に苦しむ時刻に塔から戻ったラドミラだが、寝台に入るのが遅かったので寝過ごしたようだ。外はもう明るい。

いそいで普段着のモスリンのドレスに着替えて階下まで下りてみる。中庭に面した客間では、弟のレネがルスランと盤をはさんでチェスの勝負をしていた。

辺りにはレネが持ち込んだらしき座り心地のよいクッションに、宙を舞う子竜姿の魔物、フシュとムシュ。ミルクと砂糖たっぷりの朝の紅茶をポットごと持ち込んで、国賓殿下と愛する弟が、薄く切ったパンに肉や魚の燻製《くんせい》、野菜の酢漬けをのせた軽食、フレビーチェクをつまみつつ、家庭感に満ちた団欒《だんらん》の場を繰り広げている。

（えっと、なにが起こったのかしら……？）

あまりの非日常感に、寝起きでまだうまく働いていない頭を動かして思い出す。

「ああ、そうだったわ。彼は私が招いたのだったわ」

昨夜、謎《なぞ》の合成魔物に塔の私室に押し入られた。荒らされたのが邸《やしき》からもち込んだ母や祖母の覚え書きだったのでとりあえず箱に戻し、邸に運んでこの中のなにが狙《ねら》われたか調べることにした。するとルスランが「俺《おれ》も君の邸にいっていいか」と爆弾発言を落としたのである。

もちろんラドミラは「なんですって？」とまなじりをつり上げて反応した。家長として、姉として、使い魔とはいえ赤の他人の成人男性を不用意に家に入れるわけにはいかない。

「妹狙いではないでしょうね。残念でした。今、あの子は領地のほうで暮らしているのよ」

「君の妹はいくつだ？　十代前半なら俺に幼女趣味はない。そもそも俺は婚約者に会うためにこの国に来た身だぞ。女性になにかするわけがない」

「では弟たち!?」

「なにが哀《かな》しくて男に手を出さなくてはならないんだ」

などという会話があったのはレネには内緒だ。教育上よろしくない。だが結局。

「こんな事件が起こった以上、安全が確認されるまでこの部屋での解呪《かいじゅ》は控えたい。君の邸なら防御も完璧《かんぺき》なのだろう？　俺も結果を急ぐ身だ。君の邸で一緒に母君たちの遺《のこ》したものを調べつつ解呪をおこなうのが合理的だと思う」

と、言われては断れなかった。

彼の帰国日は決まっている。一月後だ。それまでに解呪をおこなわなくてはならない。

それにこの提案はラドミラが深夜まで塔に残る危険性と、留守宅の家族を案じる心を考えてのものとさすがに理解できた。そうでなければかなりなついてくれたとはいえ、警戒心の強い彼が自ら魔女の家にいくとは言わない。ありがたく受けることにする。

「わかったわ。あなたにドラコルル邸への転移鍵《かぎ》を渡しておくわ」

表だって一貴族家を訪問できない国賓殿下に、自分がつかっている帰宅用鍵を渡す。

「私もこれからは塔でなく邸に待機するわ。時間ができたら来てちょうだい」

今夜はもう遅い。邸にいる家族たち、父も弟のレネも寝ているだろう。明日《あす》の朝一番で来客があることを伝えなくては。ラドミラは頭の中の予定表に「最優先で告げること」とルスランのことを書き込んだ。そして夜明け近くまでかかって塔の私室を片付け、無駄とは知りつつも合成魔物の侵入経路の探索をおこない、倒れるように帰宅して寝台に入った。

ぐっすり眠って、ふと起きるとこの光景があったのだ。父の姿はないがレネはすっかり彼になついている。ルスランも上着を脱いだ砕けた格好だ。

（……初訪問の邸なのに、自分の家のようにくつろいで見えるのはどうして？）

暖炉の上に置かれた時計を見る。朝の九時だ。時間ができたら来てと言ったがなぜにこんな時間から来ている。公務はどうした。そもそもまだ家族にルスランのことを話していない。

「あ、ラドミラ姉様、目が覚めたの？」

レネが盤から顔を上げ、にこやかに声をかけてくる。

（うっ。眩《まぶ》しい……！）

まさに天使。うちの弟はどうしてこんなに可愛《かわい》いのだろう。罪すぎてレネ以外のすべてがどうでもよくなる。

目を潤ませて心の栄養補給をするラドミラに、レネがふわふわくせのある髪をなびかせ駆け寄ってくる。腰に抱きつき、こちらを見上げる顔のなんと尊いことか。重たげな睫《まつげ》が上下に動いてあざといまでの愛らしさだ。かろうじて姉の威厳をとりつくろい、問いかける。

「えっと、お父様は？」

「もう起きてるよ。でも今朝《けさ》、殿下が姉様の部屋の前の廊下にぽつんと立ってるのを見つけてなんだか心に衝撃を受けたらしくて。また寝台に入っちゃった」

そういえば邸の転移陣は戻ってすぐ寝台に飛び込めるように寝室前廊下に設定していた。

父にあらぬ疑いをもたせたようである。

「すまない、先方の都合で朝に急遽《きゅうきょ》、空き時間ができたので来てみた」

ルスランが会話に入ってくる。

「だが邸の構造がわからず迷ってしまい、父君や弟君に先に出くわした」

「あのね、姉様が起きるのを待つ間二人で遊んでたんだ。ルスラン殿下は強いんだよ」

「いや、彼こそこの歳《とし》でたいしたものだ」

レネはまだ九歳と幼いが天才だ。この歳でもう魔導師養成私塾の入塾資格をもっている。彼ならラドミラが打ち立てた魔導の塔入塔最年少記録を塗り替えられると思う。その天才頭脳で邸内に現れた不審人物を姉の客人と判断し、もてなしてくれていたらしい。

娘に情人ができたと思い込み、今ごろぐすぐす毛布にくるまり泣いているだろう情けない父とは大違いだ。

「ありがとう、レネ。朝ご飯もまだだったでしょうに、よくやってくれたわね。偉いわ」

「ううん、いいんだ。僕も楽しかったから。こんな勝負久しぶり。父様や兄様は素直すぎて相手にならないしラドミラ姉様は野生の勘で指してくるから。あれはもうチェスじゃないよ」

「その言い方だと私が猪突猛進《ちょとつもうしん》の脳筋みたいじゃない。違うわよ。私は魔導師だからなの」

ラドミラは魔女だけに勘がいいのだ。たぶん頭の中で占星術他《ほか》、未来予測の確率計算を瞬時におこなっているのだろう。考えるまでもなく手が動いて、相手を負かしてしまう。

「えっと、それよりレネ、おどろかせてごめんなさい。改めて紹介するわね。この人はね」

「うん。姉様がお仕事で一緒にいる帝国の殿下でしょう？」

ああ、声まで可愛い。聞き惚《ほ》れているとレネが手を口に添え背伸びをしてささやいた。

「ねえ、この人が僕の義兄様《にいさま》になってくれる人？　だったらいいな」

「うっ」

おねだりするようにレネが潤んだ目で見上げてきて、もう少しでラドミラは「わかったわ。レネのためなら確保するから！」と言いそうになった。

「……ごめんなさい、この人は違うの。お義兄さんには別の人を用意するから許して」

「えー、僕、殿下がいいのに。だって一緒に遊んでくれるし、魔導書も護符も好きなだけ買ってくれるって言うし、隣国皇族なら権力もあって便利なのに」

「ああ、泣かないで、レネ」

必死になだめているとルスランがにやにやと意地悪っぽい笑みを浮かべて言ってきた。

「すまないな、レネ。俺はいいのだがかんじんの姉上に拒絶されてはな。残念だ」

可愛い弟を冗談の種にされて、ぶちっ、とラドミラの中でなにかが切れた。

「わかった、ラドミラ。悪ふざけはやめる。だから脱いだ靴でなぐるな。踵《かかと》がささる」

「レネはすごいな」

接待役から解放されて「本格的にご飯を食べてくる」と元気に駆けていくレネを見送って、

ルスランが言った。「そうでしょう！」とラドミラは前のめりになる。

「あの子は頭がいいだけじゃなく努力の天才でもあるの。あの歳で健気《けなげ》にも将来を見据えているのよ。宮廷魔導師になって生きていくんだって」

ドラコルル家は貴族にしては珍しく女系優先だ。代々使役する使い魔との相性のせいだが、弟たちはいずれ独り立ちし、家を出ていかなくてはならない。

「もう一人の弟のリジェクは騎士に適性があったけど、レネは母に似て線が細いから。体を動かす職は難しかったの。だから魔導師として生きるって幼いときに決めたのよ」

「感心なことだ。だがあまり幼いうちから決めるのはすすめない。俺のような例がある」

ルスランの顔が少し翳《かげ》って、彼が騎士として身をたてるつもりでいたことを思い出した。

（だからこの人は皇弟なのに偉ぶったところがないのね）

それはラドミラからすれば好感がもてる部分だ。ふと、彼が相手ならカリエ公女も幸せになれるのでは、と思った。

他家のことだが歳の近さから妹のルーリエと重ねてしまい、公女カリエの婚約にはいい印象を抱いていない。だが彼なら腕も立つ。性格も皇族のわりにまともだ。

と、そこで彼の国の結婚制度を思い出して眉《まゆ》をひそめた。帝国は大陸西方諸国とは違い、東方の影響を濃く受けている。一夫多妻制だ。重婚を禁じるルーア教徒として育ったラドミラには馴染《なじ》みにくい。カリエ公女は側妃ではなく、正妃として迎えられる予定だが。

「……異なる考え方や風習の違いは尊重したいと思ってるけど、例外もあるわね」

ついつぶやくと、彼は察してくれたようだ。

「もしかして、子だくさんがすぎて政争が絶えない我が帝室を憂えてくれているのか？」

「皇子が多いのは継承面からすれば安定していいとは思うわ。少ないと民も不安だから」

この国の王には子が一人しかなく、その子になにかあれば王位がいく王弟の家にも娘が二人しかいない。かなり危うい状況だ。だが家族が少ないぶん王の愛情は深い。

「私も魔導貴族という異端の少数派として育った身だけど理性と感情は別なのよね。亡くした妃《きさき》をいまだに愛する陛下が新たな妻《めと》を娶らずにおられるのはこの国では有名な話なの。継承が不安定でも素敵だと思ってしまう」

「皇子が多いのは一夫多妻の結婚制度だから、か。君の国からすれば女性を虐《しいた》げているように見えるかもしれないが、もとは女性を救済するためにできた制度なんだ」

「え？」

「昔、大きな戦があり多くの男が死んだ。残された女たちを少ない男で守らねばならなかった。それでこの制度ができた。高潔な戦士が亡き友が残した家族を堂々と引き取り、守れるように。……多情な男が妻を複数もつ言い訳にする悪しき面もあるが」

「もしかしてあなたが女性は守るものと言うのは、騎士道からでなくその制度のせい？」

「かもしれない。母は側室で苦労した。だがそれを見て育った息子なら自分が迎えた妻を大切にする。要は制度ではなく運用する人の問題ではないか？　子が多いと家督争いが絶えないが この国より自由な面もある。長子のみが尊ばれることはないし、正妻の子と側室の子で法律上の隔てはない。帝位はふさわしい者がとる。合理的だろう？」

「……よくわからないわ」

ラドミラは答えた。

「ただ、そういう考え方もあるのかとは思うわ。代替わりの度に荒れることさえなければ」

「それを言われるとなにも言えなくなるな」

そこで、ぐう、とラドミラのお腹《なか》が鳴った。赤くなるとルスランも朝食会を先方にすっぽかされたとかでまだ食べていないと言い出した。二人でレネがいる朝食の間に移動する。

三人で仲良くご飯を食べて、それからドラコルル家の書庫を調べる。

レネが「僕、今日《きょう》は出かけないからムシュも仲間に入れてあげて」と護衛の使い魔を返してくれたので、久しぶりに三柱そろったフシュ、シュフ、ムシュがパタパタと棚の間を飛び回って鬼ごっこをしている。可愛い。ルスランは「見分けがつかない」とうなっているがよく見れば違いがあるのだ。彼らに着せたお仕着せだって微妙に意匠を変えてある。

どこでひっかかっているのかラドミラの専属護衛の命令はまだ上から降りてこない。彼の予定を把握していないがルスランは珍しく午前は空いているそうだ。なので昼前になったら知らせてと執事に頼んで書庫にこもる。王宮の図書塔には及ばないが代々の書き付けや蔵書を保管した書庫は身内目にも見応えがある。ルスランが驚いたように目を見開いた。

「すごいな、これがすべて魔導書と一族の記録か」

「レネが持ち出しているものや領地においてるのもあるけど。あ、この棚が祖母の遺品よ」

ルスランとの契約をおこなった場所が禁断の森だったので、森で暮らしていた祖母のものから調べることにする。

「すまない。家族でもない俺が私文書を見て」

「いいの。あなたならここで知ったことを口外しないでしょうし」

その程度には彼を信用している。紙のつまった重い箱をルスランに棚から下ろしてもらう。

「ぜんぜん整理してないの。一部を塔に持ち込んだのもあちらで空き時間に仕分けしようと思ったからよ。母も忙しくて手が回っていなかったから。魔導師でない父では見てもわからないし。あなたも魔導のことはわからないでしょう？　最終確認は私がするからそれっぽい記述があるのとないのに分けてくれると助かるわ」

ラドミラの父ベネシュは婿養子だ。母とは大恋愛だったが封土貴族の出で魔導知識はない。領地経営は代行してもらえても魔導関係の補助はしてもらえない。

蓋《ふた》を開けて中を見る。祖母がまとめたのだろう、紐《ひも》で縛られ、時の経過で変色した手紙の束がつまっている。なにげなく束の一つを取り出してラドミラは眉をひそめた。

「一度、ばらしてある……？」

手紙の束を結んでいた紐が解かれて結び直されている。結び目の変色部分がずれていた。塔に持ち込んだ分はともかく、ラドミラは邸のものは箱の蓋さえ開けていない。

「誰《だれ》かが忍び込んだのか？」

「邸にも結界が張ってあるわ」

事前に登録していない者が入れば塔の私室と同じく感知できる。侵入者はいなかった。かといって家内の誰かが見たとは思えない。今、邸内にいる家族は父と弟のレネだが、二人とも森に隠棲《いんせい》していた祖母とは面識がない。故人を偲んで紐解《ひもと》くとは思えない。

「最近だと、ロベルトに自由に出入りすることを許しているから、彼かもしれない」

「ロベルト？」

「あなたとも会ったことがあると思うけど。ほら、この前の襲撃があった朝食会の。私を塔まで連れ戻ってくれたのが彼よ。そういえば紹介はまだだったわね」

初対面の王宮広間は〈陰ながら護衛〉で、朝食会は襲撃後だ。それどころではなかった。

「ロベルト・フメル。私の同期入塔の宮廷魔導師で一応、上役になるわ」

「上役？　君の？　ドミニクという宮廷魔導師には君が王宮一の腕と聞いたが」

「副長には魔導の腕がたつだけじゃなれないのよ。雑務が多いから。私は当主だもの」

兼任は仕事量的に難しいと伝える。

「あの男が上役というのは理解した。が、それがなぜ君の邸に自由に出入りしている」

「だって私の夫候補だもの」

「……夫!?　婚約しているのか!?」

「なによその顔。私だって貴族なのよ。結婚は義務よ。婚約者くらいいるわ。あなただっているじゃない」

「それはそうなのだが……」

ルスランは複雑な顔だ。魔女は結婚などしないと思っていたのか、ラドミラには無理と思ったのか。最初のころは二人になるにも渋面だったのに今は時を問わず押しかけるようになっているし、こちらが淑女であることを忘れているのではないか。どちらにしろ失礼な話だ。

ラドミラが怒ってそっぽを向くと、ルスランがひるんだ。

「すまない、たしかに君ほどの魔導師なら相手がいてもおかしくないが……」

いそいで言い訳をしている。あいかわらず律儀な騎士殿だ。ぷっと笑って機嫌を直す。

「不審な点があったら声をかけて」

言って、二人で埃《ほこり》まみれになって箱の中身を調べる。

「ねえ、おかしくない？　あなたと伯父一家しか知らないはずの私たちの関係がもれてることもだけど、あなたを狙っているのは帝国にいる政敵が雇ったこの国の魔導師のはずよね？」

調べる内に疑問が出てきて訊ねる。

「魔導の塔は王宮の敷地にあるわ。警護は厳重よ。それだけでなく機密のつまった宮廷魔導師の本拠なの。幾重にも魔導の結界が張られてる。どうやってあそこに転移陣を通したのかしら。それに感知したのは私だけだったわ。塔には長もロベルトたちもいるのに」

「その点は俺も不審に思っていた。朝食会で襲われたときにも思ったが結界とやらに細工するにはかなり前から俺の予定を知らなくてはならないだろう？　それに君は部屋を襲った合成魔物には思考能力がないと言っていたな」

「ええ。術者から与えられた命令をこなすだけのものよ。自分で考える頭はないわ」

「なら、どうやって君の部屋で必要なものを探したんだ？」

思わず、あ、と声が出た。盲点だ。ルスランが続ける。

「内通者がいるのではないか？　荒らされたのは君が邸から持ち込んだ木箱だけ。俺の目にはあそこにあった箱は皆、同じに見えた。その中であの箱を狙えとどうやって魔物に命じた？賊は君の部屋に入ったことがあるのではないか？」

「事前に目星をつけていたってこと？　でもあなたが言う通り似た箱ばかりよ。見ただけで中身の区別はつかないわ。私は誰にも箱の中身を見せてないもの」

「あの部屋は宮廷魔導師としての君の執務室も兼ねるのだったな」

「ええ。訪れる者は多いわ。仕事関係だけでもロベルトにドミニク、塔の同僚たち。王宮から人が来ることもあるわ。紹介状をもった貴族が相談に訪れることも。直近では私が倒れてあの部屋で静養したから。あなたが差し向けてくれた侍従や医師は私が眠ったあとも付き添ってくれたし、休憩ついでに見舞いに来てくれた馴染みの図書塔の司書もいたわ。だから私が目を離した隙《すき》に物色するのは可能かもしれないけど……」

ラドミラは言葉をにごした。魔女や魔導師はこの国では嫌われ者だ。そんな中、部屋を訪れる同僚たちは数少ない仲間だ。疑いたくない。

「合成魔物の群れに自分の〈目〉の役割を持たせた司令塔を一匹つくって交ぜたのかも。遠隔で指揮したのよ、きっと」

これ以上話したくない。唇を引き結ぶ。こちらの意思を尊重してくれたのだろう。ルスランは「わかった」とだけ言った。疑いの矛先をそらせてくれる。

「契約絡みなら俺のほうから漏れたとも考えられる。事情は伏せたが人をつかって調べた部分もあるからな。そのときに感づいた者がいるのかもしれない。そちらを調べよう」

「どうやって？　あなたは動けないでしょう？　予定のつまった国賓だもの」

「シルヴェス王国の宮廷魔導師殿には信じられないかもしれないが、俺にも動ける配下はついているんだ」

こちらを元気づけようというのか、軽い口調でルスランが言う。

「とはいえ他国では行動を制限される。せいぜい本国に使者を送るくらいしかできないが、国には従兄たちがいる。代わりに動いてくれる」

「例の七人もいるというお従兄《にい》様たち？」

「ああ。揃《そろ》うと壮観だぞ。君にも見せたいな。いや、会わせたい。皆、さっぱりした気のいい男たちだからきっと気が合う」

「やめて。私が可愛い年下好きなのを忘れてない？　あなたの従兄なら背の高い頑健な男たちでしょう？　好んで見たいとは思わないわ」

「ひどいな。君はまだ成人男性の可愛げに気づいていないだけだ」

ルスランがくるりと目を回して見せて、ラドミラはくすくす笑い出した。彼の気づかいにほっとする。それからも軽口を叩《たた》きつつ調査を続行する。意外と楽しい。だが、もともと小さな庵《いおり》で暮らしていた祖母の遺品だ。数も少ない。小一時間で整理もついてしまう。

「今まで放置して祖母には悪いことをしたわ。もっと早くに手をつければよかった」

「こうしてみると私的な手紙は少ないな。隠棲していただけのことはある。あとは魔導関連の文か。俺にはわからないがなにかの調査に関する意見交換の書簡か？」

「結界かなにかの構造を調べていたみたいね。すごく規模が大きいけど」

他にも、数少ない私信の中から思いがけないものが見つかった。

「知らなかったわ。塔の長と祖母は茶飲み友だちだったのね」

塔の長から送られたらしき手紙が何通か残っていた。一通、開けてみると先日ふるまってもらった香草茶は美味《おい》しかったという挨拶《あいさつ》から始まって、探査につかう魔導術について意見を交わしている。〈なにかの調査〉について塔に問い合わせたようだ。

「文面からすると、あの出不精の長が森の庵まで出向いていたみたい。驚いたわ」

「塔の長か。一度、王と一緒に接見したがそんなに出不精な男なのか？」

「ええ。研究肌で部屋から出てこないの。だから塔の実務はロベルトが一人でやっているわ」

◇◆◇　◇◆◇　◇◆◇

また、ラドミラの口からあの男の名が飛び出して、ルスランは思わず眉をひそめた。

彼女が大事にしている弟が暮らす邸の鍵をもらい、親とも顔合わせができた。彼女がさらに身近になったような満足感があった。二人で家族にも話せない秘密を共有しているのも心地よく、心がなごんでいたところにいきなり〈夫候補〉なる異物が飛び込んできた。

落ち着かない。まるで自分だけのものだと思っていた魔女に他にもっと気を許せる相手がいると知って衝撃を受けたような。そわそわしてもっと詳しく聞きたくなる。

だがラドミラはすでにこの話題に関心はないようだ。容赦なく調べ終わった木箱の移動や読み終わった手紙の束ね直しを頼んでくる。すべてを話してもらえなくても力仕事を頼まれるくらいには信頼されるようになったのだ。そう自分を慰めて、しばし下僕状態を甘受する。

今、ラドミラの隣にいてともに真実を追っているのは自分だ。不快感をおさえて用済みの手紙をしまおうとして、ふと、なにかの符牒《ふちょう》か見慣れない語が交じっているのに気づく。

騎士として、皇族として、大陸主要国の言語は習得した。記憶を探って思い出す。

「……〈ローディツィア〉か。ずいぶんと情熱的だな」

つぶやくとラドミラが横から覗《のぞ》き込んだ。ふわりと髪が頬《ほお》にふれて華やかな薔薇《ばら》の香りがした。彼女が邪気なく話しかけてきて、体の筋肉が強張《こわば》るのを感じた。

「知っている語なの？　私、わからなくて読み飛ばしたけど」

「あ、ああ、北の言葉だ。昔は北の民と呼ばれていた今はグフ公国になっている地で暮らす民の言葉で、運命の女神、という意味だ」

ラドミラの前では少し言いにくい。こほんと咳払《せきばら》いをして目をそらす。

「主に自分の人生を変えてしまう女性のことを指す。……愛する女性、運命の伴侶《はんりょ》や魂を捧げた恋人のことをそう呼ぶことが多い」

隣にいるラドミラを意識してしまう。つられたのか彼女も落ち着かないそぶりをみせた。妙に嬉《うれ》しい。だが身内のこの手のやりとりを見るのは気恥ずかしい。互いにしばらくもじもじして手紙を封筒に入れ、元通り箱に戻す。ラドミラが空気を変えるように言った。

「それにしてもよく北の言葉を知っていたわね。もしかして語学堪能？」

「たまたまだ。帝国にも北に祖をもつ氏族がいる。俺が属した騎士団は北に本拠を構えていたから父が即位するまで北にいた。つい二年前の話だ」

「二年前……」

「どうした」

「ごめんなさい、ちょっとひっかかっただけ。実は祖母が亡くなったのも二年前なの。でもただの偶然だわ。それを言うなら私が魔導の塔に入ったのも二年前だもの」

ラドミラがなんでもないと首をふる。ただ遺品を調べてわかったこともある。あの森には〈時の迷宮〉なる大がかりな結界のようなものがあって、彼女の祖母はそれを調べていたらしい。気になるのはその結果だ。覚え書きからすると調査の成果や考察をまとめた研究結果があるはずなのに、どこにもない。

「祖母君の遺品はほんとうにこれだけか？　母君からは？　なにか聞かなかったか？」

「ここにあるだけだと思うけど。とくに聞いていないわ。……母も急な死だったから」

ラドミラ曰《いわ》く、過労死だったそうだ。一年前、魔導をつかっていて突然倒れた。体調が悪いのを隠して宮廷魔導師の職務を遂行していたらしく手遅れだったらしい。彼女の父は妻の死に衝撃を受け、以降は「妻の遺した子らと家を守らなくては」と過保護になったのだとか。そういえば朝にこの邸に転移したときは魔神にでも遭遇したような顔をされた。

「ウシュガルルとウームーならなにか知っているかもしれないけど」

貸してもらった使い魔のフシュと同じく、代々ラドミラの家に仕える使い魔だそうだ。

高位の魔物は一体、ではなく一柱、と数えるそうだが、二柱とも遠い昔に異国の神だったという高位の魔物で、今はウシュガルルのほうが領地にいるという妹のルーリエを、ウームーは騎士見習いとして騎士学校に入った弟のリジェクを守護しているそうだ。驚くことに人の姿もとれて、人の言葉も話せるらしい。

それらを話しつつ、またラドミラの顔がくもってしまう。

「……すまない」

母親のことを思い出させてしまった。謝るとラドミラは「平気よ」と答えてくれた。

「私だってあなたのお母様のことを話題に出したわ。お互い謝るのはもうなしにしましょう。きりがないわ」

さばさばとした口調で言う。だが、つん、と胸を張った様は強がっているようにも見えて、母に代わりこの家の新しい家長として立たねばならないラドミラの立場が痛ましくなる。

（まだ若いのに。たしか十九歳だったか。……俺より二つも年下だ）

彼女は姉として弟妹《きょうだい》を目に入れても痛くないくらい可愛がっている。見ていて微笑《ほほえ》ましい。だが同時にラドミラには可愛がり、甘やかしてくれる人はいるのだろうかと思った。

ラドミラが元通り箱の中身をしまいつつ続ける。

「でも、母もなにも聞いていないと思うわ。祖母の死は急で母も驚いていたから。祖母の死後、俺には私もいったから覚えてる。研究結果のまとめなんかなかった。それどころか祖母は自分が死ぬなんて考えてなかったみたいで、遺言もなにもなくて葬儀の手配にも困ったくらい。そもそもあの方は便宜上そう呼んでいたけど、正確には私の祖母ではないの」

「祖母じゃない？」

「ええ。遠い姻戚《いんせき》になるのかしら。家族同然だったけど戸籍上はドラコルル家の人ではなくて。別に家族というか一族がいて、残された庵も登記を調べるとそちらの所有だったわ」

「森の庵が、ドラコルル家のものではないのか⁉」

驚くと彼女も「私も驚いたわ」とうなずいた。

「祖母が祖母じゃないのは知ってたけど、人嫌いで母くらいしかつきあいがない人だったから。生涯結婚しなかった一族の大伯母とかでドラコルル家の人だと思い込んでたの。まさか他に家族がいるなんて思わなくて。問い合わせるとあちらも祖母の存在を知らなかったらしくて急いで記録を調べて、庵に住む魔女は一族として遇すようにという古い書き付けを見つけたらしいの。それで祖母の亡骸《なきがら》はマルス家の廟に納められたわ。残された魔導関連の書や私物はいらないと言われたからうちで引き取ったけど」

「待ってくれ、マルス家とはもしかしてあのマルス家か？　辺境伯家の」

「ええ。知ってるの？」

「当然だ。帝国と領地の境が接する大貴族だ。だが魔女の家系とは聞いたことがないぞ」

「もちろん違うわ。マルス家は封土貴族で魔導とは関係のない騎士の家柄よ。うちとは昔に姻戚関係があったみたいだけど代を重ねてあちらはがちがちのルーア教徒になったから。魔導師一族とはつきあえないと没交渉。祖母の遺体も外聞が悪いと葬儀もおこなわずに墓に納めたの。

母はこんなことならドラコルル家でひきとればよかったと悔やんでいたわ」

そんな調子だから森の庵もすぐに閉ざされたそうだ。往路の転移陣は残っているそうだが、勝手に他家の地所に立ち入るわけにはいかず、以来、庵にはドラコルル家の者は誰も訪ねていないという。祖母君が調べていた〈迷宮〉とやらも謎のままだ。

「……鍵は、祖母君にある気がするな」

賊が狙ったのはこの祖母君の研究成果ではないだろうか。それがどうラドミラとの使い魔契約に関わるかはわからないが。

「君が俺の解呪に手こずるのはなにか未知の要素があるからだろう？　帝国での俺に魔導が関わる余地はない。なんとかマルス家に話を聞けないか。あの家も歴史は古い。この家と同じく書庫を調べればなにかあるかもしれない」

「それは難しいと思うわ。ルーア教は魔導師や魔女を異端としているでしょう？　なのに国を挙げて庇護《ひご》する王家に伯爵は不満をもってるの。だから国境ににらみをきかせるという理由でめったに王宮にも顔を出さないわ。こちらから会いにいっても門前払いでしょうね」

「なら、異教徒である俺が頼んでも無理だな」

うーんと二人で考える。だが妙案は出ない。

「……俺がなんとかしよう。いざとなれば国賓の立場をつかって王を動かす」

立場乱用ではないかと思うが、それぐらいしか魔導師でもない自分にできることはない。

そうこうしていると執事が呼びに来た。もう午後の公務に戻る時間だ。

(もう少しここにいて、彼女にかけている調査の負担をへらしたいが)

自分の使い魔契約のことなのだ。なのにラドミラにばかり無理を強いている。常に傍《そば》にいてせめて力仕事だけでも代行したいのだが。

窮屈な皇弟の身分が残念に思えた。

◇◆◇　◇◆◇　◇◆◇

書庫の探索はお開きになった。彼には午後の公務があるそうだ。

妙に名残惜しげに戻っていくルスランを見送り、昼食をレネとすませたラドミラは出勤することにした。ルスランは一度襲撃を受けた部屋に戻ることに渋い顔だったが欠勤はできない。対策は十分におこなうと説得した。解呪の件があるからとはいえ殿下は心配性だ。

「ただいま。お留守番ご苦労様」

魔導の塔の私室に転移したラドミラはカサカサと這《は》い寄ってきた魔物に声をかける。

ルスランが生け捕りにした蜘蛛《くも》型の合成魔物だ。殺すのは可哀そうだし逃がすのは論外と、情報を上書きしてラドミラの使い魔にすることにしたのだ。マンドレイク一号と名付けた。

命を助けられた恩義を感じているのか、昨夜は家事が苦手なラドミラに代わり部屋の片付けを手伝ってくれた。たくさんある脚で主《あるじ》がいない間に掃除もしてくれたようだ。

(この子がいれば留守番にもなるし、思考能力を付加して使い魔にした私って天才)

自画自賛して、ふと、ルスランの言葉を思い出す。

——鍵は、祖母君にある気がするな。

(彼はああ言ったけど)

幼いラドミラが結んだ使い魔契約と祖母がどう関わるのか。あの日、祖母は留守だった。ラドミラは勝手な真似《まね》をしたと叱《しか》られるのが嫌で騎士の訪れを秘密にした。

抱き上げたマンドレイク一号にご褒美の魔力を注ぎながら考えていると、ロベルトがやってきた。

「なんだ、それは」

入ってくるなりマンドレイク一号を見て後ずさる。

「紹介するわ。私の新しい使い魔よ。マンドレイク一号と名付けたわ。よろしくね」

「なぜピンクのリボンがついている」

「個体識別も兼ねた飾りよ。私の使い魔だという印なの。可愛いでしょ」

「個体識別だと？　他に何体いるんだ」

実に嫌そうな顔をして部屋を見回す。

「人の趣味嗜好《しこう》をとやかく言う気はないが、私には絶対に近づけないでくれ」

蜘蛛が苦手なのか扉にはりついたまま奥に入ってこない。これはいいことを知った。

「なんだ。そのいかにも悪巧みをしている顔は」

「なんのことかしら？　それよりなにをしに来たの」

「君が遅刻常習犯で月例報告会にも出てこないから連絡事項を伝えにきたに決まっているだろう。命令書だ。君をルスラン殿下の専属護衛にする」

前にルスランが王に要請すると言っていた件だ。今さら感がひどい。

ルスランはもう転移鍵をつかいこなしている。今夜も彼と自邸で会う約束をしているし専属護衛の立場はいらない気がする。最近はほぼ徹夜で解呪その他に魔力を消費しているからつききりでなくていい時間くらいまた倒れたりしないように休息を取りたい。

顔をしかめると嫌がっているのがわかったのか「言っておくが王命だ。断れないからな」と言われた。そうだった。彼は王に願い出たのだった。宮仕えはつらい。

「もともと宮廷魔導師を、できれば魔女を護衛につけて欲しいとは言われていたんだ。そこへあの結界破壊事件だろう？　王も必要と判断された」

「結局、あの事件の追跡調査はどうなったの？　新たな発見はあった？」

「あれば私も気が楽なのだがな。調査に人手を割きたいところだが、残念ながら殿下が滞在中はその身の安全確保を優先するようにと王命が出た。調査は一時中断だ」

言って、ロベルトが「殿下の護衛になるなら油断はするな」と忠告してきた。

「あの国は皇帝でさえ謀殺の危険がある。はっきり言って誰がいつ死んでもおかしくない」

前皇帝も病死と公表されているが、前日に元気に歩く姿を家臣に見せていたそうだ。

「明らかに不審死だ。その前の皇帝も呪《のろ》い殺されたとの噂《うわさ》がある。だからこそ帝国は国交のなかったこの国に政略婚約を持ちかけた。魔導師という〈持参金〉が欲しくてな。君は婚約者を亡くしたカリエ殿下に同情的だが、ルスラン殿下が死ねばまた誰かが代わるだけだ。それくらいなら私としてはさっさとルスラン殿下にカリエ殿下を託したい。国王陛下もカリエ殿下をふびんがっておられるが前の婚約者が死んだ以上、歳の差十一ならましなほうだぞ。ルスラン殿下は健康だ。騎士として育ったらしいから今度こそ死なずに成婚にこぎつけるだろう」

まずそこが重要だと、ロベルトが現存する隣国皇族の名をあげていく。一夫多妻で皇子が多い国のはずなのに数が少ない。

「……お隣は怖い国なのね。魔導は発達していないのに呪殺《じゅさつ》はあるなんて」

そんなところでルスランは育ったのか。ラドミラはしみじみ言った。

そこでふと、ロベルトに聞きたいことがあったことを思い出した。彼に祖母の書簡にふれたか訊《たず》ねようとした、そのときだ。

間が悪いことにルスランが転移鍵をつかって控えの間に転移してきたらしい。

叩扉《こうひ》の音がしたと思ったら、ほぼ同時に彼が扉を開けて入ってきた。

「ラドミラ、邸を訪ねたらこちらだと言われてきたんだが、マルス辺境伯のことで……」

言いかけて固まっている。そういえば渡した控えの間の転移鍵は回収していなかった。だが今このときにつかうか？

話題にしていた皇弟殿下の突然の登場に、ロベルトが引きつった顔をしている。

（……せっかく扉を叩いたのなら、まず、出てもいい状況か確認してから入ってきなさい！）

扉を叩く意味がない。

もう手遅れだが、ラドミラは胸の内で突っ込んだ。

◇◆◇　◇◆◇　◇◆◇

ルスランは扉を開けて固まった。

通い慣れた転移陣をつかって控えの間に出て、扉を開けたら〈他人《ひと》〉がいた。

今朝は彼女の愛する弟を冗談の種にした。悪ふざけがすぎて彼女を怒らせた。

反省して、その後は率先して調査を手伝い、気になる人物を見つけた。名誉回復の機会だ。

なかなか会えないというマルス伯になんとか面会できないか動いたところ運よく結果が出た。

一刻でも早く知らせて褒めてもらおうと近侍の目をごまかし、時間をつくって転移してみれば男がいた。彼女の部屋だというのに我が部屋のように堂々と立つ姿にむっとした。

彼女があわてたように男、ロベルトに向かって弁明する。

「その、殿下には命を救われた礼だと医師をよこしてもらったことがあるのよ。そのとき返礼に緊急時の避難用に転移陣の鍵を渡したの。ここなら守りも厚いし殿下になにかあったら困ると言ったのはあなたでしょう？」

あきらかにルスランより男を優先している。それどころか親しげに男の腕に触れて体の向きを変えさせ、こちらに空気を読めと目配せしてくる。それからやっと声をかけてきた。

「……なにをしに来たの、いえ、なにか御用ですか、殿下」

他人行儀な口調に直したのも気に入らない。いらだちがこみ上げ、とっさに口から出た。

「まだ連絡はいっていなかったか？　今夜のことで打ち合わせておきたいことがあって来た」

「今夜のこと？」

怪訝《けげん》な顔をされた。当然だ。今、思いついて言っているのだから。横にいるロベルトの探るような目線が鋭い。適当な口実を探す。

「その、陛下が今夜の夜会に招待してくださったんだ。私の同伴者として君を指定したい」

「殿下には婚約者がおられましたよね」

「ああ」

「どうしてその方といかれないのです」

言下に目立つ真似をするんじゃないわよ！　との言葉が隠れている。秘密を共有できているのが嬉しくて間男への怒りも収まった。が、一度言い出した手前ひくことはできない。

「公女はまだ幼い。社交の場には出られない。すでに欠席するとの知らせは受けているから、大使夫人に頼むしかないと思っていたが、彼女がぎっくり腰になってしまってな」

もっともらしい理由を思いついた。夫人には後で口裏合わせを頼んでおく必要がある。

「こちらに他に知り合いはいない。下手《へた》な女性を誘って勘ぐられては困る。その点、君なら宮廷魔導師だ。護衛との言い訳が立つ。ちょうどいい」

「でも、もう時間がないのでは」

彼女が窓の外を見る。太陽はとっくに中天を過ぎている。男の自分でもそろそろ着替えの用意をしないといけない時刻だ。女性である彼女ならもっと時間がかかるだろう。

「なら、すぐ用意にかからないといけないな。邸まで送ろう。着替えが終わったころに迎えを差し向ける。帝国の馬は優秀だ。馬車馬だろうと脚が速い。北方産のサラディン種だからな」

彼女を引き寄せ、抱えるようにしてこっそり耳元に魔法の言葉をささやく。

「マルス辺境伯が出席する。ちょうど都に来ていた。今夜を逃すと領地に帰ってしまう」

「もちろんお供しますとも、殿下。ちょうど専属護衛の辞令が下りたところなんです」

ラドミラが即答した。

相手の男のしかめ面が心地よかった。

◇◆◇　◇◆◇　◇◆◇

《皇子のもとでの魔導師生活が始まった。帝国に残る古《いにしえ》の神話を記した石版の解読が主な仕事だったが、私は母から薬学の基礎を聞かされただけだ。自分の知識不足を恥じ努力した。二十歳を過ぎてからの新たな挑戦の中、私は皇子の考えを知った。帝国は強大な国だ。が、大気に漂うメラムは少ない。シルヴェス王国ならいたるところにいる魔物もこの国には存在しない。魔神と呼ばれる太古の神の生き残りが辺境にちらほら隠れ住んでいるだけだ。神すらが過去のものとして語られるこの国ではすべてが合理的だ。医学や錬金術の水準の高さは大陸一だろう。そんな帝国から見ればシルヴェス王国などいまだに魔女の呪いを信じる未開の小国でしかない。だが皇子はかの国を気にかけていた。「我が国はかの地のような魔導技が発達していない。これは危険なことだ」と警戒心を抱いていたのだ》

元帝国騎士、バリス・アイディーンの回想録より

2

その夜、馬車から降り立ったラドミラの姿にルスランは息をのんだ。

彼女がかなりの美女だと気づいてはいた。淑女として着飾ると眩《まばゆ》いばかりだ。深紅の髪が華やかにドレスを彩り、輝く瞳《ひとみ》は金の滴のよう。夜の星の下、侍従が差し出した角灯の明かりが

輝く光の粒となって彼女を包み、光を纏《まと》って降臨したように見えた。

「女神か……」

「え？　なにか言った？」

「いや、なんでもない」

あわててごまかす。とっさに同伴役を頼んだが失敗だったかもしれない。ただの護衛とその対象と言い張るには彼女は魅惑的すぎる。

彼女は光沢のある淡い銀灰色のドレスを纏っていた。塔の私室でどんな服を着ていくのかと聞かれて答えられず、迎賓館に戻ってから侍従に聞いてフシュに使いにたってもらった。こちらの衣裳《いしょう》の形状を伝えたが、同伴者として合わせてくれたのだろう。上品で、それでいて存在感のある、女王のごとき彼女にふさわしいドレスだ。ルスランの青灰に金の装飾がなされた衣裳が引き立つよう色数や装飾は控えめ。だが国賓の隣に立つ重みを出すため生地にこだわっている。折り返した襞《ひだ》から覗く裏地には蒼《あお》を基調とした地に銀糸を織り込んだ豪奢《ごうしゃ》なダマスク織がつかわれ、さらに同色の糸で精緻《せいち》な刺繍《ししゅう》がほどこされている。

今まで服に関心はなかった。公の場に出る際も侍従まかせで色の指定をしたことさえない。が、今夜は彼女が似合いの一対になるように配慮してくれたことで今着た一着が特別なものになった気がする。

「ごめんなさい」

なのになぜか彼女が謝った。

「地味にしたつもりだけど、国賓相手だと見劣りのするドレスにするわけにもいかなくて」

それで彼女が注目を集めるだろうことに謝っているのだと気がついた。その謝罪は無用だ。こんな彼女が目立たないわけがない。本来、女性を立てなくてはならない男のほうが女性に合わせさせたことが恥ずかしいが、それを上回る勢いで会場にいるすべての者にこの女性は自分の同伴者なのだと示せるのが誇らしくてたまらない。返す言葉につい熱がこもる。

「君はどこも悪くない。完璧だ。それでも責めるなら悪いのは当日になって誘った俺だ」

「ならいいけど。衣裳の色を合わせたのはやりすぎだったかもしれないわ」

「俺との釣り合いを考えてのことだろう？　君の心づかいには感謝しかない」

「そうじゃなくて。あなたはともかく私が社交界に顔を出すのはあの夜以来なのよ」

あ、と思った。彼女が言うのは初めて会った歓迎式典のことだ。開場直後に彼女を広間から連れ出した。そんな二人が揃いの衣裳で出席すれば注目されないほうがおかしい。

「……すまない。君を晒《さら》し者にしてしまうのか」

「私はいいのよ。今さらだから。それよりあなたのほうがまずいじゃない」

彼女がそっと王宮の方向に目をやる。その仕草でカリエ公女のことを気にしているとわかった。公女はまだ幼い。夜会には顔を出さない。だが伯父である王と父の大公は出席する。

今の自分たちは秘密を抱える身。他に不審を与えないよう入場時だけでも別に行動したほうがいい。理性的に考えたときだ。彼女が言った。

「ロベルトから聞いたわ。歓迎式典のときは会場が大騒ぎになったたって。マルス伯爵会いたさに受けてしまったけれど、軽率だったかもしれない」

彼女の唇からまたまたまたあの男の名が出て、むっとした。

「……だがもう時間がない。今さら他の者は誘えない。今夜会う者たちには護衛としてこちらが強引に誘ったと一言添えればいいだろう」

それはどういう感情だったのか。理性を上回るなにかが胸に生まれ、彼女を強引に馬車に乗せていた。未婚女性である彼女を気づかい、もう一台用意した馬車に自分は乗るつもりだった。が、彼女の隣に自分も乗り込む。最近は控えていた強気な態度に彼女が驚いたのがわかった。

「どうしたの？」

「こそこそ君とのつきあいを隠さなければならないのに嫌気が差してきた」

自分たちは決して皆が勘ぐるような関係ではない。なのに人目を気にして、彼女のもとにも深夜に押しかけている。今さらながらに嫌になった。彼女は常に家族やあの男をはじめとする同僚たちに弁明の必要にかられている。嘘《うそ》やごまかしの下手な真っすぐな人なのに。

(それを強要しているのは俺だ)

自分が使い魔なら彼女は主だ。なのに主にばかりとりつくろわせている。これはおかしい。

今さらながらに主に対する「守らねば」という意識が追いついてきたように思う。

会場につくと皆の視線が集中した。

「……やっぱりマルス伯と会うときまで少し離れているわ」

そう言うラドミラの腕を取る。

「堂々としていればいい。やましいことなどないのだから」

彼女を支えて進んでいくと会場にいる他の令嬢たちの声が聞こえてきた。

「まあ、あの悪評令嬢ですわ。懲りずにまた社交界に出てくるなんて」

「魔女が新しい獲物を見つけたのね。惑わす気よ。ドラコルル家は魔性の一族ですもの」

眉をひそめ、ふり返ろうとしたところでラドミラに止められた。

「ただの陰口よ。気にしたほうが負けだわ」

「だが」

ラドミラの顔を見ると諦観《ていかん》が浮かんでいた。それに、拒絶だ。彼女はこれ以上のルスランの介入を拒んでいた。

「……君はいつもそうなのか」

「どういうこと?」

「自分で解決できる、平気だ、手出しをするなと他人を突き放す」

「今の会話のどこにそんな要素が」

「なら、なぜあの令嬢たちを放置する? 礼儀がなっていないのは明らかにあちらだ。なぜ君が泣き寝入りをしなくてはならない。ああいった輩《やから》は放置すればのさばるだけだ」

「私が気にしていないからいいのよ。家に帰れば可愛い弟妹たちがいるわ。他に心を煩わせる暇はないの。あの子たちの顔を思い浮かべたら退屈な時間なんてあっという間に過ぎるわ」

それはつまり心を逃避させてやり過ごしているということだ。

(彼女はそのことに気づいていないのか……？)

心を切り離さなくてはならないのはこの場においては傷ついてしまうからだ。

なにも感じないようにふるまっているが、ラドミラは理不尽な悪評に心を痛めている。当然だ。彼女はいきなり剣を突きつけた自分のような男にも責任を取ってくれる真っ直ぐな人だ。

そして寝不足で倒れながらも決してそれを口にしない気づかいの人なのだ。

なのにそんな彼女に対する仕打ちがこれだ。この国の魔女や魔導師の現状は情報として知っていたが目の当たりにするといらだちがこみ上げる。彼女だけではない。この国に来てから接した魔導師たち。帝国人の自分には馴染みのない存在だったが、あの腹だたしい男含め、熱心に仕事をこなす気持ちのよい者たちだった。騎士として生きてきた自分だけにその価値がわかる。敬意すら感じた。着飾り遊んでいるだけの令嬢たちに彼らのなにがわかると思う。

なにより、なにを言っても無駄とあきらめているラドミラの顔が哀しい。

ほんとうのラドミラは毅然《きぜん》とした、誇り高い、優しい魔女なのに。

そのときだ。

「殿下もお気の毒。あんな女の魅了の技に惑わされてしまうなんて。帝国大使のダラム様のあきらかな手落ちですわね。魔女除《よ》けの護符を殿下に渡しておられなかったのかしら」

ひときわ大きな声が聞こえて、ルスランはこぶしを握りしめた。

こんな誹謗《ひぼう》中傷の中に彼ら魔導師たちを、いや、ラドミラをおいてはおけない。

「……君はもてるのだな。少し歩いただけで妬《ねた》みの声が私の耳まで届いてくる」

ルスランは口を開いた。陰口を叩いた者たちにも聞こえるように言う。

「あながち虚言でもないが。我が護衛殿は美しい。この国に来て魔導師とはこれほど才気に満ちた輝かしい存在なのかと驚いた。その眼差《まなざ》しに力があるとうわさされても納得だ」

それから大仰に肩をすくめて、さらに声を上げる。

「ただ、彼女らの言う通り君が魅了の技というものをつかっているなら。なぜそんなことをしなくてはならないか理解に苦しむ。そんな力をつかわなくとも君は素晴らしい。そこらの有象無象の気を引くのにわざわざ異能の力をつかう必要などない魅力的な女性だ。きっと皆もそれはわかっているのだろう。ただ君を無視できず、君の気を引きたくてなにかしら言いたくなるのだろうな。幼児の好きな子虐《いじ》めと同じだ。存外、この国の令嬢たちは精神が幼い」

「ちょっとっ」

ラドミラが抗議するがやめられない。

「堂々としていればいい。君はなにもしていないし、私も魅了の術になどかかっていない。帝国皇族たる私に呪をかけるなど明らかな敵対行為。私がたぶらかされていると虚偽妄言を言い立てる非礼もそうだ。宣戦布告をされても文句は言えない。そんなこともわからない愚者が宮廷に紛れ込むとはこの国の貴族の質がわかる。国王陛下もさぞ苦労なさっているだろう」

◇◆◇　◇◆◇　◇◆◇

令嬢たちが真っ赤《まか》になってこそこそと去っていくのが見えて、ラドミラは目を丸くした。ルスランの発言を受けて、明らかに広間の空気が変わった。

今までになく澄んでいる。

魔女の悪口を言うのは精神が幼いから、と堂々と国賓に言われてしまえば以後、誰も口にできない。そのうえ国賓に向かって妄言を口にするのは国益を損ねる非礼と指摘されたのだ。あの令嬢たちはしばらく社交界で居心地の悪い思いをするし、親にこってり絞られるだろう。

「……あの陰口を、幼児の好きな子虐めと切り返すあなたがすごいわ」

社交界に入ってずっと言われていたことだったから、言うほうが悪いという発想はなかった。勝手に騒いで、勝手にこちらを悪者にする者たちにうんざりしていたが、いつの間にかそう言われるのがふつうだと抵抗しなくなっていた。

すっきりした。

だからといって彼に代理戦争のように令嬢たちに喧嘩《けんか》をふっかけさせるわけにはいかない。あわてて壁際まで引っ張っていくと、小声で叱る。

「もう口に出してしまった分はしょうがないけど。これ以上はほんとうにやめて。そんなに堂々と一人をかばうことを言ったらあなたの立場が悪くなるわ。あなたこそ〈口出し殿下〉と悪評がたって、カリエ様との婚約を陛下から破談にされるかもしれない」

「俺の婚約とこの件は関係ない。そもそも俺はこの国に来るために話を受けただけだ。国の関係があるから今はお膳立てされた社交につきあうが幼い少女を国策の犠牲にする気はない。機会を待って穏便に破談にする。だから君が気にする必要はない。それよりも騎士に名誉を守られたときは『ありがとう』だろう。それともよけいなお世話だったか？　なら、どうすれば君を救えるか言ってくれ。騎士として言われなき中傷を受ける淑女の名誉を守るのは義務だ」

「淑女？　私が？」

胸内では思っても言われたことのない言葉にラドミラは再び目を丸くした。挙動不審になる。

「わ、私は魔女で魔導師なのよ？　淑女とは言えないし、あなたに救う義務はないわ」

「君が私の助けなど必要としない勇敢で強い魔導師なのはわかっている。だが貴族にとって悪評飛び交う社交界はれっきとした戦場だろう？　帝国の男としては孤立無援で戦わされる淑女を見れば加勢せずにはいられないんだ」

上背のある長身の彼に上から覗き込むように言われて、うろたえる。こんな体勢になったのは自分が彼をここまで引っ張ってきたからだ。それでも覆《かぶ》い被さる彼の影に呑《の》み込まれそうに感じて体にふるえが走る。逆光の中、彼の瞳が懇願するような光を放つのが見えた。今さらながらに彼が自分より大きく逞《たくま》しい成人男性の体をもつことを意識する。

（そういえば、さっき迎賓館から来るときも簡単に馬車に抱き入れられたわ）

片腕で軽々とラドミラを抱き上げられる彼にとって、女性を守ると言うのは息をするほどたやすいことなのだろう。だがラドミラは守られることに慣れていない。

すぐ下の弟とは二歳差だ。物心ついたころにはすでにラドミラは〈お姉さん〉だった。弟妹たちを守るのが当然で、そんなラドミラを父母も「偉いわね」と受け入れていた。

（でも、私だって、子どもだった……）

父母に甘えたかったし、守ってもらいたいときもあった。だができなかった。母は体が弱く、宮廷魔導師としての激務があった。そして逝ってしまった。父は母を失った悲しみの中、領地を切り盛りせねばならず、周りにはラドミラより幼い、母を失った弟妹たちもいた。自分だけ不幸な顔をしているわけにはいかなかった。

そして社交界に出れば一家の当主である以上、一人の貴族として扱われる。周囲は魔導貴族を蔑視《べっし》する敵ばかり。弱みは見せられなかった。職場でも一人前の働きができる魔導師として入塔した以上、甘えなど許されない。常に肩肘《かたひじ》を張っていなくてはならなかった。

ラドミラはずっとそんな世界で生きてきたのだ。家族からの愛には恵まれても、誰かに守ってもらうという経験だけは積めずにここまで来た。

そんなラドミラを一淑女として守ろうとしてくる彼がいる。

嬉しいと喜んでいいのか、弱者扱いするなんてと憤ればいいのかわからない。

「……でも、目立つのはよくないわ」

考えたすえ、ラドミラは言った。

「あなたはそう言うけど、あなたは皇弟で護衛対象。私は護衛なのよ？」

なのにルスランは持論を曲げない。あくまで言い張る。

「それを言うなら俺は騎士であるだけでなく、君の使い魔でもある。これは主につく悪い虫を追い払っただけ。正当な行為だ。君に叱られる謂《いわ》れはない」

ぷいと顔を横に向けてしまう。彼だって弱みを見せられない立場だ。ここは同盟国とはいえ他国で、周りは味方とは言えない者ばかり。目立っていいことなど一つもない。それは自分でもわかっているのだろう。悪いことをわかってやって主に叱られる大型犬のような態度だ。

その、どこか子どもっぽい、拗《す》ねたような態度に可愛げを感じてラドミラはぷっと笑った。

「そうね。その通りだったわ。あなたは私の使い魔。主を守るのは当然のことよね」

今まで契約のことがあっても彼のことを〈自分の使い魔〉として見たことはないように思う。

ラドミラは初めて目の前に立つ男性を自分の所有物と認めた。

彼を身近に感じた。縮こまっていた心が晴れていく。自らの分身ともいえる使い魔の彼なら自分を委ねてもいいと思えた。弱みを見せて守ってもらってもいいのだと彼の胸にもたれかかりたくなった。気にしていないようでいてラドミラは長年叩かれ続けた陰口に心が疲弊していたのだろう。嵐《あらし》の中を漂い、やっと見つけた港のように彼に受け入れてもらいたくなった。

もちろん彼の一言くらいで宮廷すべての意識が変わったわけではない。そのことはルスランだってわかっている。だが一時的なものでも心が軽くなる。

「お気に召してさいわいだ。安心してくれていい。俺は君の味方だ。君を守る。それに。君は気づいてないようだが一人じゃない。俺の他にも君を慕う者はたくさんいるよ」

「え？　弟たちのこと？」

「君の弟妹推しは横において。ほら」

言われて見ると、儀仗《ぎじょう》兵を務める騎士が心配そうにこちらを見ていた。通りかかった給仕の女官もさきほどの悪口令嬢が退散したほうを憤慨した顔で見送っている。

なぜ面識もない人たちがそんな顔をするのだろうと首を傾《かし》げて、彼らの顔に見覚えがあることに気がついた。今まで宮廷魔導師として魔導の攻撃から守ってきた人たちだ。つい直近では奥庭での朝食会で接した。彼らはあの場にいた護衛の騎士や給仕の女性たちだ。

「彼らは君とともに国のために戦ってきた戦友だろう。だから魔導師を変な目で見たりしない。ほんとうの君を見て、好意をもつ人たちはちゃんといる」

「あ……」

今度こそ完全に心がほどけていくのを感じた。あきらめていただけだったのだ。必要ないと切り捨てながらラドミラは理解されることを求めていた。嫌われないことを願っていた。自分は皆が言うような悪評も平気な孤高の魔女ではない。愛が欲しいふつうの女の子だったのだ。

「……ありがとう」

「ん？」

「その、自分でも気づいていなかったことをいろいろ教えてくれて」

言っていて恥ずかしくなってきた。こんな礼を言うことにも慣れていない。

「こ、この私が家族以外に素直に礼を言うなんてまれなことなのよ？　感謝して欲しいわ」

結局、つんとそっぽを向く情けない虚勢しか出てこなかった。今度は彼が噴き出した。止まらない。肩をふるわせ、身をかがめて笑い続けている。

「笑うのを抑えようとしないでよ。かえって嫌みじゃないっ」

「わ、悪い、だけど君があまりに可愛くて」

そういえば前にも彼にこう言われた。そのときはどんな揶揄《やゆ》だといらだったが、今、この流れでまた言うとは、ほんとうにそう思っているのだろう。だがラドミラのことを可愛いなんて言う男も父以外では彼が初めてでますます身のおきどころがなくなる。

だけど。この型破りな皇弟殿下といっしょにいるのも悪くないと思えた。

ようやく笑いをおさめたルスランとなんとなく向かい合って立っていると、ぱちぱちと拍手する音が聞こえてきた。

「虚飾と腐敗にまみれた宮廷は空気が悪い。なので距離をおいていたがたまには来てみるものだな。堂々とうるさい雀《すずめ》どもに意見できる高潔な騎士に出会えたのだから」

宮廷には珍しい、厳《いか》つい顔つきの貴族がいた。初老の齢《よわい》らしき彼は目尻《めじり》の皺《しわ》を深めて笑う。

「さすがはあのベルク子爵の孫君だ。心がよく似ておられる」

「あなたは……」

言いかけて、彼の指輪に目がとまる。ルーア教の象徴である神鳥に薬剤師の印のマドンナ・リリーとローズマリーが絡む独特な意匠。これはルーア教の総本山、聖域からの下賜の品だ。そんなものをもつこの人はもしかして。

（マルス辺境伯……!?）

ラドミラが気づいたことを悟ったのだろう。彼が優雅とはほど遠い、だが堅実な一礼をルスランに向かっておこなう。

「お会いできて光栄です、殿下。国王陛下からの紹介を待つべきかと思いましたが、ここでお目にかかれたのもなにかの縁。自己紹介をさせていただいてよろしいでしょうか。陛下より殿下が祖父君との思い出話を聞きたがっておられるとお聞きしまかりこしましたマルス家が当主、グスタフと申します。かの子爵殿とは北の地で何度か手合わせを願った間柄でしてな」

どきどきしてきた。王国の北を守る生粋の騎士。聖域よりその信仰心を称《たた》えられ、王国の民でありながら聖騎士伯の位を授けられたマルス家の当主。

訊ねるのは祖母と呼んだ人のことだ。血のつながりは怪しいがラドミラにも聞く権利はあるはずだ。なのに相手がルーア教の国内重鎮の一人だと思うと、緊張して声が出なくなる。

だがルスランはさすがだった。すでにある程度根回し済みだったのだろう。

「ぜひ祖父の話を聞かせて欲しい、伯爵。国の伯父たちによい土産話ができる。それと、使者を通じて〈相談〉した件だが」

「はい。この国への理解を深めるための〈見学〉ですな。もちろん陛下より承っております。どうぞいつでもご自由に。我が家をお訪ねください」

ルスランの言葉に、マルス伯がにっこり笑って答える。

(あの敬虔《けいけん》なルーア教徒のマルス伯爵が、異教徒を受け入れるというの？)

ラドミラは驚愕《きょうがく》した。最近は特産である薬草の喜捨をめぐりマルス家と聖域がもめていると耳に挟んだことはある。だがルーア教徒にとって異教徒のルスランは魔女や魔導師と同じく異端の存在だ。憎々しげにつば吐くことはあってもにこやかにその手を取るなどありえない。

表面はなごやかなやりとりだが、裏に王侯貴族特有の駆け引きの影を感じる。

きっとルスランはなにがしかの譲歩を伯にしたのだろう。だから伯は取引に応じた。

(たしかに解呪のことは彼の問題でもあるのだけど)

皇弟の身でおこなった取引ならかなりのものをつかったのだと思う。ルスランの国での立場を考えるとラドミラは平静ではいられない。

それでもマルス家を訪問できる機会を逃すわけにはいかない。

（せめて今夜は彼を労《ねぎら》ってあげよう……）

彼が自分の使い魔でももらいっぱなしはよくない。ラドミラがマルス伯にも通じる〈政治的取引材料〉をもたない以上、個人的に優しくするくらいしか彼にできる返礼物がない。

一方的に守られ、支えられる立場というものは嬉しいだけでなく、落ち着かないものだと、ラドミラは初めて知ったのだった。

◇◆◇　◇◆◇　◇◆◇

満足のいく結果だった。最高の夜だった。

ルスランは満ち足りた思いで迎賓館に戻る馬車に身を預けていた。

マルス伯に彼《かれ》の領地にある森の庵と書庫を調べる許可を得た。さっそく予定に組み込まなくてはならない。ラドミラを連れて堂々とかの地へいこうと思う。

それに、彼女が今夜は妙に優しい。陰口を叩く者たちを撃退できて心が軽くなったのか、ねだるとなんとルスランと一曲、踊ってくれたのだ。奇跡だ。

ルスランも皇族の一員だ。幾度となく社交の場で女性たちと踊った。なのに彼女の手を取り、体を寄せ合うと落ち着かなかった。

必死に取り繕っているとラドミラが「もしかして踊りは苦手？」と心配そうに首を傾げた。それもまた可愛かった。今も同じ一つの馬車で隣に座ることを許してくれている。

今なら立ち入った質問も許してくれるかもしれない。彼女の横顔を見ながら口を開く。

「その、あれからいろいろと考えたのだが」

彼女は護衛名目での同伴だから馬車内に他に付き添いはいない。軽口めかして聞いてみる。

「どうしてあの男を婚約相手に選んだんだ？　君なら他にもっといい男を選べるだろう」

「あの男って、ロベルトのこと？」

うなずくとラドミラが言った。

「だって。期間限定でも夫にする相手から『お前が悪い』なんて言われるのは嫌だもの」

「どういうことだ？」

「私の魅了の力とやらに反応しないのは彼だけだから。もう今夜の陰口を聞いたし私が社交界でなにを言われているか知っているでしょう？」

知っている。彼女の悪評のことなら。事前に宮廷魔導師について調べたときにも報告書に記されていた。男を惑わす魔女という評価だ。ラドミラに魅了された男たちは一様に「俺は悪くない、あちらが惑わしたんだ、あいつが悪い」と言ったという。

惚れたのならなぜそれを素直に口にせず彼女のせいにする。そのことにいらだったが、自分もラドミラを実際に見るまでは悪評を信じてどんな悪女だと思っていた。

そのことが恥ずかしく言葉につまると、ラドミラが表情を和らげた。

「もちろん私の退魔の異能は人には効かないわ。言っても信じてくれなかったけど。皆、魅了されたとうるさく言うだけで私を見ようともしなかった。私より悪評を信じて避けた。だから私の夫の条件は私の虜《とりこ》にならない人だったのよ。冷静に話のできる人」

「それなら俺も虜になっていない。条件に合っている」

「なにを競い心を出してるの。あなたは私の使い魔じゃない。夫なんかにしないわよ」

夫なんか、とは彼女は夫をなんだと思っているのだろう。だが彼女の口調から〈私の使い魔〉が〈夫〉より格上だと考えているのが伝わってきて、あの男に勝てたようで気分がよくなった。〈私の使い魔〉も夫と同じく、男として見ていないと言われたも同然なのだが。

「……君の結婚観は独特だな。ふつう伴侶には愛を感じる者を選ぶと思っていたが」

「この国に来るために政略婚約を受け入れた人に言われたくないわ。私には夫への愛以上に大切なものがあるの。私の悪評を弟妹たちに聞かせたくなかったのよ。ロベルトなら純粋に貴族の名を利用したいだけだから、ドラコルル家に入ってもよけいなことは言わない。あの子たちが大きくなって社交界に出ればもう耳に入るのをふせげないけど。あなたのおかげでいったんは落ち着いたけど、あくまで下火になっただけ。悪評自体はなくならないと思うから」

「弟妹を思っての夫選びなわけか。徹底しているな。では問題は〈消えない悪評〉なんだな。

なら、解決策として下火をいっそ大火にしてしまうのはどうだ？　くすぶる熾火《おきび》は嘲弄《ちょうろう》の対象でも、消えない炎は畏敬《いけい》の対象になる。この世界には火を神とする国だってある」

「どういうこと？」

「君も知っての通り俺は帝国の皇弟だ。君の魅力で俺を虜にし、正式に公女との婚約を破談にさせて妃の座を射止めるんだ。そうなれば皆絶句して黙るだろう。さすがは傾国と畏怖《いふ》する者はいても男をたぶらかす魔女と小者扱いをする者はいなくなる。君の弟妹たちも一目置かれる。そして俺は君の使い魔だ。当然、君を『お前が悪い』とののしったりしない。どうだ、いい考えだろう？」

「たしかになかなかおもしろい提案だわ。それであなたの利点は？」

「解呪の期限を気にせずにすむ。帰国の際に君をそのまま連れて帰れる」

「うーん、それなら公女様も新しい婚約を先延ばしにできて心の傷を癒やす時間を得られるし、皆の幸せのためには最善でしょうけど、無理だわ」

「どうして」

「だって私、弟妹たちから離れて別の国にはいけないもの」

心底困ったという顔でラドミラが言った。

「あの子たち以上に私が心惹《こころひ》かれる存在はないの。リジェクったら最近背も伸びて思春期の初々《ういうい》しさがたまらないし、レネはあの通り天使でしょう？　ルーリエなんて見た目が可愛いだけでなく中身も最高よ。あの子がつくるお菓子は世界一。手先も器用だから私が塔の部屋においている人形はすべてルーリエの手づくりなの。私が男だったら絶対惚れてたわ」

「前から思っていたが君には弟妹以外に心を向けられる相手はいないのか。例えば友人とか」

「あら、私にだって友だちはいるわ」

「俺は数に入れないでくれよ。使い魔だからな」

「もちろんよ。入れる必要なんてないわ。他に数え切れないくらいいるのだから」

即座に答える彼女に一瞬むっとした。家族以外で心を許した相手は俺だけではないのかと。

だがそれ以上にこの軽口の応酬が楽しい。彼女のいたずらっぽくきらめく瞳を見ると負の感情など持続できない。こちらの返答を待って威張ったように胸を張る彼女に聞いてみる。

「どんな相手だ？　おかしな奴《やつ》なら君の使い魔として蹴散《けち》らさなくてはならないが」

「だいじょうぶ。いい子たちだから。ほら、この子たちよ」

彼女が馬車の窓を開けて、漂っていた小さな魔物を掌にのせる。小さな茄子《なす》の姿の魔物だ。

驚くべきことにこの国にはいたるところに魔物がいる。これが彼女の言う友かと拍子抜けした。

いや、安心した。家族以外で彼女の身近な存在はやはり自分だけなのだとほっとした。

「人間以外は却下だ」

「別にいいじゃない、私は魔導師なんだから」

彼女がふふっと肩をすくめて笑う。楽しくてたまらない。満ちる夜気さえ輝いて見える。

だが輝く時間はあっという間に過ぎてしまう。

闇《やみ》を駆ける馬車はまずは最寄りの迎賓館に帰り着く。同じ王宮の敷地内だからすぐだ。かさばるドレス姿なのに律儀にルスランより先に降り、護衛としての務めを果したラドミラが「おやすみなさい」と言って再び馬車に乗ろうとする。離れがたい。

夏の夜の浮かれた気分がルスランの背を後押しした。

星の光を受けて輝くその腕を引き留めて、ルスランは言った。

「送っていこう」

「護衛が護衛対象に送ってもらってどうするの」

もっともな言い分だ。だが。

「騎士として、淑女を一人で夜道を帰すわけにはいかない」

「……わかったわ」

一歩も譲らないと手に力を込めると、彼女がため息をついた。

「あなたを扉の内まで送ったら、私は転移鍵をつかって邸に戻るわ。それなら安心でしょ」

そういう意味で送ると言ったわけではないが、真面目《まじめ》な顔で返されては妥協するしかない。

皇弟の身はやはり窮屈だ。主である女性一人、邸まで送ることができない。侍従を下がらせ、一人になれたらすぐに自分もドラコルル邸に転移して彼女の無事を確認しようと決めた。

ともに迎賓館の中に入る。

「じゃあね。今度こそ、おやすみなさい」

優しくなだめるように言って、ラドミラがふっと転移陣に包まれて消えていく。

ルスランはほうと息を吐いた。まだ周りに彼女の気配が残っている気がする。目を閉じ、感じていると体の奥がむずむずしてきた。彼女を追ってドラコルル邸にいくのが待ちきれない。

だが着替えをすませ、侍従を下げ、いよいよ転移だと首にさげた鎖に手をやったルスランの前に現れたのは、子竜姿の使い魔だった。彼女の影に常に潜んでいるシュフだ。

『シューフ！』

どうぞ、とでも言っているのか意味不明の言葉とともに胸を張って差し出されたのは彼女からの手紙だった。初めてもらった。いい香りがする。緊張しながら封を開けると、白い、飾り気のないカードに素っ気ないまでの実用本位な伝言が書かれていた。

――ごめんなさい。ついうっかり、重要な私用があると伝えるのを忘れていたわ。今夜と明日いっぱいはうちには来ないでくれる？

ルスランは肩を落とした。高揚していた心がしぼんでいく。

今夜から来ないでくれということは深夜や早朝にルスランの姿が邸にあってはまずいということだ。彼女の家族とはすでに顔会わせをすませてある。誰を意識しての伝言なのか。

（重要な私用とはなんだ。まさかあの男《ロベルト》と過ごすからではないだろうな）

知りたい。ルスランは悶《もだ》えた。だがわざわざ手紙を寄こしてまで念押しされたのだ。締め出し理由の確認のためなどというふざけた口実で押しかけるわけにはいかない。叱られる。

ルスランはその夜、悶々《もんもん》としながら寝返りを繰り返すことになった。

そして翌朝のこと。ルスランが目を覚ますと、階下から騒がしい声が聞こえてくる。

（なんだ……？）

ルスランは起き上がった。周りを見る。シルヴェス王国にある賓客を滞在させる際につかう迎賓館の寝室だ。昨夜遅く、いや、日付が変わる深夜か早朝か判断に苦しむ時刻まで眠ることができずにいたから寝過ごしたようだ。外はもう明るい。

（今日の予定はどうなっていたか……）

入国以来連続ですっぽかされている公女カリエとの朝食会が今度こそ開かれる予定になっていたはずだ。階下から聞こえる声がもめているようなのはまた予定変更の使者が来たのか。

侍従に訊ねるため普段着のシャツとズボンに着替えて、階下まで下りてみる。この程度ならルスランは着替えに侍従の手をつかわない。

声を頼りに正面扉の奥に位置する玄関広間まで廊下をいくと、筋肉の塊が四つあった。

「ルスラン、会いたかったぞっ」

筋肉山脈、もとい、ベルク子爵家の従兄《いとこ》たちだ。デミル、ハイリ、エムレ、エロル、ハルク、オヌル、セミフの七人いる中の上の四人がそこにいた。

そのうちの二人、双子のエムレ、エロルが駆け寄ってきて思い切り抱きしめられた。背骨が折れるかと思う衝撃にうめき声を上げると、従兄たちが男泣きで訴えてきた。

「だいじょうぶか、新たな呪いはかけられていないか。親父はあとはお前にまかせろと言ったが心配でお前を見送った後、俺たちも国を出たんだ」

「こっちに来てイフサンから聞いたぞ。お前によからぬことをした相手が判明したんだって？よりにもよって宮廷魔導師の中でも最悪の悪評の魔女じゃないか。だいじょうぶだったか」

「そ、それは心配をかけてすまない。俺はだいじょうぶだ……」

イフサンとは、ルスランが生まれる前から仕えている〈爺《じい》や〉のことだ。控えた侍従にこれ以上の話を聞かれないように、従兄たちを先ほど出てきた寝室まで誘導する。彼女への悪評をすぐに訂正したい思いに駆られたが、周囲にはまだ人がいる。

それにしてもイフサンはいつの間にラドミラを〈よからぬことをした相手〉と推測したのか。かけられた使い魔契約のこともこの国に来た目的も伯父一家しか知らないはずだが勘のよい老人のことだ。なにか嗅《か》ぎつけたのかもしれない。

長年仕えてくれているイフサンが内通者とは思わないが、あとで問いつめなくてはと頭の中の予定表に記して、従兄たちに聞く。

「従兄《にい》さんたちはこちらには着いたばかりか？　つかれただろう、すぐ部屋の用意をさせるよ」

「いや、いい。上には内密で来たからな。用が済めばすぐ帰らないと」

いやいや、内密といってもこの従兄たちは目立つ。体が大きいだけでなく、彼らは弱体化したとはいえ、黒鷲《くろわし》騎士団の中核だ。元帝国最強の騎士団を取り込みたい、もしくはつぶしたいと願う宮廷人に常に監視されている。そもそも根っからの騎士である彼らは人目を忍んで行動することができない。堂々と替え馬をつかいながら公設宿や関所を経由してきたのだろう。国境を越える前にその行方《ゆくえ》はばれている。今さらだ。

「来たのは四人だけか？」

「いや、全員で来た。下の弟たちは別行動中だ。それより喜べ、ルスラン。相手が特定できたのなら幸いだ。お前の出国後、契約解呪のいい方法があると判明したんだ」

「宮廷の下っ端侍従なんだが、お前の父君の遺品を整理する役目をおった奴がいてな。で、大量のこの国の魔導書を見つけて魔物との契約を解く方法があると知らせてくれたんだ」

「父が、魔導書を集めていたのか？　帝国では発禁の異教の書になるのに？」

神学者に見つかれば即裁判にかけられてもおかしくない。父がこの国との結びつきを重視していたのは知っていたが、実際にその手の収集に手を染めていたとは初耳だ。

（それに解呪のことをなぜその侍従は知っている？）

わざわざ方法があるとベルク家を訪ねた。なにも知らなければ取るはずのない行動だ。怪しすぎる。だが外見通り脳筋気味な従兄たちはなんの疑問もない顔でルスランに迫ってくる。

「ああ、わかるぞ、ルスラン。解決法があることに驚いたんだな。俺たちも驚いた」

「だが、喜べ。お前は助かるんだ」

エムレが喜びに満ちた輝く目でルスランを見る。

「使い魔契約を破棄するには、主となった術者が死ねばいいらしい」

いかにもいいことを伝えたとばかりに得意げな顔をする従兄たちにルスランは唖然《あぜん》とした。

それはつまりラドミラが死ねば解けるということだ。

そして今ここに七人いる従兄たちのすべてはそろっていない。すでに爺からラドミラの名を聞き「相手が特定できたのなら幸いだ」と言っている。その意味は。

（まさか、主となった術者を倒しにいったのではないだろうな⁉）

ざっと血の気が失《う》せる感覚がした。

「なんてことをしてくれたんだっ」

人前だろうがかまわない。首から下げていた鎖を出し、彼女の邸に通じる転移鍵をつかう。

「ラドミラっ」

急ぎ転移したドラコルル邸二階の廊下には誰もいない。ただ、階下につながる階段室のほうから声がする。そちらに駆ける。階段の手すりから身を乗り出し、下を見ると、玄関広間と共用になった階段室の階下に人が集まっているのが見えた。

ごつい筋肉の山はすでにドラコルル邸に到着したのだろう、従兄たちだ。そのうつむいた視線の先、末弟のセミフが手を伸ばす先に、床にくずおれた布の塊が見えた。

それは前に見たラドミラの普段着のドレス、淡い緑のモスリンと同じ色をしていて。

彼女だ。

深紅の波打つ髪が見えた。ぐったりとした体は意識がないのだろう。動こうとしない。

視界が真っ白になった。

「――――！」

セミフがラドミラを引き起こし、腕に抱えようとする。声にならない叫びを上げてルスランは手すりを乗り越え、飛び降りた。従兄たちを突き飛ばし、彼女を奪い取る。

「しっかりしろ、しっかりしてくれ、ラドミラっ」

叫びながらゆする。

「なんだなんだ」

「どうした」

覗き込んでくる従兄たちをにらみつけ、その腰から剣を奪い、突きつける。

「お、おい、ルスラン？」

「彼女に手を出すな。斬《き》る！」

おっとり末従弟《すえいとこ》のあまりな迫力に、従兄たちがたじろぐ。

そのときだ。腕の中のラドミラが身じろぎした。

「ラドミラ⁉」

「……ルスラン？」

つぶやき、ラドミラが目を開ける。よかった。生きていた。彼女は美しい金色の目を瞬《まばた》かせると、寝ぼけているようなぼんやりとした声で言った。

「物騒ね、どうして剣を抜いているの」

「それは君がっ」

そこで、「ルスラン殿下ってばなにを勘違いしてるの」と幼い男の子の声が割って入った。

「姉様は危害を加えられたわけじゃないよ。ちょっと失神して倒れてただけ。この人たちは姉様を介抱して部屋に運んでくれようとしていただけだよ」

ラドミラの弟のレネだ。

「今日、姉様の誕生日なんだ。だから僕が起きてきた姉様に朝一番でお祝いしようと、空中に光で『姉様大好き』って書いて見せたら興奮して倒れちゃったの」

「は……？」

たまたまそのときラドミラがいたのが階段の上だったのが不運で、彼女は失神したまま数段、階段を転げ落ち、動かなくなってしまったのだとか。

ようやく頭がはっきりしてきたのか、ラドミラが身を起こしつつ言う。

「だってこの歳ですごいのよ？　空間明度と位置座標の調整と何種類もの魔導術を展開しない

とできないことなんだから。しかも文面が『大好き』よ。興奮するに決まってるでしょう」

従兄たちも補足する。

「そこに俺たちが来たんだ。さすがに俺たちもこんな小さい子の前で無体はしないよ」

「しかもどんな怖い魔女かと思ったらこんな細っこいお嬢さんなんだ。なにもできないよ」

従兄たちは押しかけて来たもののなにもできずラドミラを助け起こしただけらしい。

「……そういえば君は無類の弟妹好きだったな」

昨夜の伝言の〈重要な私用〉も誕生日のことだったのだ。ルスランの体から力が抜けた。

ほっとしたような、あきれたような。それでいてラドミラが無事だったことにこの世のすべてに感謝したくなって、ルスランは気づいた。

階段を転げ落ちたときに出血したのか、ラドミラの頬に血がついている。

真っ赤な血。命の源泉。

頭の中が赤の色でいっぱいになって、安堵《あんど》し、ゆるんでいた心の隙をつかれた。

「――――っ」

気がつくとルスランは再び叫んでいた。体中が熱い。弾《はじ》けそうだ。なにか得体のしれないものがむくりと身の奥で起き上がった気配がする。

そして、体中がつくり替えられるような激しい痛み。

この感触に覚えがある。十二年前、胸に刻印が現れたときと同じだ。

「おい、ルスラン、それはなんだ⁉」

従兄たちの声に自分の手を見る。

めきめきと音を立てて形が変わっていくところだった。

◇◆◇　◇◆◇　◇◆◇

《皇子の〈隠れ家〉には私の他にも大勢の魔導師がいた。皆、独自に技を身につけた王国のはぐれ魔導師だった。皇子と、配下の彼らの目的は一つ。帝国をシルヴェス王国に劣らぬ魔導大国にすることだった。そのために帝国に眠る太古の力を復活させようとしていた。皇子曰く、太古の昔には帝国の空にもメラムが満ちていたという。シルヴェス王国と同じく名こそ違うが人とは違う不思議な存在もいたそうだ。「それが今は魔神と呼ばれるものたちだ。かの地にいる高位魔物ももとは我が国で生まれた神だ。我が国のものだった力を我が国に取り戻すことのなにが悪い？」皇子は直接統治の限界にまで版図を広げた帝国が生き残るには神の力を得るしかないと熱く語った。そして彼は繰り返し太古の存在の話をした。今は眠りについている〈神〉のことを。「彼らを復活させよう。かの国からも我らの〈神〉を取り戻すのだ」それは私にとって魅力的な提案だった。魔女を母にもち、かの国から弾き出されるようにして帝国で生きた私にとって昏《くら》い復讐《ふくしゅう》心を達成する手段にも感じた。私は嬉々《きき》として神の探索に加わった。

だがそれも皇子が神の依《よ》り代とする者を知るまでだった。皇子は言った。「息子の一人をつかっている」と。成功したときに扱いやすいからだと。口にした名は私も知るベルク子爵の孫にあたる少年のものだった。「あの男が処刑された以上、娶った意味もなくなった女の息子だが騎士の血筋だ。頑健な体をもっている。魔神の器として耐えきるだろう」》

元帝国騎士、バリス・アイディーンの回想録より

3

全体の節が太くなり、指先から鋭い鉤爪《かぎつめ》がのびてくる。手自体が大きく膨張し、甲からはふさふさした黄金の獣毛が生えてきた。なんだこれは。ルスランは驚愕した。だが体が変形した驚きよりも大きく胸を占めた感情は恐怖だった。

彼女を、傷つけるかもしれない。

ルスランはあわててラドミラを突き放した。距離を取る。手を隠してうずくまる。

「ルスランっ」

駆け寄ろうとした従兄たちをラドミラが「どいてっ」と押しのけた。

「魔の気配がするわ。だいじょうぶ、抑えられる。ルスラン！　私を見て！」

はっとする。おぞましい異形の変化をものともせず、こちらの両頬に手を添え、顔の向きを

変えさせるラドミラがいた。

「心を落ち着けなさい。私は平気だから。この血は私のものだけど怪我《けが》をしたわけじゃないの。自分をしっかりもって。体を他に開け渡したら駄目。私との使い魔契約を思い出して。だいじょうぶ、できるわ。だって十二年も前から私たちは一つの契約でつながってるんだからっ」

言われて、頬に当てられたラドミラの手に意識を向ける。

温かかった。そして自分と彼女をつなぐ細い糸のような光を初めて感じた。

細い、途切れそうな光の糸。だがしっかりと存在を主張してそこにある黄金の輝き。ラドミラの瞳を連想させる眩しい色がしっかりとルスランをこの世界につなぎとめてくれている。

昔聞いた声を思い出した。甘い、こちらの魂をふるわす声。

『早く来て、私はここよ』

そうだ、俺はラドミラの使い魔だ。

はっきりと自覚した。すがるようにそのつながりにしがみつく。添えられたラドミラの手に頬をすり寄せる。彼女は拒まなかった。受け入れてくれた。体から強張りがとれた。

心が落ち着くにつれ、手が元に戻っていく。

大きさも元に戻り、生えていた獣毛も消える。爪もなくなった。

完全に手が元に戻って、ルスランはうめいた。

「あれは、なんだ」

問いかける。

「俺が使い魔だからか？　だから人ではないものになろうとしたのか？」

「まさか。違うわ」

ラドミラが答えた。

「私はあなたに使い魔契約を結ばせた他はなにもしていない。あんな変化、初めて見たわ。ありえない。だって使い魔契約はあくまで魂と魂の結びつきよ」

彼女がまだ息の荒いルスランの肩に手を置き、なだめるようになでながら言った。

「相手との間につながりをつくるもので、体の変化をうながすものではないの。もちろん多少は力の交流はあるわよ？　相手が魔物なら。契約主は契約をつうじて魔物の魔力を利用できるし、魔物は契約主からメラムを与えられる。だけどあなたは魔物ではないでしょう？」

だからわからない、と。ラドミラは顔をくもらせて言った。肩におかれた彼女の手もまたふるえていることにルスランは気がついた。そのときだ。

「ルスラン！」

「だいじょうぶかっ、無事かっ」

突然、姿を消したルスランが心配で来たのだろう。迎賓館に残してきた従兄たちの残りがドラコルル邸に押しかけてきた。正面玄関の扉を開いて乱入するなり、まだ床に座り込んだままのルスランを見て駆け寄ってくる。彼らの筋肉で彼女が見えなくなった。だがルスランは厚い筋肉の壁を通してすぐにラドミラを見つけた。感じたのだ。

手をのべ、「ラドミラ」と呼ぶ。かすれた声しか出なかったが、彼女は聞き取ってくれた。

末弟たちからさきほどなにが起こったか聞かされた従兄たちが道を空けて、ラドミラがおずおずと傍らに戻ってくる。ルスランは変化しなかったほうの手をあげて、ラドミラの頬にふれた。怪我がないことを確かめてから言った。

「さっきの、血は」

聞かれて、ラドミラがぐっとつまった。言いたくない、とその顔が語っている。

だが従兄たちの内、先にドラコルル邸に到着していた三人がそっとラドミラを見て言った。

「それはその」

「こちらのお嬢さんが」

ルスランもじっと見る。聞くまで折れないとわかったのか、彼女が観念したように言う。

「……いいじゃない。別に鼻血くらい出したって。人だもの。感動して興奮したら血管くらい切れるわよ」

恥ずかしい、とぷいと顔を横に向ける。真っ赤になっている。可愛い。紅の頬が愛《いと》おしい。生きている証《あかし》の色だ。感極まってルスランはラドミラに抱きついた。

「ル、ルスラン？」

ラドミラがとまどったように言った。こちらは床に座ったままだ。身をかがめた彼女の腰に抱きつく形になる。恥ずかしさのためだろう。ラドミラが絶句している。ふり払われることを覚悟したが、こちらがまださきほどの衝撃から立ち直りきれていないことに気づいたのだろう。ラドミラは拒まず、逆にそっと腕に手を添えてくれた。

「……母の血が、重なって見えた」

ルスランは顔をラドミラに埋めたまま小さく言った。

「君まで死んだかと思った」

「だいじょうぶ。私は腕利きの魔導師なのよ？　死んだりするわけないじゃない」

ルスランは自分が眠っている間に従兄たちが来たこと、彼らがイフサンからラドミラのことを聞いて押しかけたことを告げ、謝った。

「すまない。従兄たちのこと」

「いいのよ。それだけ〈弟さん〉が心配だったということでしょ。それに結局この人たちは私とレネになにもしなかったもの。それどころか助けてくれようとしたのよ？　私もレネに呪いをかけた魔女がいたら生かしておけないと思うから気持ちはわかるわ」

ラドミラの出方をうかがっていた従兄たちがほっとしたようにごつい体でつめていた息を吐く。

「助かった。魔女殿は話がわかる人だな。そうだよな、弟ってめちゃ可愛いよな」

「ルスランは正確に言うと弟じゃなく従弟だけど、俺、目の中に入っても痛くないと思う」

「そうよね、可愛いわよね、弟って。あなたたち外見に似ずいい人たちじゃない」

ラドミラも話に加わった。そのままルスランを置いてきぼりにして弟談義で盛り上がる。ついていけない。従兄たちに会わせたいと言ったのは自分だが、ラドミラの関心をあっという間にさらった従兄たちがずるいと思う。

（……年上の筋肉質は対象外ではなかったのか？）

そこへレネが一言言った。

「ねえ、そろそろ誕生日会を開きたいんだけど、もういい？」

「誕生日会？」

そういえば今日は彼女の誕生日だと言っていた。ラドミラが恥ずかしそうに言う。

「……うちの一家の恒例なの。家族の誕生日には皆で集まるのよ」

そう言う間にも居間に通じる扉が開いてラドミラによく似た髪色の少女が顔を覗かせる。ふわふわした髪を背に流した内気そうな少女がもじもじしながらラドミラに抱きついた。

「姉様、お誕生日おめでとう！」

「ルーリエ！　いつ来たの。予定だとお昼に到着するのじゃ」

「さっき。ウームーが連れてきてくれたの。早く姉様に会いたくてお願いしたの」

少女がふり向く視線の先には執事服を着た長髪の美しい男が立っていた。ウームーという名には聞き覚えがある。たしか彼女の家に仕える使い魔ではなかったか。

だが目の前に立つ男は人にしか見えない。いや、人にしては美しすぎるが。

「……これが使い魔？　魔物？　嘘だろ」

「人と変わらない、いや、人より綺麗《きれい》だ。すげえな」

抜けるように白い肌と整った顔立ちはまさに人外の美だ。従兄たちも驚嘆している。

続いて凜々《りり》しい騎士見習いの制服を着た少年が進み出る。燃えるような深紅の髪を丁寧になでつけた礼儀正しい少年だ。彼はきちんと一礼して、祝いの言葉を述べた。

「姉上、お誕生日おめでとうございます」

「リジェクも来てくれたのね。騎士寮はいいの？」

「点呼までに戻らなくてはならない。長居はできないがこれを」

彼は金のリボンで束ねた深紅の薔薇の花束を差し出した。彼女の髪と瞳の色の花束だ。自然体で気障《きざ》だ。末恐ろしい。ラドミラが感動のあまりまた鼻血を噴きそうになっている。

（……しまった。なにかもってくるのだった）

ルスランは悔いた。それがなくともせめて服装に気をつかうべきだった。自分は寝起きの普段着だし、従兄たちは剣を下げた旅装のままだ。他家を訪問する格好ではない。

完全にこちらを警戒しているラドミラの父ベネシュと、もう一体、いや、一柱、ウシュガルルという金色の髪に浅黒い肌をした人の姿の魔物もやってきた。ウシュガルルもまた目を見張る美形だ。古代風の豪奢な手織り布を身に纏い、金細工の装飾品をつけている。

彼らもそれぞれ祝いの品をラドミラに渡し、抱き合っている。素敵な家族だ。

なごやかな雰囲気にあてられて、そろそろ退散したほうがいいかと従兄たちと目配せをし合ったときだ。レネが誘ってきた。

「ねえ、これから食事会を開くんだけどお兄さんたちも来ない？　大勢のほうが楽しいよ」

「だが……」

遠慮するとレネが「僕たち帝国の人と会うの初めてなんだ」と言った。

「だからいい機会だと思って。ルーリエ姉様は今、帝国の言葉を習ってるから会話の実践ができるし、リジェク兄様は騎士を目指してるからお兄さんたちに興味津々だし。いてくれると嬉しいな。あ、父様のことは無視していいから。お客が来るといつもあんな顔だから」

言われて見るとルーリエと呼ばれた美しい少女は真っ赤になりながらもウシュガルルの陰から大きな男たちを目を丸くして見上げている。リジェクはすでに従兄たちに魂を打ち抜かれたらしい。冷ややかな無表情顔ながら話を聞きたいとうずうずしているのがわかる。

父親のベネシュのみ柱の陰からじっとこちらをにらんでいるがレネの言う通りなら無視していいのだろう。総じて自分たちは歓迎されているようだ。従兄たちも言う。

「いいだろ、ルスラン。一日くらい公務を休んでも。お前は働きすぎだ」

「そもそもさっきの体の変化が心配だしな。今日一日は魔女殿の傍にいたほうがいい」

気の早いセミフなどはもう迎賓館へと、今日は休養をとると知らせに出発している。

「だが、かんじんのラドミラが……」

ルスランはそっとラドミラの顔をうかがった。

◇◆◇　◇◆◇　◇◆◇

そのころ、ラドミラは誘惑と闘っていた。

最近はそれぞれ別に暮らしていることもあって家族が揃うことはめったにない。水入らずで過ごしたいのはやまやまだが、レネが「姉様、お願い」と見上げてくる。

この上目遣いが、潤んだ瞳が、ぱちぱち動く長い睫が。

(罪……！)

それにさきほど奇怪な変化を見せたルスランをこのまま帰していいか心配なのもたしかだ。従兄たちが言う契約破棄法も気になる。公務を休めるなら会議というか情報交換をしたい。

だが愛する弟妹が開いてくれる誕生日会を延期するのは論外で。レネの言う通り彼らを招待すればすべて丸く収まるが、今まで誕生日会に家族以外を招いたことがない。

(……使い魔契約をしたルスランなら、もう家族の一員といっていいのではない？)

悩んだ末、自分の中で整合をつける。ルスランが家族なら、その従兄たちだって家族だ。

これから皆で誕生日会をして、それがはけたら大人組だけ別室に移動して会議を開くのがもっとも時間を無駄にしない方法だ。

なにより、うるうる潤んだ目で見上げてくるレネを失望させたくない。

「しょうがないわね。特例よ？」

言うと、父をのぞく皆が歓声を上げた。

だが問題が残っている。招いた客人たちの大きさと、人数だ。いつも誕生日会を開いている居間に入りきるだろうか。ドラコルル家の誕生日会はこぢんまりした家族用の居間で好きなものを好きなだけとって食べる立食形式でおこなう。偉丈夫級でおさまるルスランならともかく、この小山のような筋肉が七つも揃うと居間に入りきらない。従兄たちと並ぶとルスランが華奢《きゃしゃ》な乙女《おとめ》に見える。だいたいこの男たちはどれだけの量を食べるのか。

ざっといつもの誕生日会の献立と料理の量を脳裏に浮かべて、人数で割る。

（……ぜんっぜん足りないわ）

弟妹たちの好物を揃えたせっかくの特別献立だ。客人たちに遠慮して肝心の弟妹がお腹をすかせたまま帰るはめになるのは許せない。

かっとラドミラは目を見開いた。

その場にいる皆に命じる。

「至急、増員体勢を整えてくるから、皆、準備が整うまでここにいなさい。いいわね!?」

◇◆◇　◇◆◇　◇◆◇

「ラ、ラドミラ、なにも今日の主役が動かなくても」

高らかに靴音を響かせ、厨房《ちゅうぼう》に向かうラドミラを父親のベネシュがおろおろした顔で追いかける。残されたルスランたち帝国組は呆然《ぼうぜん》として去っていく父娘を見送った。

レネがこっそり話しかけてくる。

「だいじょうぶだよ、ああ見えて姉様、楽しんでるから」

「その、張り切っているというか、やる気でいっぱいなだけなんです」

おずおずと彼女の妹の美少女、ルーリエも声を出して、無口そうなリジェクもうなずく。

「姉上はいい人だ」

レネがにこやかに言った。

「基本、ラドミラ姉様は面倒見のいい姉御肌だから。皆の席もすぐに用意してくれるよ」

それを聞いてベルク子爵家の面々がつぶやいた。

「……魔女殿って、いい子、いや、いい女だよな。顔はちょっと派手できついけど」

「ああ、さっきの気っ風もよかったし、さっと決断して解決策を実行するなんて漢《おとこ》だぜ」

「お前はすぐ悩むほうだからあれくらいの相手が釣り合いが取れていいんじゃないか」

言われてルスランは驚いた。従兄たちが〈魔女〉を敵視していると思っていたからだ。

「兄さんたちは彼女を殺しに来たんじゃなかったのか」

「いや、そうなんだが」

「お前が転移、だったか？　いきなり消えたあとイフサンに聞いて心が萎えたっていうか」

あとから合流した長兄のデミルに話を聞くと、彼らが帝国から来たのは術者を見つけて契約を破棄させるためだが、ラドミラのことを契約主とはっきり聞いたわけではないらしい。

イフサンが言った「よからぬことをした」は婉曲《えんきょく》表現で、実際は別の意味だったとか。

「まぎらわしいんだよ、あの老侍従は。ややこしい宮廷言葉をつかうから」

「下の弟たちは勘違いしたまま飛び出していったがな」

「ではやはりイフサンは内通者ではなかったのか」

ルスランはほっとした。が、使い魔問題自体は解決していない。問いかける。

「……それで、兄さんたちはこれからどうするんだ？」

彼女になにかする気なら容赦しない。気迫を込めると従兄たちがあわてて手を上げた。

「もう魔女殿になにかする気はないよ。さっきも言ったようにいい魔女殿だったし」

「そもそもやっと来たお前の春を邪魔できるわけないだろう」

「春？　なんのことだ」

「……ああ、やっぱり自覚はなかったか。イフサンの言った通りだな」

「なにが」

「挙動不審だって。最近のお前はおかしい。そわそわして主を待つ犬みたいだって」

「毎夜こそこそ寝室を抜け出て厨房で菓子を漁《あさ》るし。お前は甘いものは苦手なのにな」

「で、どうやって抜け出てるかはわからんが菓子をもって誰かに会いにいってるんだろうと、寝室から厨房までの廊下を人払いして、菓子も用意して温かく見守っててたらしいぜ」

「イフサンはずっと心配してたからな。お前は体のことがあって人と距離をおいてたから。イフサンは使い魔契約のことを知らないから、政争に巻き込まないように大切な相手をつくらないんだって思ってたみたいだけど」

それを聞いてルスランは愕然《がくぜん》とした。いつも厨房で都合よく菓子が見つかるので探索の腕が上がったと思っていたら、すべてばれていたのか。肩を落とすと、ぽんと背を叩かれた。

「俺たちベルク一族にこそこそ動くというのは無理なんだ。どうやったって目立つ」

「ただ、どこから抜け出てるか、寝室に誰かがいた形跡があっても相手がどうやって忍び込んでるのかまではわからなかったらしい。で、相手を特定できずにいたんだが、昨夜の夜会で魔女殿が迎賓館に来たとき、転移魔導っていうのをつかったんだって？」

「あれですべて察したらしい。で、『ようやく春が来たようです』と報告してくれたんだ」

「では『お前によからぬことをした相手が判明した』というのは」

「ああ。お前に恋の呪いをかけたって意味だ」

はあ？　恋??　と叫びたくなった。

「最近、とくに昨夜のお前の変化は帝国から供してきた者には明らかだったらしいぞ」

母の死以来、暗い色の浮かぶことが多かった瞳はきらきらと輝き、頬も上気して、大切な人と楽しい時間を過ごせたのだと見ている誰もがわかる有様だったとか。

それを聞いてルスランは真っ赤になった。なんだそれは。恥ずかしい。

「これで自覚がないとはってイフサンはあきれてたぞ」

「遠回しに聞いたそうだが、それも気づいてなかったのか？」

「……そういえば昨夜、着替えのときにイフサンから『殿下、もしや適齢期の若者に多い病を召されたのでは。胸苦しさなど自覚症状はありませんかな』と聞かれた」

言われてもルスランは使い魔契約以降、風邪すらひいたことがない。なのでなにを言っていると流したが。あれはイフサンの探りだったのか。

だが、まさか自分が恋？　そんな馬鹿《ばか》なと思いつつ従兄たちに聞いてみる。

「ちなみに恋の諸症状は？」

「動機、息切れ、胸苦しさと思考の乱れ、それに例えようのない飢えと聞くな」

……全部、思い当たる。かあぁっと全身の熱が上がるのを感じた。

馬鹿な。彼女は主だ。年下好きで弟妹好き。好きすぎて自慢するわりに警戒して弟妹たちにはなかなか会わせてくれなかった。幼いころよからぬ輩に狙われたことがあるので略奪を恐れているると聞いた。それに自分はいずれ破棄するつもりでも公女と婚約したばかりで……。

自分でも意味不明な思考を高速でおこない、ルスランはよろめいた。壁に手をつく。

「おい、だいじょうぶか」

「……だいじょうぶだ。だいじょうぶだとも」

これはじっくり自分の心を見つめ直す必要がある。だが従兄たちに言っておくことがある。

「彼女は悪くないんだ」

従兄たちは事前調査での彼女の悪評を知っている。誤解をとこうといそいで弁明する。

「十二年前の彼女は純粋に人助け、いや、猫助けをしただけで、祖父殿のほうから報酬はなにがいいと言い出しただけで」

懸命にラドミラを弁護するルスランに、従兄たちが生温かい目を向ける。

「よかったな、ルスラン」

言って、ぱん、と長兄のデミルがルスランの背を叩いた。他の六人も次々叩いてきてルスランは背骨が折れるかと思った。

そこへラドミラが現れた。自分の誕生日だというのにドレスの上にエプロンをつけている。

「真っ白なフリルのエプロン……」

悩殺する気かと思える純白と彼女の対比が可愛くて、思わずつぶやくと怒られた。

「なによ、似合わないと言いたいの？　私だって家事くらいするわよ。ドラコルル家は質実剛健、使用人の数は少ないの。自分のめんどうくらい見られるようにしつけられてるんだから。

ほんと、あなたって私をなんだと思ってるの」

　機嫌を損ねてしまった。だがすぐラドミラは気分を変えて命じてくれた。

「さあ、ぼうっと立ってないで。料理は順次できるから食堂に移動して。今回はそちらで誕生日会をするわよ。手の空いてる成人男性はお皿と料理運びを手伝うこと。自分の食い扶持《ぶち》は自分で運びなさい。いいわね？」

「了解！　魔女殿！」

◇◆◇　◇◆◇　◇◆◇

　そこからは無礼講だ。使用人も含め皆が入れ代わり立ち代わり次々と食堂に顔を出す。

　その全員が本日の主役であるラドミラにお祝いを言う。結果的にいつもの家族だけの誕生日会より大勢に祝ってもらえて、皆も楽しめて、全員参加の宴会にしてよかったかもしれないとラドミラは満足した。食堂の長卓にはところせましと皆でつくった料理が並ぶ。お菓子づくりが得意な妹のルーリエも腕を披露してくれて、皆がその出来栄えに大絶賛だ。

　ラドミラが杯を手に父と成人祝いの酒を酌み交わしているとルスランが酒瓶を手にお酌をしにきた。国賓なのに何事だ。従兄たちが囃《はや》したてている。

「その、すまない。大勢で押しかけたというか居座ってしまった。贈り物もなく」

「いいのよ。皆楽しそうだから。でも感謝しなさいよ？　私は仕事は家に持ち込まない主義なの。仕事仲間を内輪の誕生日会に招いたりなんかしないんだから」

「ではあの宮廷魔導師も招かれたことはないのか」

「それがロベルトのことならないわ。書庫の出入りなら執事の案内付きで許してるけど」

言ったとたんにルスランの顔がぱあっとほころんだ。なぜか勝ち誇った顔になって「俺が料理を取り分けよう」とラドミラの世話を焼き始める。なんなのだ。

そんなルスランを見て、ルーリエ作の菓子を大量に確保したウシュガルルがつぶやいた。

『あれはもしや、かの国の者か？　……なるほどな。おもかげがある』

ルスランを目で追っている。めったに他人を、しかも男の顔を見て興味をもったりしない俺様魔物のウシュガルルがなにごとだ。ラドミラは驚いた。

そういえばウシュガルルたちは遥《はる》か昔に東方から流れ着き、ドラコルル一族と守護の契約を交わしたと母から聞いたことがある。もしや東というのは帝国のことだろうか。

「ウシュガルル、あなたたちはもしかして……」

帝国から来たの？　と言いかけたときだ。ウシュガルルの視線の先でラドミラにとスープを器にすくい、念のためか味見をしたルスランがうっと口をおさえた。その場にうずくまる。

「ルスラン!?」

まさか先ほどの変化の後遺症でも出たのか。

（しまった、誕生日会を優先せず、彼の体を労《いたわ》るべきだったわ）

悔やみつつあわてて駆け寄ると、先に彼の傍らに到着し、現場を調べたレネが言った。

「原因はこれだね。従兄のお兄さんたち、このスープには手をつけないで」

「まさか毒？　うちの邸なのに⁉」

ラドミラは真《ま》っ青《さお》になってレネが手にした器を見た。そして「あら？」と首を傾げる。

この器の中身の色合いはもしや、もしかして。

レネが手にしたスープはラドミラが厨房だけでつくるのはたいへんだと気を回し、いそいで転移して、塔の私室の薬調合竈《がま》をつかって一品増やしたものだった。

レネがあきれたように言った。

「姉様、またつくったの？　料理は厨房長かルーリエ姉様にまかせてって言ったのに」

「だ、だって私のせいで急に人数が倍以上に増えたのだもの。責任があるじゃない」

従兄たちがおそるおそる聞いてくる。

「どういうことだ？　魔女殿お手製のスープってことか、これ」

「ルスランの奴、痙攣《けいれん》してるんだが」

レネが冷静にルスランの様子を診ながら言う。

「害はないと思う。素材自体は毒じゃないから。ラドミラ姉様って薬の調合はできるくせに料理だけは駄目なんだ。お兄さんたちも食べられないのを恥じることないよ。家族の僕たちでも無理だから。父様は懲りずに毎回挑戦して寝込んでるけど」

言われると父がいつの間にかいない。どうやらすでに撃沈して寝室に引き取ったようだ。

従兄たちが顔を引きつらせながら言った。

「……すげえな。愛があっても食べられない手料理があるって。俺、初めて知った」

そんな従兄たちの視線の先では真っ青になっていたルスランが顔を土気色に変化させて、ぴくりとも動かなくなっている。

「……もしかして私のせい？」

『もしかしなくとも、そうだな』

『魔女として薬の調合は完璧な貴女《あなた》ですが、なぜか料理だけは凶器ですから』

高位魔物のウシュガルルとウームーの二柱からも嫌なお墨付きが出てしまった。

『それより早く手当てしたほうがよいぞ。この者はそなたの手料理への耐性がない』

『ですね。初の死人が出るかもしれません』

「いやあああああ」

護衛対象を手料理で死亡させるなどお家お取りつぶしだ。ラドミラはあわてて口直しという名の毒消しを求めて厨房に走った。

こんな状態の彼を迎賓館に戻すわけにはいかない。夜になっても回復しなかったのでラドミラは従兄たちの了承をとってルスランをドラコルル邸に泊めて看病することにした。

会議も延期だ。従兄たちが迎賓館のほうはごまかしてくれるというので、明日のルスランの公務が始まる前に転移陣をつかって送り返す手はずをつけた。

可愛い弟妹や従兄たちがそれぞれの居に戻るのを見送り、ルスランを客室の寝台に横たえる。額の汗をぬぐっていると、彼がふと目を開けた。ラドミラを見て真っ青な顔のまま謝る。

「……すまない。家族でもない俺が寝台をつかって」

ラドミラが「私は仕事は家に持ち込まない主義」と言ったのを気にしているらしい。ほんとうにこの皇弟殿下は皇族らしくない。周囲から孤立した魔女にまで気をつかう。

「いいの。あなたは私の使い魔でしょう？　なら家族のようなものよ」

なにより自分が昏倒《こんとう》させた相手だ。回復するまで面倒を見る責任がある。優しく言うと体を休ませるため〈口直し〉に混ぜた睡眠薬が効いているのか、彼が寝ぼけたような声で言った。

「……あれから、いろいろ考えたが。愛のない結婚などやはり君には似合わない」

どういう脈絡の話だ。ラドミラは首を傾げる。

「君には俺の母のようになって欲しくない。君は愛にあふれた家庭が似合う人だから」

ラドミラの困惑をよそにルスランは固く目を閉じ、言いつのる。

「父は最低の男だった。母を側妃にしたのも祖父の力が欲しかったからだ。俺は父と母が一緒にいる姿を見たことがない。祖父が処刑されると父は俺たちに見向きもしなくなった。息子が裁判にかけられ、妻が自害したときも顔すら見せなかった」

……どうやら薬で朦朧《もうろう》としたうえでの譫言《うわごと》、いや、寝言らしい。〈家族〉が揃った誕生日会から連想した話なのだろう。ラドミラは黙って彼の額に冷やした布をあてる。

「その分、自分が守らねばと思ったのだろう。母は命をかけて俺の潔白を証明した。裁判の席で自害した。短刀で喉《のど》を切り裂いて飛び散った血が俺にかかって。俺のせいで死んだんだ。だが『あなたは生きて』と言われた。だから俺は生きなくてはならない。母との約束だから」

そう彼が言ってラドミラは息をのんだ。彼が厳しい環境で生きてきたことは想像していた。だが思った以上だった。

（さっき、なぜ私の血に反応したかわかったわ……）

それだけルスランの心に血の色が濃く根ざしている。そして大きすぎる激情が彼の変化をうながした。ラドミラが安易に結んだ契約のせいだ。

意図して彼を使い魔にしたわけではない。彼の体を変化させる魔導術も付加しなかった。だが彼の体の変化がラドミラのせいなら、彼の母の死もラドミラの責任だ。

ルスランが寝台の上掛けを握りしめ、悔恨に満ちた声で続ける。

「俺は死ぬわけにはいかない。だから公女とも婚約した。この国に来るためだけじゃない。解呪できなかったときのためだ。兄帝も他国の王族と婚約した弟なら処刑をためらう。そんなずるいことを考えた。結局、父と同じことをしている。当然だ。あの男の血を継いでいるから。ほんとうの俺はここにいる資格なんかない。君の使い魔にふさわしい男ではないんだ……」

ラドミラは唇を噛《か》んだ。そっと彼の手を取る。ラドミラのほうこそそんな資格はないかもしれない。だが、これ以上ルスランがうなされないように言う。

「……でも、あなたはカリエ様のことを思って婚約を破棄すると言ったじゃない」

彼は「幼い少女を国策の犠牲にする気はない」と言った。

あの言葉は嘘ではないと思う。幼い身で十一も年上の男と婚約させられる公女を憐《あわ》れんで。昨夜、馬車でラドミラを相手に「君の魅力で俺を虜にし、正式に公女との婚約を破談にさせて妃の座を射止めるんだ」と軽口を叩いたのも、カリエ公女を自由にできる方法がないか常に考えているからこぼれた一言だったのだと思う。

婚約を破棄して国に帰れば彼への風当たりは強くなる。なのにそう言う。彼は十分にか弱き女性を守る高潔な騎士だ。それでも譫言で自分は最低だと言い続ける。

(不器用なんだから。口にするのは自分を責める言葉ばかり)

母のこと、カリエ公女のこと。守れなかった人、守りたいと思う人。思うのは人のことばかりだ。寝ぼけたときくらい、どうして自分が守られたいと思わないのだろう。

(どうしてすべて君のせいだと私を責めないのよ)

そうすれば少しは心も軽くなるだろうに。もどかしい。

十分すぎるくらい優しい人なのに、自分を責めることばかりを言うから、ラドミラは柄にもなく彼をなぐさめたくなった。

「……自分がしたことがわかって反省できるなら、あなたは立派に己を律する高潔な騎士よ」

身をかがめ、寝台で眠る彼の髪をなでてやる。そのときだ。突然、彼がラドミラの手をつかんだ。そのまま引き寄せられ、寝台の上に倒れ込む。

「ル、ルスラン……？」

気がつくと彼に覆い被さるようにして抱きしめられていた。爽《さわ》やかな柑橘《かんきつ》系の香りがした。

あいかわらず寝ぼけたような、うっとりした声が頭の上から聞こえてくる。

「……君はやはり魅了の技をつかえるんだな。離さないといけないのに、動けない」

「なによ、魅了の技って。あなた、自分で令嬢たちに反論してくれなかった？」

ずっと気にしていることなのに、言うにこと欠いて今それを言うか。せっかく同情したのにとラドミラはむくれた。だが怒るのは我慢する。彼は薬のせいで朦朧としているだけだ。

（たぶん、明日、目が覚めれば覚えてないわ）

なら、彼にもうちょっとだけ、優しくしてあげてもいいのではないか。少しためらったあと、ラドミラは彼の胸に身を預けた。腕を伸ばし、その肩を抱く。

ほんとうは背に手を回したかったが体勢的に無理だった。

「……言っておくけどこれはかなりの特例なのよ？　私は可愛い年下が好きなんだから」

「わかっている。俺のようにごつい男は趣味ではないのだろう？」

言いながら彼が顔をすり寄せてくる。髪に息がかかってくすぐったい。思わず声が出そうになった。だが彼も薬と眠気に抗《あらが》うのが限界だったのだろう。ラドミラを抱きしめたまま眠りに落ちた。その寝顔はとても無防備で。

（最初のころはあんなに警戒していたのに）

よくぞここまでなついてくれたものだ。過保護に見えた従兄たちも「魔女殿が診てくれるなら」とルスランの世話と生殺与奪《せいさつよだつ》の権利を丸投げして帰ってしまった。今、彼を守れるのはラドミラだけだ。そう考えると相手はごつい男なのに庇護欲がわいてくる。

（これは、彼が私の使い魔だからよ）

彼の髪がとてもやわらかそうに見えて、手を伸ばしそっとなでてみる。

ラドミラは猫を飼ったことがない。子どものころ待ち望んだ子猫が届かなかったのが心の傷になっているのか、なんとなく避けていた。だからふわふわの毛皮をなでたことはない。が、きっとこんなふうにやわらかくて気持ちがいい手触りなのだろうと思う。

ずっと待っていた可愛い子猫。自分だけの使い魔だ。

胸に顔をよせると心臓の音が聞こえた。いや、これは自分の鼓動だろうか。重なり、共鳴し、ともに速まっていく。安心できる。家族といるように。

だがこの関係も彼が国に帰るまでだ。

少しだけ、使い魔契約を解くのが惜しくなった。

「……今夜くらい、ゆっくりおやすみなさい」

ルスランの耳にささやく。契約のせいで波乱の人生に落とした彼に、せめて一夜くらい安息の時間を与えたかった。

そうして一夜が明けて。

ラドミラは寝台で眠るルスランを前に困っていた。もう朝なのに起きてくれない。

ただでさえ昨日《きのう》は公務を休ませてしまった。侍従が彼を起こしに来る前に迎賓館の彼の寝室に転移させるつもりだったがどうしよう。このまま転移させてもいいのだが、彼は昨夜の騒ぎでシャツがスープの飛沫《ひまつ》で汚れた。父の夜着を着ている。

（……さすがにこの格好で送りつけるわけにはいかないわよね）

従兄たちの話では彼が夜に抜け出していることは迎賓館の皆にばれている。だが、いかにも朝帰りですという格好はまずいだろう。

悩む間にも時間が迫ってくる。かくなるうえはラドミラが着替えさせるしかないか。

覚悟を決め、それでも起きてくれることを祈って「ルスラン、朝よ」と声をかける。彼は「う、ん……」と言って寝返りをうつだけだ。昨日の変身がきつかったのか、ラドミラの料理の衝撃が深かったのか。前者だと思いたい。

無防備な姿を見ているとよからぬいたずら心が起きそうになったので、もう一度、彼の手をつかんでひっぱり声をかける。

「もう朝よ。起きなさい」

「ん……」

ルスランが目を開ける。まだぼんやりしている。紺碧《こんぺき》の色の瞳が潤んで、壮絶に麗しい。

（これ、もてるわけだわ……）

初めて弟妹以外の人類の顔に見入ったかもしれない。ラドミラは思った。

◇◆◇　◇◆◇　◇◆◇

ぼんやりと目を開けると、ラドミラがいた。

すぐ隣から覗き込むようにしてこちらを見ている。そうだ。ここはドラコルル邸だ。昨日、誕生日会でラドミラの手料理を食べて倒れたのだった。かなり失礼なことをしたのに彼女は怒らず階上の客間に寝かせてくれた。自分はそのまま眠ってしまったらしい。

「……ラドミ、ラ？　もしかしてずっとここに？」

枕元に詰めてくれていたのか。華やかで、それでいて慈愛深い包み込むような美貌《びぼう》が息がかかるほど近くにあることに息をのむ。しかも、

「手を、握っていてくれたのか……」

昨夜、握りしめ、励ましてくれただろう彼女の手は起きてもしっかりとつながったままだった。婚約者のいる未婚の令嬢なのに一晩ついていてくれた。それだけ心配してくれていたとい

うことだ。そのことが最高に嬉しい。だが迷惑をかけてしまったことが申し訳ない。

「……すまない、今は何時だ？」

訊ねる。ラドミラが答えた。

「九時よ。朝の」

「朝!?」

飛び起きた。まさか一晩、ここで過ごしてしまったのか。

痛恨の失態にあわててると「だいじょうぶよ」とラドミラが服を差し出してくれた。

「はい、洗って糊《のり》をかけておいたわ。着替えが終わったらすぐ転移するから。従兄さんたちがあちらでつじつま合わせをしてくれているはずだから、なんとかなるわよ」

頼もしくなぐさめてくれる。

窓の緞帳《どんちょう》が開いて、眩い日差しが室内に満ちる。

朝の光が真っ白いシーツの上に差し込んでいる。そして洗い立ての服を手に慈しみの目でこちらを見る彼女。清々《すがすが》しい光の中、彼女がルーア教でいう聖女のように見えた。傍にいるだけで心が満ち足りるような不思議な感覚だ。思わず見とれた。

ルスランは家庭というものを知らない。父はほぼ顔を合わさない遠い存在で、母は病がちで別邸に閉じこもっていた。物心ついたときから幼いルスランの周りにいるのは爺やたち使用人だけだった。供つきだが自由に外出できるようになって伯父一家を見て、初めて家族とはこういうものかと知った。憧《あこが》れた。伯父の家に入り浸りになった。

だがやはり一家の一員にはなれなくて。そんな自分を彼女は受け入れてくれた。

(ずっとこうして毎朝、起こして欲しい。着替えを差し出して欲しい。いや、こちらが微睡《まどろ》む彼女を起こしたい。そっと声をかけて、手を貸してゆっくり起き上がらせて、それから……)

そこではっと意識が現実に戻った。ラドミラは解呪を手伝ってくれているだけだ。婚約者もいる。家族同然の使い魔だから気安いつきあいをしてくれているが、もともと手の届かない遠い人だ。なのにその唇に、匂やかな肌にふれたくなって……。

駄目だ。イフサンの推測は正しい。自分は分をわきまえた高潔な騎士なんかではない。ただの男だ。このことを隠して傍にいるのは彼女に対して誠実ではない。だから言った。

「……すまない」

「わかったらいいのよ。起きて」

「ではなく、俺は君に惚れたかもしれない。だから、すまない」

「はい……?」

もう一度、謝ったルスランの前で、ラドミラが目を丸くして固まった。

第三章　子猫は獅子《しし》になりました

1

「貴様がすべての始まり、元凶の魔女か」

　宮廷魔導師であるラドミラがそう言われて隣国殿下に壁際まで追いつめられ、剣を突きつけられたのは暖かな夜気に咲き初めの薔薇《ばら》の香が混じる初夏、六の月のことだった。

　そして今は七の月。

　眩《まぶ》しいばかりの陽光の下、シルヴェス王国の王都、錬金術師の夢、千塔の都と言われる美しい古都クヴェトの迷路のような街路をいきながら、ラドミラは遠い目になっていた。

（なぜ、こうなったのかしら？）

　隣を歩く男を見る。ラドミラの使い魔であり、護衛対象である隣国殿下がわんこのように傍らを固めている。

あれから、ドラコルル邸での彼のお泊まりがばれた。転移陣をつかえばごまかせると考えたが甘かった。原因はベルク子爵家の面々だ。ごつい体躯《たいく》をもつ彼らがこの国に到着するなり大挙してドラコルル邸へ押し入る姿を王都の皆が目撃したのだ。

彼らが仮宿である迎賓館に戻ったのはその日の夜遅く。そしてその日一日と翌日の昼前まで、彼らの従弟《いとこ》であるルスランが急遽《きゅうきょ》、体調不調との理由で公務のすべてを取りやめた。

なのに医師が呼ばれた気配はなく、迎賓館で働く王国の者たちも皇弟の姿を見ることはなかった。しかもそれらが起こった前夜にはルスランは護衛と称したラドミラをつれて夜会に出席し、仲良く踊る姿を目撃されているのだ。これで邪推されないわけがない。

一国の皇弟の予定外の行動は通常、外交事情を考慮して秘されるものだが有名な悪女絡みだ。あっという間にうわさが王宮中を駆け巡った。

かくしてラドミラは〈自国の公女と婚約している隣国皇弟を惑わし籠絡《ろうらく》した魔女〉と、さらなる悪評をとどろかせることになった。ルスランが前に言った通り、ここまでくるともはや小者の〈悪女〉ではなく〈傾国〉扱いだがことが大きくなりすぎた。

だがやっきになってうわさを否定すればよけいに勘ぐられる。今日《きょう》の市街地の視察はもともとあった予定だ。ラドミラの専属護衛も中止の王命は出ていない。

なので賑《にぎ》やかな街路を二人で歩く羽目になった。

一応お忍びだがものものしい警備を見ればわかる者にはわかる。ルスランもラドミラも地味な街歩きの服装だが顔は隠していない。ごついベルク子爵家の従兄《いとこ》も二人護衛についている。周囲の視線が痛い。これでは朝帰りをさせた皇弟と堂々と逢《あ》い引きする悪女そのものだ。

「言っておくけど、私は不倫も略奪愛も興味ないから」

ラドミラはぽそりと言った。

彼の不幸を引き起こしたのは自分だ。責任は感じている。が、これ以上悪いうわさが増えたら弟妹《きょうだい》たちに合わせる顔がない。他《ほか》への印象はもう今さらだがせめて可愛《かわい》い弟妹たちの前では彼らの誇れるお姉さんでありたい。

「わかっている」

ルスランも渋い顔で言った。彼もまた思いつめた顔をしている。

解呪《かいじゅ》につきあい出してわかったが彼は真面目《まじめ》だ。皇弟の身分になった今も誠実な騎士でありたいと願っている。だからこそ呪《のろ》いを受けたのをさいわいその力をつかって帝位簒奪《さんだつ》を試みることもなく隠しているし、解呪のためラドミラと深夜に密会することも受け入れた。

それがやむをえない事情からとはいえ女の家に泊まり、薬で朦朧《もうろう》としていたせいか「俺は君に惚《ほ》れたかもしれない」と爆弾発言を落としてしまったのだ。

「すまない。あの言葉は不用意だった。すべて俺の責任だ。今のところは忘れてくれ」

ルスランはすぐそう謝り、告白を取り消したが気に病むなというほうが無理だろう。

しかも彼は体に不調をきたしている。

あの朝はすぐに彼を迎賓館に帰さなくてはならず結局、話し合いの場をもてなかった。

なのでこのあと彼を迎賓館まで送る名目でラドミラも同行し、あちらで待機しているベルク子爵家の残りとも合流して対策会議を開く予定だ。

それまでは街の視察だ。お供を連れて人の賑わいや物流の様子、街路や広場の整備のほどを見学して、それから彼が実際に商店に入ってみたいと言い出した。

「カリエ公女に贈り物をしたい。選ぶのを手伝ってくれ」

せっかく街に出たのだからどんなものがどれくらいの価格で流通しているか見たいという。そして冷やかすのも店主に悪いので実際に買いたい。となると無難なのは国への土産か婚約者への贈り物になる。妥当な選択だ。

「貴婦人への贈り物なら騎士団時代に同僚から聞いた。ある程度わかるがあの年頃《としごろ》になるとさっぱりだ。こういうときは現地の人間に聞くといいと騎士団でも習った」

「私は現地徴発員？」

国が違えば流行も違う。彼はこの国の店を知らない。ラドミラが案内するのは正しい。彼とカリエ公女の仲がよくなるのも望ましいので買い物につきあうことにする。

まだ幼く社交の場に出てこないカリエ公女とはラドミラも会ったことがない。なので彼女の好みを聞いてみるとルスランもわからないと答えた。

「実はこの国に来て半月になるがまだ会えずにいる。おかげで帰国を急がす声がないのは助かるが、予定の調整が難しい。顔合わせを兼ねた朝食会とその後の交流の時間を土壇場で反古《ほご》にされ続けているのだ」

前に急遽予定が空いたと遺品整理を手伝いにきたのも公女にすっぽかされたかららしい。ふり回されている彼が気の毒になった。会いたくないカリエ公女の気持ちもわかるが。

自身の悪評があるので「私が薦《すす》めた店で買ったと絶対に言わないでね」と断り、彼を王都が誇る魔導街へつれていく。魔導街といっても入るのは表通りに面した安全な店だ。彼がこの国に来た目的は公女との顔合わせの他に帝国にはない魔導術を見るためだから自然だろう。

婚約者への贈り物に他の女が選んだものを渡すなど言語道断。彼には店だけ紹介して品は本人に選ばせるつもりだ。

「妹がいるからあの年頃の子が好みそうなのはわかると思うけど、装飾品だと手持ちの衣裳《いしょう》との相性もあるから、無難な小物を扱う店に案内するわね」

国家予算をつかう公式の贈り物は大使夫妻と相談して決めてと念を押しておく。一伯爵家と大公家では格が違いすぎる。不適切な贈り物をさせて紛争に発展しては責任を負いかねる。

案内したのは街の広場から少し横に入った魔導師御用達の店が並ぶ魔道具街の黄金横丁だ。そこかしこから煎《せん》じた薬湯の匂いが漂い、世界中から集まった不思議な衣裳の異国の商人や錬金術師が闊歩《かっぽ》するクヴェト一、国際色豊かな一画である。

その中で、大きな格子硝子《ガラス》の飾り窓のついた明るい店に案内する。

「魔導具の専門店なの。公女様もこの国のふつうの品は見慣れておられるだろうから、たわいのないお呪《まじな》いのついた小物のほうが目新しくて喜ばれると思って。どうかしら」

ここは恋のお呪いもあつかう。一般の少女も訪れる健全な店だ。奥の一画には恋占いの天幕もあって水晶珠を抱いた老婆が居眠りをしている。棚に並ぶのはふれるとほのかに光る茸《きのこ》のランプや心の落ち着く森の香りのするポプリの袋。可憐《かれん》な七色の薔薇が順に咲いて曜日をつげるリース飾り。この手のものを嫌う少女は少数派だと思う。

「ちょっとした挨拶《あいさつ》の品ならこれくらいのほうが気取らなくていいと思うわ」

「そうか」

どこかほっとしたように言った彼が、もみ手をしている店の主に言い放つ。

「店主、この棚のここからここまでを一つずつ包んでくれ」

大人買いか。これでは自ら選んだ贈り物とはいえないような。

あきれた目で見ると彼が言い訳めいて言った。

「しかたがない。〈体調〉が落ち着いたらマルス家を訪問する予定をねじ込みたい。帰国まで半月を切ったんだ。そう何度も市街には下りられない。留守中も礼儀として毎日ご機嫌伺いの使者は送るべきだし、どうでも対応できるように数には余裕を持って購入しておきたい」

それと、と言って器用に視線を向けないまま、棚から一つ品を取る。

愛らしい虹色《にじいろ》のボンボンが入った小瓶だ。

「これだけは今包んでくれるか？　気取らない、無難な包装で頼む」

店主に念を押し、それから受け取ったリボンをかけた小瓶をラドミラに渡した。

「前に手ぶらで押しかけた謝罪と、護衛である君への礼も兼ねた誕生祝いの品だ。君が言うとおり無作為に選んだ〈ちょっとした挨拶の品〉だから他意はない。どうか受け取って欲しい」

「……あなた誠実なのかいい加減な男なのかどちらなの」

誕生日会に手ぶらで押しかけたことをずっと気にしていたらしい。

カリエ公女と成婚する気はないがきちんと礼儀は尽くす。かといって世話になった相手が他にできたなら女性であろうとなにか贈るべきだ。だからよけいな邪推《じゃすい》を招かないよう第三者がいる前できちんと理由を告げて贈る。その理屈はわかるがもやもやする。

(今までの私ならお菓子と同じで解呪の報酬だと気軽に受け取ったかもだけど)

彼にあんなことを言われたからか意識してしまう。カリエ公女と彼がうまくいくように心から願っているし略奪愛に興味はない。なのに自分が添え物にされるのは寂しい。不可解だ。

〈――俺は君に惚れたかもしれない〉

ずっと脳裏にあの言葉が浮かんでいる。

実を言うと、ラドミラは男性から告白というものをされたことがない。彼が初めてだ。

社交界では悪評が先行して誰《だれ》も近づいてこなかった。百戦錬磨の悪女といわれてもラドミラに恋愛経験はない。だからこそ、恋などあきらめて夫候補に取引を持ちかけたのだ。

だから、あの言葉をさらりと大人になって流すことができずにいる。

彼はすぐに「すまない。忘れてくれ」と言ったし、以後は変わらず護衛と皇弟、解呪をおこなう魔女とその使い魔としての距離を崩していない。だから忘れるべきだ。

それでもふと気づくとあの言葉を思い出している自分がいるし、彼がこちらを見ているのに気づくのだ。ラドミラが視線に気がついてふり返るとすぐ目をそらしてしまうが。

何気ない態度を取ろうとして、かえって空々しくなっている。

そうなると落ち着かない。そわそわする。今までのような気の置けない態度を取りにくくなってぎくしゃくしてしまう。そしてそんな自分にいらだつ。悔しい。

(なんなのよ、ただでさえ考えないといけないことがたくさんあるのに)

彼の体の変化。由々しき自体だ。すぐ魔導の塔にこもって善後策を練るべきだ。のんびり散策している暇などない。なのに彼の隣であれこれ街の説明をしながら歩くのが楽しい。二人でいるとこれが仕事だということを忘れそうになる。

彼といると足が軽い。どこかふわふわして気恥ずかしいのに心地いい。

それは彼のことを信頼しているからだと思う。彼はラドミラの悪評を信じない。それどころかかばってくれる。だから他の貴族たちのように身構える必要がない。

彼はラドミラを魔女と畏れない。悪女とののしらない。護衛対象のくせにさりげなく馬車が通る側を歩いて、石畳の段差があるとすかさず腕を支えてエスコートしてくれる。

一緒にいるとラドミラまでふつうの貴族令嬢になれた気がする。当主の肩書きも魔導師の責務も忘れて、ただの娘として街歩きができる。

こんなことは初めてで、そんな扱いは落ち着かない。だけどわくわくする。

魔導街を出て馬車に戻る前にと大回りをして屋台街も見学する。魔女は嫌われるからいつも馬車で素通りしていた。だからラドミラも自分の脚でここを歩くのが新鮮だ。そんな心は伝染するのか隣のルスランもどこか浮かれて見える。彼が目を細め、たずねてくる。

「この辺りにはよく来るのか」

「魔道具を見た帰りにね。馬車に乗ったまま通ってあとで使いに買いにいかせることが多いけど。美味《おい》しいお菓子の店があるから。ルーリエが焼いてくれたものには及ばないけど」

「君の弟妹好きは言わなくても理解した。俺は市場を歩くときは菓子を扱う店の前は避けるな。甘い香りは胸焼けがする」

「それは喰《く》わず嫌いというものよ。一口食べれば趣旨を変えるわ。この国のお菓子はあなたのお国のものほど甘すぎなくて美味しいんだから」

言うと、彼が立ち止まった。

傍らの屋台でなにやら買い込み、袋ごとラドミラに渡す。

「ではさっそく試そう。君からどうぞ。こういうものはできたてが美味しいのだろう？」

ラドミラが人目を気にして使いに買いにいかせるのを気づかっての言葉だとわかった。今日くらいは俺がいるのだから直接買えばいいと彼の目が言っている。

ラドミラは手を伸ばした。柄にもなく恐る恐る温もりの残った袋を受け取る。

中にいっぱい入っているのは甘い一口大のパン、コラーチェだ。季節の果実のジャムやチーズ、芥子《けし》の実のペーストをのせて焼いたふわふわの小さなパン菓子。もちろん好物だ。一袋くらい一人でぺろりと食べられてしまう。だけど今日は温かい袋から甘い香りがして一人で食べるのがもったいなくなった。思わず言う。

「ありがとう。あなたも一緒に食べない？」

護衛対象である国賓殿下に言うことではないがこの甘さを彼にも食べさせてあげたい。共有したいと思った。彼は甘いものは苦手と言うがジャムは果実の味を生かしたさっぱり風味、芥子の実を磨《す》りつぶしてミルクと砂糖を混ぜたペーストはほのかな甘みと苦みがやみつきになる大人の味だ。コラーチェ自体、朝ご飯に男性も食べるものだから彼もだいじょうぶだと思う。

「一応、毒見したほうがいいわよね？　まさか無作為に選んだ、来る予定もなかった屋台のお菓子に毒が混じっているとは思えないけど」

言って、ラドミラはお日様の形をしたコラーチェを半分に割った。片方を食べ、もう片方を差し出す。少しとまどったあと彼が身をかがめ、口に含んだ。吐息が指にかかった。

「……たしかにうまいな。麦の自然な甘さとこれはカラントか？　酸味がきいている」

「でしょう？　つかれたときは果実の酸味と適度な甘みはとったほうが体にいいのよ」

はい、もっと食べたら？　と袋ごと差し出すと真顔で問い返された。

「つかれているのか？」

「はい？」

「君は果実の酸味と適度な甘みをとったほうがいいくらいつかれているのか？　気づかず朝から散策につきあわせてすまなかった」

ルスランが思いつめた顔をする。まずい。一度、彼の前で寝不足でよろめいたことがある。彼の心にしこりを残していたらしい。

心配されている。ふつうの令嬢のように。それが嬉《うれ》しい。だが困る。自分は魔導師なのだ。

空いた手をふり断る。弱くなりたくない。

「だいじょうぶ、平気よ。私は治療もおこなう魔導師なの。自分の体調くらいわかってる。それに今の私は護衛であなたは守られるべき国賓よ。気をつかわれたら本末転倒だから」

「君が今までこの国の貴族にどんな扱いを受けてきたかは知らないが、我が国では女性とは守られるべきものだ。だいじょうぶでまだ歩けるというならせめて支えさせてくれ」

強引に空いた手を取られて彼の腕につかまる位置におかされた。それだけではない。少しでも体力を温存させねばと騎士道精神を発揮したのか背に手を回された。ぐっと力がこもる。

「ち、ちょっと、逆に歩きにくいのだけど!?」

半ば抱き上げられた形になって足先が宙に舞う。細身に見えて彼は腕力馬鹿《ばか》だ。感じる逞《たくま》しい腕にラドミラは真《ま》っ赤《か》になって抵抗する。だが彼は離してくれない。

「しかしこれ以上君を歩かせるのは。ふだんは馬車で往き来しているのだろう？」

記憶力よくラドミラが言った言葉を引き合いに出す。通りの向こうを貴族家のものらしき馬車が横切るのが見えた。また悪評を流されてしまう。彼まで巻き込みたくない。

「いいから。下ろして！」

本気で言えば使い魔としての意識に目覚めた彼は逆らえない。しぶしぶだと顔いっぱいに書いてあるが一応、言うことを聞いて下ろしてくれる。ラドミラは自分が猛獣使いになった気分がした。殊勝気に佇《たたず》む彼に説教をする。

「あのね。もともとこの専属護衛は怪しまれずにあなたと接触するためのものでしょう？」

解呪のための肩書きだ。だから今のこれは不要な行為だ。力説する。

「護衛が護衛対象に運ばれてどうするの。私の体調が心配というなら専属護衛はもういいと陛下に願い出て。その分、私は昼に休むから」

「だが今さら他の者と替えてもらうのは俺が落ち着かない。安心できないというか……」

ルスランが言葉を濁し、眉《まゆ》をひそめる。そのよせられた眉根が妙に切なげで、ラドミラはごくりと息をのんだ。

（この人こそ悪女、いえ、傾国じゃない……）

色っぽい。弟妹推しの可愛いもの好きのラドミラでもぐらりときそうになる。実際、傍《そば》の屋台の女将《おかみ》がほうと熱い息をついている。これで自覚がない彼が怖い。

互いに譲らず噴水広場の真ん中でにらみあっていると、護衛としてついてきた従兄の一人、エムレが頭をかきつつ間に入ってきた。

「でもつかれた女性をほうっておけないだろ？」

言われたかと思うと足が宙に浮いた。山のような体躯《たいく》のエムレに抱え上げられる。

「ちょっとっ」

「運ぶのがルスランじゃなきゃいいんだよな？　勤務形態の話はまず休んでからだ。横抱きはルスランが怒るから許してくれよ」

子どもにするようにひょいと肩に乗せられた。ラドミラがつかれているのは決定事項なのか。視界が高い。エムレが広場を横切り、気を利かした護衛兵が引いてきた馬に跨《また》がる。

「ち、ちょっと、下ろしてってば。きゃあああっ」

視界が高すぎる、せめて馬車にのせて！　ラドミラはそのまま馬上の人となり、さらに高くなった視界のまま問答無用で彼らの滞在先である迎賓館まで運ばれた。休憩のためだそうだが帝国の男は加減というものを知らないのか。

今まで接したことのない人種を前に、ラドミラの突っ込みは尽きることがなかった。

「――やっぱり、彼の中に私も知らないなにかがいるわ」

連れてこられた迎賓館で少し休憩をとったあと、ラドミラは長椅子《ながいす》に横たわったルスランの体を走査する。ルスランが私室としてつかう一室だ。

人払いをし、ベルク子爵家の七人を同席させてルスランを調べる。もう自分の感覚をごまかせない。ルスランの変化は使い魔になったからなんかじゃない。なにかが取り憑《つ》いている。

ベルク家の五男ハルクが心配げに聞いてきた。

「ではこの前の腕の変形は魔女殿の契約のせいではないのか」

「あたりまえよ。使い魔契約は相手と主従関係を結ぶだけのものよ。魂同士の結びつきだから心が通じあったりはするけど、彼が言うような契約時に痛みがあったり傷の治りが早かったり、獣が寄ってこなくなったりなんてことは起きないわ」

彼の内に潜んでいる〈なにか〉がなんであるかはわからない。

だがそれが発現したのはラドミラという〈主〉が危険だとルスランが誤認したからだろう。ルスランの身のうちにいるなにかも十二年の長きにわたりかけられたラドミラの使い魔契約の術式に侵され、ラドミラを主と判断し、ルスランの感情の高まりに呼応したのだ。

「正体はわからないけど、これが彼の内に棲《す》みついたのはかなり前だと思うわ。下手《へた》をすると私が契約する前。いいえ、この〈なにか〉がいたから私の使い魔契約が成功してしまったのかもしれない。本来なら人と結ばれるはずがない契約だもの」

そしてこの〈なにか〉はすぐには分離できそうにない。ほぼルスランと一体化してしまっている。だが彼と一体化している分、今すぐルスランの命を損ねることはないと思う。今まで共存できていたのだから。

従兄の次男ハイリが難しい顔で腕を組む。

「つまりあの変化は魔女殿とはいっさい関わりがなく、帝国でのルスランになんらかの魔導処置、もしくは呪いがかけられたということか」

ルスランは傍系とはいえ皇族の生まれだ。幼いころは皇都から一歩も出ずに育てられたらしい。厳重に守られた彼は本来、魔と関わる機会などないのだ。だからこそルスランは今までの体の異変をラドミラとの使い魔契約に原因があると思っていた。

なにが起こったのか。ルスランが心当たりが一つだけあると言った。

「帝国での俺の周囲に魔導の絡む余地はないと前に言ったが。一人だけいた。父だ。あの男がつかっていた離宮の一つに魔導書が集められていたと、侍従の一人が言ったそうだ」

侍従の話は初耳だ。ベルク子爵家の面々が到着した際に聞かされた情報で、そのあとばたばたしたせいでラドミラに話す機会がなかったらしい。

「ただ父がなにを考えてそんなものを集めていたかは謎《なぞ》だ。……俺は父とはつきあいがなかった。父がこの国との交流を求めていたのは打ち出された政策を通して知っているが」

「その魔導書が鍵《かぎ》かも。調べるしかないわね。でも帝室の離宮じゃ無理かしら」

「いや、そういうことなら俺たちが動く」

従兄の長兄デミルが言った。

「すぐ帝国に戻って手に入れよう。俺たちじゃ見てもわからんから現物をこちらにもち帰る。魔女殿はそれを調べてくれ。相手が帝室だろうとルスランの命がかかってる。ほうっておけるか。宮廷の護衛騎士の中には元黒鷲《くろわし》騎士団の者もいる。他にも祖父殿の件で憤りを感じている者がいる。あの解呪法を知らせてくれた侍従も協力してくれるだろう」

「それなら」とラドミラは提案した。

「私が帝国との往復手段を提供するわ。馬や船だと移動に時間がかかりすぎるもの。あなたたちが帝国についたころにはルスランの滞在予定も過ぎてしまうわ」

そうなれば解呪できないまま国に戻らなくてはいけない。

ラドミラが責任を取るべきは使い魔契約のみだ。他の呪や〈なにか〉の件は関係ない。が、知った以上はほうっておけない。首を突っ込ませてもらう。

「私があなたたちを帝国に転移させるわ。さすがにいったことのないところに転移陣を構築できないけどだいじょうぶ。我が家には心強い使い魔がいるから。行きは彼にまかせるわ。こちらに帰るときは転移鍵を渡しておくから。鍵をつかえばドラコルル邸まで一瞬よ」

転移鍵についてはルスランが目の前でつかったので従兄たちも納得だ。だが。

「使い魔？」

今までつかったことのない移動手段にルスランが眉をひそめた。そっと流した彼の視線の先にいるのは、『フー』『シュー』とつぶやきながらころころ遊んでいる子竜姿の二柱だ。

「すまない。君の言葉を信じないわけではないが、使い魔と言われても甘みを求めて飛び回る彼らの姿しか想像できない」

連絡役にと彼に貸し与えたフシュだが、元が神と呼ばれる存在だけに毎日、供物が必要だ。ラドミラが護衛として合流する度にフシュに持参した菓子を供物として与えているのだが、帝国の甘みに味を占めたフシュはもっとと泣いて要求して、ルスランは夜な夜な厨房《ちゅうぼう》に忍び込み、フシュの菓子を調達するはめになっているのだとか。

「こんな幼児のような子竜にそんな力があるとは思えない」

「フシュはたしかに完全体じゃないから、心も幼いけど、他は違うわ」

それぞれ寮や領地の館《やかた》に戻る弟妹たちについて帰ってしまったが、ドラコルル家にはウームーとウシュガルルという心強い二柱の高位魔物がいる。

「弟のリジェクについたウームーには会ったことがあるでしょう？　彼は転移を得意とするの。初めての場所でもちゃんと連れていってくれる。以降の文のやりとりは私が魔道具を貸すわ」

便利な二つで一組の文箱があるのだ。前に書庫の整理をしていて見つけた。

「ご先祖様がつくったものらしいの。中にこの邸《やしき》にある文箱に通じる転移陣がしこんであるわ。

どれだけ距離があろうと中に入れたものはこちらに届く。時間差なしで連絡ができるの」

魔導に不慣れな彼らには目の前で実演してみせるのが手っ取り早い。

二個ある文箱をそれぞれがもつ。デミルがもつ箱にラドミラがもつ箱に入れた手紙がぽんと出現したときには感嘆の声が上がった。彼らは頑固で疑り深いが素直でもある。なので見れば受け入れてくれる。魔導に忌避感のない態度が気持ちいい。

「これで連絡態勢は万全ね。さあ、いつでも送り出せるわよ」

シュフに使いにたってもらってリジェクのもとからウームーに来てもらおうとしたところで、ルスランが待ったをかけた。

「念のためだ。全員帰らず兄さんたちの半数は残ってくれ。彼女の護衛について欲しい」

「はい？」

目を瞬《まばた》かせたラドミラに彼が真顔で迫る。

「こんな移動手段を提示できる君がどれだけ貴重な存在かを自覚してくれ。君が倒れれば俺もベルク子爵家も終わる。護衛をつけるのは当然だ。が、公的には俺は外遊に来た立場で君につききりになるわけにはいかない。だから俺が無理な間は兄さんたちについてもらう」

きっぱり言われてラドミラは彼が専属護衛を交代するのを嫌がった理由を理解した。

彼は護衛しているラドミラを、逆に護衛しているつもりでいたのだ。

なんだろう。顔に熱が上るのを感じた。しかも彼は〈自分の解呪のために必要な魔導師〉を守るためだけとは思えない、熱い眼差《まなざ》しで押してくる。

「君は自分の価値がわかっていない。淑女ではなく魔導師だから守られる理由がないという理屈は聞かない。強い魔導師でもあるからこそ守られるべきなんだ」

「だ、だからっていらないわよ、〈兄〉なんて。私が欲しいのは可愛い弟よ」

「もちろん俺が護衛できる間は俺がする。俺は従兄弟《いとこ》たちの中なら末弟だ。弟の括《くく》りに入る」

「だから私が欲しいのはこんなごつい〈弟〉じゃなくてっ」

抵抗したが押しきられた。なぜに主《あるじ》が使い魔に仕切られる。どちらが主かわからない。しかも二人のやりとりをベルク子爵家の面々が温かい目で見守っていて。

（やめてよ、あの言葉を忘れてくれと言ったのはあなたじゃないっ）

言った言葉と態度が合っていない。どちらを優先すればいいのか。ふりまわされる。

そこへ、扉が外から叩《たた》かれた。

「お話はおすみになられましたかな」

侍従のイフサンだ。

「茶菓の用意をいたしました。客間のほうへ移り、休憩などなさいませんか」

ルスランとの使い魔契約を知らないイフサンがにこにこ顔ですすめてくる。彼はラドミラのことを主であるルスランの片想《かたおも》い相手と思い込んでいる。違うと否定しても恥ずかしがっているだけと解釈して二人をいい雰囲気にしようと工作してくる。だからこの誘いにもなにかある。

これ以上心を乱されたくない。だが人のいい〈爺《じい》〉をがっかりさせたくない。

ルスランは「彼女を長く拘束するのは」と諫《いさ》めてくれるが、従兄たちもイフサンを失望させたくないのだろう。七人がかりで迫ってくる。

「魔女殿、頼む」

「一緒に来てくれないか」

厳《いか》つい顔でうるうる目を潤ませて頼まれた。こうなると断れないのがラドミラだ。

しぶしぶ移動し、客間の扉を開くなりずらりと並んだ小姓たちに迎えられた。

「ようこそいらせられました、お嬢様！」

可愛らしい異国風のお仕着せを着た美少年軍団だ。ラドミラが年下好きと知っての歓待らしい。客間の中はすっかり帝国仕様になっていた。分厚い手織りの絨毯《じゅうたん》が敷かれ、座り心地のよいクッションがそこかしこにおかれている。わざわざ自国から調度を持ってきたらしい。そしてぴょんと止まり木から降りてきたのは小さな刺繍《ししゅう》入りのベストをつけた子猿だ。ききっと寄ってきて小首を傾《かし》げる。まん丸い黒目のもふもふ。これは効いた。

「はうっ」

ラドミラはぐらりと失神しそうになった。迎賓館には何度も来たことがあるが夜にこっそり彼の私室に転移するだけだった。部屋の外がこんな風になっているとは知らなかった。

「ここは天上の苑《その》なの……」

弟妹推しのラドミラは彼らに近い年齢の子どもや可愛いものに弱い。条件反射で反応してしまう。しかもにこにこ顔の侍従、イフサンが小姓たちに茶菓の用意をさせる。

「我が国のよさをわかっていただこうと随行の菓子職人に腕によりをかけさせましたぞ。もちろん弟君へのお土産も用意してございます」

菓子職人まで外遊に同行させているのか！　さすがは皇族。食材も持参したのだろう。見慣れない素材をつかった見た目も鮮やかな可愛い絶品スイーツがてんこ盛りだ。

可愛いものだけでなく、甘いものにも弱いラドミラにこれまた効いた。しかも家族への土産付きという心憎い気配り。イフサンの圧しが強すぎる。

これは流されるわけにはいかない。ラドミラは抵抗した。

「ご、ごめんなさい、私は護衛として殿下を送ってきただけだからすぐおいとまを……」

「駄目、ですかな？」

イフサンがこてんと首を傾げる。菓子が山と積まれた皿を掲げて瞳《ひとみ》をうるませる小姓たちが、イフサンの下がった眉が、ベルク子爵家の面々のごつい肩を落としたしょげた風情が……。

「……わかったわ。お茶を一杯だけいただくわ」

結局、押しきられた。敵意には抵抗できても好意には弱い自分がつらい。

◇◆◇　◇◆◇　◇◆◇

《ベルク子爵は恩人だ。その娘もよい方だった。その息子を依《よ》り代にするなど耐えられない。だが魔導師としても未熟な私になにができよう？　さいわい皇子がさまざまな召喚法を試したが少年に魔神が宿ることはなかった。皇子はもう帝国内の〈神〉は死に絶えたのだと考えた。そして言ったのだ。「禁断の森に封じられた神をつかおう」と。森には太古の昔に帝国から逃れた神がいるという。どうやって確証を得たのか皇子は自信満々だった。騎士と魔導師からなる神を持ち帰るための調査団を派遣するという。今度こそ駄目かもしれない。神の奪取が成功すれば少年は生贄《いけにえ》にされる。私にできるのは調査団に加わり計画を頓挫《とんざ》させることだけだった。私は志願した。そして当初の計画通り調査団の皆を原始の森で迷わせることに成功した。だが私も迷い抜け出せなくなった。最後まで共にいた調査団の一人、護衛として同行した騎士も衰弱し動けなくなった。「パリス、俺のことはおいていけ。お前だけでもここから出るんだ」言われたが見捨てられるわけがない。彼は私の同朋。ベルク子爵のもとでともに剣をふるった相手だ。調査を妨害すると決めたときも彼だけは生かして帰すつもりでいた。動けなくなった彼を背負い死に場所を求めて歩み出した。そのときだ。奇跡が起こった。禁断の森の地下深くにあるとされた〈時の迷宮〉に落ちたのだ。そして私たちを出迎えたのは伝承にあった〈時操りの魔物〉だった。神は言った。『我をここから出せ。さすれば力を与えてやろう』と》

元帝国騎士、パリス・アイディーンの回想録より

2

困った。このままではいけない。ずるずる流されてしまう。

翌日のこと。相も変わらずルスランの護衛魔導師としてともに王宮に上がったラドミラはため息をついていた。

園遊会が開かれた庭園に面した控えの間だ。会場である庭園には衛兵がいるし、当番の宮廷魔導師もつめている。彼らの警護陣形を乱さないためにもラドミラは他の付き人たちとここで待機だ。ぼんやりと庭園を行き交う貴族たちを眺める。

着飾った令嬢たちが貴公子にエスコートされて優雅に歩いていた。

庭園におかれた椅子に手を取り誘導され、手巾《ハンカチ》を敷いた上にゆっくりと座らせてもらう。給仕が呼ばれ、冷たい飲み物を手渡される。いたれりつくせりだ。

(でも、これがふつうの、この国の令嬢への礼儀よね？)

なのにラドミラは帝国人であるルスランやベルク子爵家の面々から丁重な扱いを受けるまで無縁だった。誰からもされたことがない。そのことに今さらながらに気づく。

ラドミラが令嬢扱いされないのは悪評高い魔女だからというだけではない。言動にも理由があるのだろう。こうして一歩引いたところから見るとよくわかる。男性に世話をされる令嬢たちは皆可憐だ。か弱く風にも折れんばかりの儚《はかな》さで見る者が手をのべたくなる風情がある。

対してラドミラは強い女だ。夜会で踊る相手もなくぼっちでも堂々と立っている。

例えるなら棘《とげ》だらけの野茨《のいばら》か、崖上《がけうえ》の有翼雌獅子《スフィンクス》。これでは怖くて誰も声などかけられない。遠巻きにされるわけだとやっと理解した。

今までの姿勢を後悔しようとは思わない。それが自分だ。が、なんとなくつかれた。肩肘《かたひじ》を張らずふつうの令嬢のような生き方をしていればどうなっていたかと考えてしまう。

長女だから、次期当主だから、宮廷魔導師だから。

ずっと気を張って生きてきたなと思った。他を守るばかりで守られたいと思わなかった。

(だって、私は強いから。ドラコルル家の直系だもの)

母から譲り受けた高位魔物を五柱も使役する身だ。同僚からも一目置かれたし、魔導の塔でも人を守るのが当然という顔をされた。今際《いまわ》の母にも弟妹たちを頼むと言われた。

でもラドミラだって誰かに気を配って欲しかった。遠巻きにされるのではなく、頭をなでて褒められ、甘やかされてみたかった。守られてみたかった。

だからラドミラの背景を知らないルスランたち帝国の面々といるとふつうの令嬢扱いをされて落ち着かず、それでいて心地いいのだ。たまにあげる自分ご褒美。そんなふうに感じる。

ご褒美はたまにだから嬉しい。ずっと欲しいなんて贅沢《ぜいたく》を言う気はないし、溺《おぼ》れる気もない。

そもそもルスランたちは他国の人だ。滞在期間が過ぎれば帰ってしまう。解呪が成功すれば赤の他人に戻るし、自分はまた一人になってしまう。

「……猫のほうがよかったな」

　ぽつりと独り言を言う。猫ならラドミラをおいていったりしない。契約破棄の必要もない。ずっと一緒にいられる。だが婚約者が他にいる隣国の皇弟殿下では無理だ。

「なにをぼんやりしている。護衛なのに気を抜きすぎだ。公の場でそれでは苦情が出るぞ」

　声をかけられて顔を上げる。ロベルトだ。彼もまた園遊会の警護に駆り出されたのだろう。宮廷服の上からいつもの魔導師のローブを羽織っている。

「暇ならこれでも見ていろ。少なくとも外見は取り繕える」

　言って、紙の束を渡される。一番上にあるのは丸い召喚陣を反転させたもの、解呪の陣だ。

「これはなに？　見慣れない陣だけど説明もなくいきなり渡されても困るわ」

「よく見ろ。それは前に君から見せられた召喚陣の解呪法だ」

「え？　これが？」

　ラドミラは目を丸くした。ロベルトに前に見せたのはルスランにかけられた謎の呪だ。よくわからないごちゃごちゃした召喚陣だった。だがこれはすっきりしている。それぞれの要素を描く線も一つずつ。ぜんぜん違う。こんな陣ならラドミラも解けないと悩んだりしない。

「からかってるの？」

「そう言うと思った。なら、これでどうだ」

ロベルトが紙の束をまとめて陽《ひ》にかざしてみせる。

「あっ」

重なり、一つになったのはルスランの使い魔契約を解けなくしている例の陣だった。

「これは単体ではない。複合体だ。上から次々重ね掛けされたから訳がわからなくなっていたんだ。私も解けないのが悔しかったからな。古今東西の呪の伝承を調べて導き出した」

ロベルトはラドミラのように母から教えを受けたわけではない。レネのように私塾に入ったわけでもない。国中を巡《めぐ》り隠居した賢者や魔女の教えを受けた独学の叩き上げだ。魔導の塔といういわば温室で育った魔導師とは経験値が違う。

「これは東方の呪法と南の暗黒大陸の呪術、それに我が国のものとそれぞれ違う理論でできた陣がいくつも重なったものだ。わからなくて当然だ。だが単体ではないとわかればあとは一つ一つ順に読み解いていけばいい。解呪も可能だ」

理屈はわかった。だが誰がそんなものをルスランの体にかけたのだ。こんなに立て続けにいくつもの召喚陣を身に刻み、召喚をおこなわれては体が耐えきれない。

（最悪、体が千々《ちぢ》に引き裂かれるわ……）

誰がそんなひどいことを。もしや彼が十二年前に感じた痛みはこのせいか。連続して呪をかけられたために幼い体が悲鳴を上げたのか。

（そして今、彼の中にいる〈なにか〉は、これらのどれかで召喚されたもの？）

息をのむラドミラにロベルトが紙の束を差し出す。

「受け取れ。よくわからないがこの解呪法を知りたくて徹夜していたのだろう？」

ロベルトには勤務の様子はばれていたようだ。さすがは副長。魔導師たちをよく見ている。

とにかくこれがあればルスランの使い魔契約も破棄できる。その下に隠された〈なにか〉も見定められる。すべての問題解決に王手をかけることができる。

喜んで手を伸ばしかけて、きゅっと胸が痛んだ。

これを望んでいたはずなのに手を伸ばせない。

ルスランは誠実な騎士だ。契約を解いても態度を豹変《ひょうへん》させたりしない。知り合って間もないがベルク子爵家の面々もラドミラのことをともに戦った戦友として記憶にとどめてくれるかもしれない。それだけの信頼を築いていると思う。

（でももう、今のように毎日顔を合わせて作戦を練る日々は終わってしまう）

もともと違う国で暮らす、遠い世界の人たちだ。それがラドミラをためらわせる。

受け取ろうとしないラドミラを見てどう思ったのだろう。ロベルトが言った。

「これは、ルスラン殿下に関係があるのか」

「え？」

「君は殿下と対面した際に広間から連れ出された。その後も彼は君の塔の部屋を訪れていた。そのうえ最近のうわさだ。もしかしてこの解呪を頼まれていたのか、個人的に」

鋭い。目を丸くすると、「彼はやめておけ」と言われた。

「これをつかって解呪をおこない、さっさと縁を切れ。王から命じられた護衛はしょうがないが殿下に思い入れしないほうがいい。……彼は隣国の皇弟だ」

この召喚陣の向こうに何人の魔導師が透けて見えると思う？　と言われた。

「これらはすべて違う者が打ち立てた術式だ。つまりこの陣の数だけ政敵に雇われた魔導師がいて殿下を攻撃している。残念なことに我が国の理論をつかったものもあった。殿下がどれだけ危険な立場にいるかわかるだろう。常に政争に巻き込まれ、狙《ねら》われるのが皇族だ。だから帝国はカリエ公女を通して魔導師を欲しがった。つまり殿下もそうだ。君は目をつけられたんだ。優しい言葉をかければすぐに釣れる。公女との成婚まで待たなくとももち帰れる便利な魔導師だとな。最初に『できれば魔女を』と護衛を指名したのも、女ならかんたんに籠絡できると思ったからだろう。それとも君から誘ったのか？　側妃にでもすると言われたか」

ロベルトがつらつらと言い立てて、カチンときた。

（どうしてそこで腕を見込まれて誘われたか、とは言わないのよ……）

それはつまりロベルトの意識下にラドミラの悪評があるからだ。ルスランを魅了したのではと疑っているから、心のどこかで悪評が事実だと思っているから言葉に出たのだろう。

（これがこの国の人たちの私への評価）

ロベルトは同期なのに。同じ魔導師として心を許していたのにそう考えている。衝撃だった。

ラドミラは思わず歯を食いしばる。握ったこぶしの爪《つめ》が掌に食い込んだ。

「あの〈お泊まり〉のうわさもだ。君には転移魔導がある。殿下が君の邸に泊まったのは事実なのだろう？　騒がれるのが嫌なら君はもう少し節度をもった行動をとるべきだ。一応、婚約者の私がいるのだから。相手が私でなければとっくに破談を申し渡されているぞ」

ロベルトがお泊まり事件のことまでもち出してたまらなくなった。

たしかにルスランは泊まった。だが皆が考えるような理由じゃない。なのにこんなことを言われる。ロベルトだけは『お前が悪い』なんて言わないと思っていたのに。

ルスランの問題を解決して彼らが国に帰ったら、自分はまたこんなうわさの中に一人取り残される。悪評にがんじがらめにされた暮らしに戻るのだ。

今まで気にせずにいた。いや、気にしないようにしていた。でも一度色眼鏡《めがね》をもたない人と過ごしてしまうと、今までがいかに窮屈で息詰まる日々だったかがわかる。

「……わかったわ」

息苦しくなってラドミラは言った。

「そんなに言うならもうやめましょう。私が信じられないのでしょう？　さいわい口約束だけで私が成人し、後見が外れるまではと内々にしか知らせてなかった関係だし」

なんだかもうすべてが嫌になった。

「あなたとの婚約を破棄します」

ロベルトめがけてきっぱり言った刹那《せつな》だった。

「ラドミラ?」

声がした。ふりかえるとそこにルスランがいた。

彼は園遊会での挨拶も終わり迎賓館に戻ろうと自ら護衛であるラドミラを呼びに来たらしい。

間が悪い。王宮でこんな私的な話をした自分も悪いが、ルスランとともにやってきた宮廷人たちも目を丸くしてこちらを見ている。

(まさかさっきのを聞かれた……?)

前代未聞の女からの婚約破棄だ。今日中にまた新たな悪評となって宮廷中に知れ渡るだろう。

この時期にこれはさすがにまずい。どうごまかすかあせったときだ。

「責任は取る」

ルスランが言った。周囲にも聞こえるはっきりした声で。

そして彼は進み出るとラドミラの前に跪《ひざまず》いた。手を取り、顔を見上げて言う。

「君がそう言わざるをえなかったのは例の私とのうわさのせいだろう。なら、帝国の男として責任を取る。ラドミラ嬢、どうか私と帝国に来て欲しい」

君の名誉は俺が守る。だから心配しなくていい。

そう言われたが、ラドミラはそんな言葉を求めてロベルトに婚約破棄を告げたのではない。

そもそもどうしてルスランがそんなことを言う? 彼はあのときラドミラを気づかってドラコ

ルル邸に来ただけだし、帰れなかったのはラドミラの料理のせいだ。うわさになったのもラドミラの悪評に巻き込まれたから。そもそも自分たち二人が出会うきっかけになったのもラドミラが結んだ使い魔契約なのだ。なのに責任を取る？　もう頭の中がぐちゃぐちゃだ。

「……責任なんか取っていただかなくてけっこうよ」

求婚の言葉をそんなに軽々しくつかわないで欲しい。義務で申し込まれて喜ぶ女がいると思うのか。彼との日々を楽しいと感じた自分を侮辱された気がした。ロベルトに言う。

「ロベルト、守秘結界をはって」

「え？」

「張って！　私はこれから手一杯になるの。結界なんて張ってる余裕はなくなるから！」

ルスランにお供してきた者だけでなく騒ぎを聞きつけて物見高い宮廷人が集まり出している。これ以上、話を聞かれるのは嫌だ。それにここでやってしまいたいことがある。

ロベルトがいそいで張った外には声が漏れない結界が機能し始めたのを確かめて、ラドミラは言った。ロベルトから受け取った解呪の紙束を手に、ルスランに向かって。

「あなたとの使い魔契約を解呪します」

は？　と、ルスランが目を丸くした。

◇◆◇　◇◆◇　◇◆◇

いきなり解呪しますと言われてルスランはとまどった。

「ラドミラ?」

ドラコルル邸に泊まった夜、彼女への恋心を自覚した。だが口にするつもりはなかった。彼女の愛を乞《こ》う資格などないからだ。

ルスランは父からも顧みられない傍系皇族として生まれた。後ろ盾はないくせにやっかいな血筋だけはある。誰かに好意をもてば政争に巻き込みかねない出自だ。

それだけなく呪を受けた体になった。母も死なせた。死なずにともにいてくれるのは頑健な伯父一家くらいのもの。だからあきらめていた。誰かを巻き込むことを。恋心を抱くなど許されない贅沢だと思っていた。なのに、落ちてしまった。

(馬鹿な。俺は婚約者のいる身だぞ)

政略とはいえ彼女が属する国の公女と婚約している。簡単に破棄はできない。できたとしてもこの国の貴族であるラドミラに迷惑をかける。そもそも自分はラドミラからすれば他国の男だ。ラドミラは帝国の結婚制度に拒否感がある。求婚できる立場にあったとしても玉砕の未来しかない。すっぱりあきらめ、自分の恋心に墓標を立てるべきだ。そう思っていたのに寝起きの自制心がくもった頭で口走ってしまった。

どんな不実な男と思われただろう。いくらさばさばした漢気《おとこぎ》のある彼女でもどん引きだ。

(せっかく、使い魔だからと家族扱いをしてくれるようになっていたのに)

これで彼女と気まずくなったらどうすればいい。恋を自覚しても叶《かな》うわけがないのだ。ならこの国にいる間くらい気安い今の関係を保ちたかった。

だから「忘れてくれ」と言った。

できることなら告白などした自分を自分で絞め殺したい。だが口から出た言葉は戻らない。それでも契約が解呪できるまでは彼女から離れるわけにはいかない。だからラドミラが「薬のせいで寝ぼけている」と思ってくれたのをさいわい取り消した。

それは言い訳だったのかもしれない。距離をおかなくてはならないのに離れがたく思っている自分の〈彼女の傍にいる〉という欲望を正当化するための。

そんな自分が恥ずかしく、せめてラドミラといるときは礼節を守り、騎士らしくふるまおう。そう思っていた。それでもつい彼女の姿を目で追い、その度に煩悶《はんもん》していたときに彼女とあの男の諍《いさか》いを聞いてしまった。頭の中が真っ白になった。

(……もしかしなくとも俺が泊まったせいだ)

ラドミラのさらなる悪評がうわさされているのは知っていた。自分の軽率な行動のせいだ。彼女の人生を狂わせた。反省すべきなのにあの男との関係を解消してくれた彼女に喜んでいる自分もいて愕然《がくぜん》とした。それでもなんとかこの場を収拾しようと膝《ひざ》をつき、求婚した。

だが拒否された。責任を取らなくては。そんな義務感と下心からの求婚を看破された。

「あなたとの使い魔契約を解呪します」

ラドミラがきっぱりと言った。

「もともと間違いで結んだ契約だし、あなたは解呪のために私に接触したのでしょう？　なら、この関係を解消しましょう」

ぐっとつまった。たしかにそうだ。だが自分はこの関係をいつの間にか受け入れていた。このときがずっと続くと、ラドミラの隣にいることが自然になっていた。

「安心して。あなたの内に眠る〈なにか〉の対策は乗りかかった船だから最後までつきあうわ。帝国に戻ったあなたの従兄たちとの連絡役も続ける。遠慮なく魔導師として頼ってちょうだい。だけどこの歪《いびつ》な関係だけはなしにしたいの。せめて私の肩の荷を下ろさせて。あなたに責任を感じ続けたくないの。王国の魔導師と隣国の皇弟。正しい姿に戻しましょう」

ラドミラが淡々と告げて、ルスランはこの期に及んで本気で彼女を愛していたことに気がついた。自分の立場やこちらが執着すれば彼女を政争に巻き込むといった相手を思いやる気持ち。それらを凌駕《りょうが》して、ラドミラが嫌がっても攫《さら》ってでも守りたい。楯《たて》になりたい。自分のものにしたい、傍にいて欲しいと願うようになっていた。

だから言った。動いた。

「それはつまりもう俺は君の〈家族〉ではなくなるということか？」

手を伸ばし、捕まえる。抱きしめて、ラドミラが与えてくれた特別な地位を口にする。

「な、なにをっ」

「もう俺の主様ではなくなるんだろう？　なら命令は聞かない」

腕の中でラドミラがもがいているが聞かない。きっぱりと言う。

「契約を解くということはそういうことだろう？　俺に手綱をつけたくなったのではないか？

使い魔契約を今解く必要はないだろう。もう少しこのままでいてくれ。頼む」

もう一度、家族に戻してくれと願う。夫よりも特別な、彼女の最も近しい位置にいさせて欲しい。今、ラドミラと契約を解呪してどうなる？　この悪評の中にラドミラを残していくのか？　悪化させた原因は自分なのに？　彼女が望んでいるのはそういうことだ。俺一人逃がそうとしている。二人の間の秘密をなしにして、自分だけ悪評の中に残ると言っている。

なら、解呪などくそ食らえだ。

「もっと俺に頼ってくれ」

ラドミラを抱く腕に、ぎゅっと力を入れる。

「俺は君の使い魔で、君は俺の主なのだろう？　なら、守らせてくれ」

思いのたけを言葉に込めた。

「君が心ない悪評に晒《さら》されるのを見ると心臓に悪いんだ。自分が傷つくより痛く感じる」

そっと彼女の髪に口づける。彼女の体の奥深く、今までについた心の傷に届けばいいと願いを込めて。敬愛する貴婦人に対するようにうやうやしく。

「俺はもうずっと、十二年前から君だけの使い魔だ。遠慮なく楯にしてくれ」

ラドミラのためなら兄帝とも戦ってみせる。ルスラン自身、不確かな立場だが、彼女一人くらい抱えてみせると思った。

だがラドミラは受け入れてくれなかった。

「腕をほどいて、ルスラン」

離して、と言う。声に出されてしまえばもう逆らえない。抵抗したが体が勝手に従う。

そしてラドミラが身を離した。距離を取り、こちらに向かって手をのべる。それは魔導をつかう予備動作だった。無情にも彼女が解呪の陣を展開する。幾重にも、幾重にも。美しい唇から残酷な旋律が流れ出る。ルスランの体にかかっていた召喚の陣を一つずつ解いていく。

そして最後に、彼女自身がかけた使い魔の契約陣を解いた。体を覆っていた光がほどけて、小さな粒になって消えていく。その最後の一粒が消えて、ラドミラが言った。

「とけました。これでもう、あなたは自由です」

ずっとこの瞬間を待っていたはずだった。

だが十二年ぶりの自由の身は、どこか心許《こころもと》なく、寒かった。

◇◆◇　◇◆◇　◇◆◇

《かの地の〈神〉は己の力と意識をいくつにも分け、聖別した〈器〉に宿すことができるらしい。そして器に宿りさえすれば迷宮の外に出られるのだとか。言われるがままに私と彼は迷宮の中で魔技を磨き、知識をつけ、神の指示のまま器をつくった。分祀《ぶんし》された神を連れて迷宮を出た。だが彼とは途中の時の渦ではぐれ、無事に森に出たのは私だけだった。『あれは違う〈時〉に出たようだな』と器の中の神が言った。迷宮の中と外では時の流れが違うと知った。だからこそ森と迷宮の監視者である〈時操りの大魔女〉は不老不死とも、時を操る魔女とも言われているのだ。迷宮の中と外を往き来して暮らしているから。実際あれだけの年月を過ごしたのに外では七年しかたっていなかった。はぐれた彼も分かたれた神を手にしていた。どこかの時代で無事だろうと思い、時の経過に酔いそうになりながら〈今〉と呼ばれる時代を調べた。帝国では変わらず政争が続いていた。ただ、調査団の皆は死んだと思われているようだ。おかげで私が追われることはなさそうだ。ベルク子爵の孫である少年も無事だった。だが帝国には戻れない。戻る気もない。私は念のため名を変え、〈神〉とともにシルヴェス王国で生きることにした。〈時の迷宮〉で手に入れた知識がそれを可能にした。そのうち皇子が即位し死んだ。さもありなん、あれだけの禁忌に手を染めていたのだ。制御できなかったなにかの手にかかったのだろう。次の皇帝には皇子の子の一人、正妃の息子が立った。私に傷を負わせた馬鹿息子の兄だ。皇子配下の魔導師もちりぢりになったようだしこれでもう私のことを知る者は帝国にはいない。そう安堵《あんど》した。だが早かった。「お前、どこかで見たことのある顔だな」帝国から

来た客人に言われたのは私が護衛としてカリエ公女のもとに上がったときだった》

元帝国騎士、バリス・アイディーンの回想録より

3

いつもの深夜の訪問がないと一日が長い。

ルスランとの使い魔契約を解消してから五日。久しぶりにできた余暇をラドミラはドラコル邸でゆっくりと弟と過ごしていた。

護衛の公務は〈体調不良〉と病欠届けを出した。代わりに専属護衛になったドミニクが「君の後釜《あとがま》なんて務まるわけないだろう⁉」と泣いていたが知らない顔を決め込んだ。

もともとラドミラは宮廷魔導師として働きすぎなのだ。研究三昧《ざんまい》で部屋から出てこない同僚たちの仕事を休み返上で肩代わりしてきた。ここらで休暇をとっても文句は言わせない。家でできる書類仕事はちゃんともち帰ったのだ。あとはロベルトがなんとかしてくれるだろう。

約束したベルク子爵家の面々との連絡役はおこなっている。文箱に手紙が届けばルスランから返してもらったフシュを使いに出して、代わりに帝国に送る手紙を預かって。

ただ、こちらに残った兄弟から手紙で事情を知らされたのだろう。帝国に戻っていたベルク子爵家の従兄たちが帰ってきた。例の侍従らしき小男と魔導書がつまった木箱を脇《わき》に抱えてい

たが「先にこちらで調べるから」「また連絡するよ」と、こそこそ迎賓館に戻っていった。

気になったが向こうが頼ってくれないなら、こちらから押しかけるのも迷惑だろう。自分から切った関係だが少し寂しかった。

そんな心あらずな姉の様子は詳しい事情を知らない家族にも伝わったのだろう。もち帰った書類に裁可の署名を入れながら自主学習をしているレネにつきあっていると、訊《たず》ねられた。

「ねえ、姉様、帝国ってどこにあるの？」

よりにもよって本日の自習内容は世界地理か。動揺を悟られないようにさりげなくをよそおってレネに地図を開いて見せる。

「ここよ。で、こちらの内海に沿ったここがシルヴェス王国」

「わー、うちの国って帝国と比べるとケーキの上にのった苺《いちご》みたいだね」

「そ、そうね。帝国は大きいから」

前途ある若者を「こんな小国で一生を終えるのか」と失望させるわけにはいかない。

「でも苺ってすごいわよ。芥子粒の何百倍もあるわ」

我ながら謎の擁護を入れる。賢いレネはすぐに察して、

「僕、苺ってだーいすき。だってラドミラ姉様の髪と同じくらい甘くて綺麗《きれい》な色だもの」

と、可愛いことを言ってくれる。天使か。

「でも帝国ってほんとうに大きいね。帝都には世界一の図書館もあるって聞いたよ。魔導書も

いっぱいあるんだろうな。姉様ならいけば魔導研究が進むんじゃない？」

「それはどうかしら。あちらにはあちらの宗教があるから魔導書は禁書扱いになるはずよ。今はカリエ様をお迎えして規制を緩めようとしてるけど。それに魔導自体もふるうのは難しいかもしれないわ。この国はメラムが多くて魔物も住みやすいけど隣国にはほとんどいないと聞くもの。生息するのが難しいって。だから魔物の力を借りる魔導術はすべてつかえないわね」

昔、帝国の公用語を習っていたときに長い時を生きる分、博識のウシュガルルに会話の練習相手を頼んだことがある。そのとき彼に帝国にいったことがあるかと聞いた。

彼は空を飛べる。同じ使い魔のウームーにいたっては転移ができる。遊びにいくくらい簡単だ。だからいったことがあるならどんなところか聞かせてもらいたいと思ったのだ。するといくのは無理だと言われた。メラムが薄すぎて存在をたもっていられないと聞かされた。

『昔の戦いの影響でな。眠るか、器にこもるかでなければ長時間とどまるのは無理だな』

ウームーも誰かを転移させるくらいなら平気だが、滞在するのは難しいと言っていた。そのことをレネに話す。レネは目を丸くして聞いていた。興味津々だ。

とはいえ今のラドミラは帝国人たちとぎくしゃくしている。弟が世界に興味をもつのはいいことだが、帝国の話題は落ち着かない。話を変えようとするとレネが言った。

「ねえ、姉様」

「なあに？」

「もしお嫁にいくことになっても僕は賛成だから」

「レネ？」

「遠くても我慢する。ううん、地図で見ると内海を越えればすぐだもの。ぜんぜん平気」

「ちょっと、なにを言っているの、レネ」

「だって今まで姉様と対等に渡り合える人なんか見たことなかったもの。女当主として一人で立つ姿しか想像できなかったけど殿下とならいい両輪になれると思うんだ。二人でいるとお似合いだったよ。義務で選んだあの人より」

そう言ったレネの目線の先にはロベルトが贈り物として持ち込んだ絵がある。婚約や婚姻関係を結ぶときに贈ると縁起がいいと喜ばれるこの国の初代王と王妃を描いたものだ。

進んでいる婚約話の一環だ。あの王宮での騒ぎのあと、ロベルトが謝りにきた。そして婚約破棄を取り消して欲しい、正式に求婚したいと頭を下げてきたのだ。

ルスランとのことがなくともいずれは婿が必要になる。あのときはラドミラも頭に血が上ってひどいことを言った。なので互いに水に流すことにした。そのあと改めて彼のほうが婿入りすることになるからと挨拶に来たのだ。レネともそのときに会っている。

地図上の帝国をなぞりながら言うレネにラドミラはなにも言えなくなった。レネはまだ幼いが聡《さと》い。ラドミラに未練があるのを見透かしているのだろう。しみじみ思った。

（……彼がほんとうに猫だったらよかったのに）

義務感からでもルスランに求婚された。カリエ公女と婚約している彼だが帝国は一夫多妻の結婚制度を採用している。それらに罪悪感と拒絶感を覚えながらも自分はあのとき心のどこかで彼に一緒に来て欲しいと言われるのを待っていた気がする。

現実にはそんなことはできない。できないからこそ、届かない子猫と同じで焦がれた。

――もっと俺に頼ってくれ。

目を閉じれば今でもルスランに抱きしめられたときの感触が蘇《よみがえ》る。

――俺は君の使い魔で、君は俺の主なのだろう？　なら、守らせてくれ。

絞り出すように言われた言葉が甘美な響きとなって胸の奥深くまでしみ込んでいる。

――君が危険なめにあうのを見ると心臓に悪いんだ。自分が傷つくより痛く感じる。

言って彼は髪に口づけた。敬愛する貴婦人に対するように恭しく扱われた。嬉《うれ》しかった。

「もともと間違いで結んだ契約だし、あなたは解呪のために私に接触したんでしょう？」

強がって返したときも彼がぐっとつまって、それを見て彼もまたこの関係をいつの間にか自然なこととして受け入れていたと知った。胸がいっぱいになった。

――もう俺の主様ではないんだ。命令は聞かない。

きっぱりと皇族の威厳を見せて言う彼も格好よかった。強引な男は馬鹿っぽくて嫌いだったのにあのときだけはどきどきした。

――契約を解くということはこういうことだ、ラドミラ。俺にもう一度、手綱をつけたくなったのではないか？

あとになってなぜ蹴《け》りつけてやらなかったのか自分がわからなくなった上から目線の言葉だったが、力強く言う彼の胸に手を這《は》わせ、寄り添いたくなった。

彼の腕に抱かれるまで男と女の体の違いなど意識したことがなかった。実際にふれると全然違っていた。誰かを守るための体がラドミラの手の下にあった。

彼の硬い筋肉が動いていた。穏やかで自制された、それでいて熱を秘めた完璧《かんぺき》な体だった。厚い胸板は頼もしかった。君一人くらい軽々と守れると言われたようだった。

彼だって命を狙われている人なのに。一伯爵家の当主などというラドミラより重い圧を感じている人なのに。それでも君を抱えてみせると言ってくれた。こんな人は初めてだ。

だから断定はできない。それでも自分は彼のことが好きなのだろうと思った。

自分たちはある意味、最後まで対等な関係でいられたのだ。ラドミラは彼を魅了の技をつかってつなぎとめたわけではないし、彼も解呪のためとはいえ自分の意思で傍にいた。

(だけど、終わらせないと)

思ったより、いい男だったから。彼にも自分にも婚約者がいるから。結ばれる相手ではないから。いくらでも理由はある。だから後悔はしない。してはいけない。

「姉様、だいじょうぶ？」

レネに声をかけられて、ラドミラは自分が唇をきつく噛《か》みしめているのに気がついた。

そのときだ。執事が来客を告げた。誰かと聞いても口ごもり、名を言わない。

不審に思いつつ玄関広間まで下りてみると、そこにいたのはベルク子爵家の面々だった。

彼らは皆、肩を落として頭を下げていた。

「魔女殿、頼む。ルスランを助けてくれ」


連れていかれた迎賓館のルスランの寝室では、彼が寝台に横たわり高熱にうなされていた。

それだけではない。前にドラコルル邸で見せた体の変形が始まっている。

苦しげにシーツをつかむ両手の節が曲がり、黒光りする爪が生えていた。全身を激痛が走っているのだろう。ときおり我慢できないようにうめき、悶《もだ》えている。

「どうしてこんな」

ひどい有様に思わず枕元に駆け寄った。

前にラドミラを診てくれた帝国の侍医がルスランの変化に怯《おび》えながら言う。

「ね、熱が下がらないのです。手の異常もですが胸どころか全身に妙な紋様が浮かび上がって。骨と筋肉が痛むようですが痛み止めも解熱薬も効かないのです。十二年前にもこの症状が出てそのときは体の変化も刻印だけで三日でおさまって。なので今回もそうなるかと期待してあのときと同じ薬を出しているのですが熱は下がらず、それどころか手までこうなって」

従兄たちがしょんぼり肩を落として言う。

「魔女殿には決して知らせるなってルスランに言われてたんだけど」

「これ、ふつうの病じゃないだろ？　頼れるのは魔女殿だけなんだ」

ラドミラは心配を通り越してあきれた。病床のルスランに噛みつくように言う。

「あなたねえ、どうしてこんなになるまで言わないのっ」

「す、まない。自分で抑えられる、かと。これ以上君に迷、惑をかけた、くなかった……」

「私、遠慮なく魔導師として頼ってちょうだいって言ったわよね？　気をつかう方向が違うでしょう。そもそもどうして悶える様がそんなに色っぽいのっ。女の立場がないじゃないっ」

「……す、すまない？」

苦しい息づかいながらも彼が言葉を返してくれてほっとした。意識がある。内にうごめく〈なにか〉に乗っ取られたのではない。操られてラドミラに助けを求めなかったわけではない。彼はまだルスランだ。恥ずかしいが安心して泣きそうになった。必ず助けると心中で彼に誓う。

ラドミラはきりりと魔導師の顔に戻って従兄たちに問いかけた。

「いつからこの症状が出ているの？　正確に話して」

「ま、魔女殿との使い魔契約を解除したときかららしいんだ。ルスランの奴《やつ》、隠してたから。熱があっても笑顔で公務をこなしてたし、体の刻印も手袋や詰め襟の服で隠してて。だから俺たちも気づくのが遅れて。昨日《きのう》の夜から手の変形が手袋で隠せなくなって、それで……」

そうだった。彼はそういう男だった。体が変形し、痛みを隠し通せなくなってようやく従兄たちに助けを求めたのだろう。

「馬鹿なの、あなた」

大馬鹿だ。いや、馬鹿は自分か。使い魔契約を解けばどうなるか傍にいてもっと丁寧に経過観察をすればよかった。十二年前にあった謎の痛みのことは聞いていたのに。

どうすれば抑えられる？　前はどうやって彼は回復した？　さいわい彼は皇族だ。十二年前にも侍医の手当てを受けている。そのときの記録を見せてもらう。だがわからない。医学の進んだ帝国の侍医でもお手上げな状態を医学は専門でないラドミラが見てわかるわけがない。

だがラドミラは魔導師だ。

「……帝国から、彼のお父様が集めてらしたという魔導書はもってきたのよね？」

従兄たちに見せてと言う。

「それと、例の侍従にも会わせて。知っていることをすべて聞き出して」

侍従はなぜベルク家に解呪の方法を知らせてきたのか。ルスランの体についてなにか知っていたからに決まっている。さっそく引き出されてきた侍従に従兄たちが迫る。

「〈魔物との契約を解く方法がある〉とうちを訪れたわけを聞かせてもらおうか」

「わ、私は今は亡き先帝陛下が内密に使用されていた隠れ家の整理を現陛下より申しつかったのです。それで禁制の魔導書と一緒に先帝陛下直筆の覚え書きが出てきて。中にルスラン殿下の御名があったのです。よくわかりませんでしたが殿下の経過観察のようなもので」

ふるえながら侍従が答えた。

「魔神や古《いにしえ》の神の名がいくつも書かれてその横に『発現しない。失敗か？』と書き込みがあって。魔導書にあるのと似た契約陣の写しもあったんです。『これが邪魔をしているのか？禁断の森の時操りの魔女のしわざか』という走り書きと一緒に」

それらのことからルスランになんらかの呪がかけられていると推測したそうだ。

「なら、困っておられるでしょうから。どうせ処分するものだし、もっていけば喜んでもらえると思って。ついでに私の命も助けてもらえたらと」

彼が、整理を命じたルスランの異母兄である現皇帝に魔導書のことを知らせると、父親が禁忌の研究に手を染めていたことに驚いた皇帝が隠れ家にお忍びで訪れたそうだ。そのあと「知るのはそなた一人か」と確認をとり、すべてを秘密裏に処分するように命じたのだとか。

「あの陛下の目、私は魔導書の処分が終わったら口封じのために殺されると悟り、ベルク家に庇護《ひご》を求めたのです。だからこのことは陛下と子爵家の皆様の他は誰も知りません、助けてください、お願いです……！」

必死なさまは彼が嘘《うそ》など言っていないことを示していた。

そして整理を命じられたのは三月前だという。

「三月前といえば」

「ああ。陛下の同母弟ジャミル殿下が皇居の中で謎の死をとげられたころだ」

ジャミルは魔物に食い殺された。皇帝はそれで不審に思ったのか。もしや自分も狙われるのではと怯え、禁忌にふれているのではとうすうす感づいていた父の遺品を調べることにした。

「そしてこの覚え書きのことを知った」

「じゃあ、ルスランが魔導師に狙われたのももしかして兄君の、皇帝陛下のしわざ？」

「たぶんそうだろう。ルスランが魔神に取り憑かれ、その力をつかってジャミル殿下を殺《あや》めたのではと疑い、排除しようとしたのかもしれない。あの小心者ならやりかねない」

従兄たちの長兄、デミルが言った。帝国の現皇帝、ルスランの異母兄は禁忌に手を出してまで帝位に執着した父親とは違い、細々と策謀をめぐらす小粒の男だそうだ。

「でも待って。『これが邪魔をしているのか？　禁断の森の時操りの魔女のしわざか』ってどういうこと？　私はルスランのことは彼が訊ねてくるまで知らなかったのよ？」

過去の一連の事件にどう関わるというのか。侍従が言う覚え書きを見せてもらう。たしかにそこにはそう書かれていた。だが気づく。日付がおかしい。

「ちょっと待って、おかしいわ。十二年前、ルスランが寝込んだのはいつ？」

「祖父殿がそちらにいったあとだ。ほら、医療記録にもある。帝国暦四五二年六月十七日」

「だったらやっぱり痛みは私のせいじゃないわ。帝国とうちは暦こそ違うけど月日の数え方は同じよね？　私があなたたちのお祖父様と契約を交わしたのは六月二十日よ。ルスランは三日三晩うなされた。どちらかというと私が契約したから彼の痛みは収まったのではない？」

日付はたしかだ。あのころのラドミラは文字の練習も兼ねていろいろな国の言語で日記を書くよう祖母に言いつけられていた。ルスランと会ってからなにか思い出せないかと棚から引っ張り出して読み返したから間違いない。

「じゃあ、あれは……」

「ルスランに幾重にもかけられて使い魔契約を解呪するのを邪魔していたのは帝国の召喚陣だった。今回、それは解いたわ。私の使い魔契約の上に上書きされていたものはすべて。だけどルスランにかけられていた召喚陣があれだけじゃなかったら？」

ラドミラが解いた使い魔契約の陣。あの下にも別の召喚陣が刻まれていたのなら。そして十二年前、その中のどれかが成功して〈なにか〉いや、彼の父親が召喚させた〈魔神〉がルスランの体に宿ったのなら。

「彼の十二年前の痛みはその〈魔神〉がもたらしたものよ。彼の体が〈魔神〉の器としてつくり替えられていたの」

「ではそのあとの体の特異性は」

「その〈魔神〉のせいよ。自分を守るためにルスランという器を守っているのだと思う」

その〈魔神〉の力が彼の父親が望むように発現せず、「失敗か」と言わせたのは上からラドミラの使い魔契約がなされたからだ。ラドミラが偶然、〈魔神〉を封じた形になったから。

「そして召喚が失敗したと思ったルスランの父君は、そこからさらに何度もルスランの体に召喚陣を刻んだのよ。私の契約陣の上から」

魔導に不慣れなせいで、すでに目当ての〈魔神〉が召喚され、依り代としてのルスランの体がいっぱいになっていることに気づかなかったのだ。ラドミラの使い魔契約が保護膜になり、新たに上からかけられる召喚の術式をすべて無効にしていると知らずに次々と新たな召喚陣を刻んだ。それであのおかしな複合体の召喚陣ができあがったのだ。

「じゃあ、今のルスランは」

「封印の役割を果たしていた私の使い魔契約が外れたから。自由になった〈魔神〉が表に出て、ルスランの体を乗っ取ろうとしているのだと思う」

早く祓《はら》うか、倒すかしないと。だがそのどちらも相手の正体がわからないと難しい。ルスランの父の覚え書きを見てもどの召喚陣が成功したかわからないから、逆召喚の陣を組めない。順に試す時間もない。ルスランの体は限界だ。他の方法が必要だ。すぐ効くものが。

十二年前はラドミラが使い魔契約をしたから彼の症状は落ち着いた。だったら。

「フシュ、シュフ、手伝って！」

ラドミラは影の中にいる使い魔たちを呼び出した。

「変則だけど今ここでもう一度ルスランに使い魔契約をおこなうわ。完了まで私を守って」

前と違って契約相手に贄《にえ》として差し出させるのではなく、直接、相手を屈服させて使い魔にする。本来、魔物を相手におこなう契約法だが今のルスランは〈魔神〉に体を侵されている。帝国の〈神〉や〈魔神〉はこの国で言う魔物と同じと母から聞いたことがある。ここにいるフシュやシュフだってもとは遠い異国で神と呼ばれた存在だ。できるはずだ。相手が魔物ならラドミラは無敵だ。魔物を魅了する異能をもっている。

「ごめんなさい、ルスラン、もう一度、あなたを私の使い魔にするわ」

ラドミラは言った。彼は体内の〈魔神〉に抗《あらが》いながら、苦しい息の下ですべてを聞いていたのだろう。かすれきった声で言ってくれた。

「本望だ」

ラドミラはその言葉に力を得る。深く息を吸い、背を伸ばし、術を行使する準備に入る。

「いくわよ、フシュ、シュフ！」

『フー！』

『シュー！』

二柱の使い魔が浮かび上がり、ラドミラの前後に位置を取る。小さくとも神と呼ばれた彼らだ。確実にラドミラを守り、補佐してくれる。ルスランの体もまだ変化しきっていない。

（だからできる！）

従兄たちは危険なので下がらせ、ラドミラは空中に契約陣を描く。とたんにルスランの内にいる〈魔神〉が反応した。己を従属させようという力に抵抗し、暴れる。弱りきったルスラン

では抑えきれないのだろう。ラドミラの首筋に噛みつく。

「くっ」

ラドミラは痛みをこらえた。血を啜《すす》られる。でもやめない。呪文の詠唱を始める。

十二年前にルスランを使い魔にしたのは偶然だった。

彼の祖父がラドミラを祖母と勘違いしたから。ラドミラが猫の子が欲しいと思ったから。いろいろな偶然が彼と自分を結びつけた。

奇跡のような出会いだ。

なにが欠けても自分たちが会うことはなかった。だから自身の首筋に噛みついた彼の両頬《りょうほお》を手ではさみ、無理やりこちらに向けさせる。そして叫ぶ。

「だから。大切にしたいのよ……！」

ラドミラは両手に魔力を込めた。契約を結ぶ力を。そして金色の瞳に退魔の力を込める。

相手を魅了する力。これで力尽き、二度と魔導を操れなくなってもいい。宮廷魔導師の位を剥奪《はくだつ》されたっていい。ただこの瞬間にすべての意識を向ける。

なによりも大切な私の使い魔。初めて自分の手で為した契約で得た友だち。ようやく手元に来た可愛いあなた。

邪魔する〈なにか〉が何者だろうが関係ない。

ルスランは、ラドミラのものだ。十二年前からずっと。

◇◆◇　◇◆◇　◇◆◇

「……すべて、父のせいだったのか」

無事、使い魔契約を結び、体の変化が止まってから、ルスランは言った。

ラドミラの判断は正しかった。再び使い魔契約を結び、魅了の異能によって彼女の支配下に入ったことで身の内で暴れていた〈魔神〉は落ち着いた。

正体不明の相手を屈服させるのに魔力をつかったからだろう。ラドミラはぐったりと力の抜けた体で寝台にもたれかかっている。操られたとはいえルスランが噛みついてしまった首筋の傷はすでに彼女の使い魔が治癒してくれていた。跡も残っていない。それでも血を失った。彼女の使い魔なのに彼女を傷つけてしまった。申し訳なくてしかたがない。

本来なら客間に運び、眠らせるべきだ。だが責任感の強いラドミラは不用意に自分が契約を解いたせいでこうなったのだからと言い張り、ルスランの体が完全に落ち着くのを見極めるまで傍にいると手を握ってくれている。

嬉しかった。

つながれた手が愛《いと》おしくてたまらない。ルスラン自身まだ力が入らない体だが、せいいっぱいラドミラの手を握り返す。

彼女は体を張って赤の他人の自分を救ってくれた。それに比べて自分の〈家族〉はなんなのかと思う。父も兄も。ほとんど会ったことがない他人同然の相手だが、さすがに幼いころから幾度も魔神召喚の依り代につかわれ、保身のために命を狙われていたと知ればへこむ。

「……今まで依り代につかわれていたことになぜ気づかなかったのだろうな」

父の覚え書きから推測すると侍従の幾人かが買収され、イフサンたち忠義の者の目を盗んでルスランを差し出していたようだ。眠り薬を飲まされていたので幼いルスランは自身に召喚の術式がほどこされていることに気づかなかったらしい。

母が裁判にかけられたのは父のせい。そして祖父が讒言《ざんげん》を受けた裏にも父がいた。口封じだった。覚え書きによると十二年前、祖父が禁断の森を訪ねたのは当時、皇子だった父の差し金だった。そのころにはすでに禁断の術に手を染めていた父は騎士団の危機を口実に、瀕死《ひんし》の猫の〈時〉を配下の魔導師に止めさせ、禁断の森にいかせた。そこにいるかもしれない神を探すために。祖父の一行に魔導師を同行させた。

祖父は武骨な嘘などつけない騎士だった。祖父を〈時操りの大魔女〉の前に出し、同行した魔導師が森を調べる際の隠れ蓑《みの》にしたのだ。

それからなにがあったかはわからない。なんらかの行き違いが起こり父は死んだ。父の所業は闇《やみ》に埋もれ、異母兄が即位した。その命令で遺品を整理した侍従がこれらのことに気づき兄帝に報告した。隠れ家を視察し、覚え書きを見た兄帝は蒼白《そうはく》になったのだろう。即位したばかりの皇帝の異母弟が魔神憑きで、それを成したのは父である先帝だ。

帝国では国策として魔導に対する意識を緩和しようとしている。それでも異国の技術を取り入れることに反発する者もいる。そんなときにこのことが公になれば帝室の権威が地に落ちる。だから婚約した公女との顔合わせと理由をつけてルスランを国から出した。警備の厳重な自国ではなく狙いやすい他国で殺すために。皇弟の死は王国に非があると国交上有利にたつために。

父と違い小心な兄皇帝はすべてを闇に葬ろうとしたのだ。ルスランを襲った魔導師は父の配下の生き残りか。父が残した覚え書きを見れば行方《ゆくえ》を捜すのはたやすい。

「……祖父殿に従い禁断の森に入った者の行方を、すぐに調べる」

従兄の長兄デミルが言った。

「当時の魔導師が生き残っていれば跡をたどれる。ルスランを狙った実行犯も見つかる」

寝台に突っ伏したままラドミラが手をふる。

「調査の人選が終わったら言って。ウームーに帝国まで転移を頼むわ」

ルスランは泣きそうになった。魔神憑きの自分でもまだ味方してくれる人たちがいる。

「……大切な〈家族〉を守るために俺も怒るべきだな。あの侍従をつれて国に戻り、兄を問いただす。これ以上、俺の大切な人たちに手出しはしないよう誓わせる」

迷惑をかけた謝罪も込めて言うと、ラドミラと従兄たちに反論された。

「どうせしらばっくれるでしょ。今、聞いた皇帝陛下像からすると」

「逆に兄に言いがかりをつけるかと謹慎でも申しつけられるかもしれないぞ。いや、下手をすれば地下牢《ちかろう》につながれて毒を盛られる。今度こそ政敵の刺客と見せかけて殺される」

ますます落ち込んだ。父が熾《おこ》した火。降りかかる火の粉は自分か兄が死ぬまでやまない。

「ならば火元を断つべく動くべきか。俺が兄を倒せばこれ以上、狙われることはない」

口に出してはみたが、それはできない。

「俺は騎士として育った。兄とはいえ皇帝に剣を向けるには抵抗がある。なにより俺が立てば従う者が出る。他の皇族たちも権利を主張する。内乱が起こる。傷つくのは民だ」

つくづく自分はふぬけだ。自嘲《じちょう》するとラドミラが手を伸ばし、髪をなでてくれた。

「いいんじゃない？」

自分もつかれているだろうに、優しく、労《いたわ》るように言う。

「あなたが立てば兄君は、やはりあいつは謀反《むほん》を起こす気だったのだ、俺の目は正しかったと勝ち誇るだけよ。喜ばせることはないわ。それくらいなら隠居して他に危害が及ばないようにしてねちっこく送られてくる刺客を退け続けるほうが地味に兄君への嫌がらせになるわ」

彼女も自分たちの争いに巻き込まれた身だ。なのに少しも責めず、こちらの心情に配慮した解決策まで示してくれる。

「……ありがとう」

心からラドミラに言う。嬉しかった。自分は幸せ者だと思った。

「そして、すまない。君は十二年前からずっと俺を守ってくれていたんだな。なのに俺は母の死やこの身に起きた変化をすべて君の契約のせいだと思い込んで剣を向けた」

情けなさすぎる。彼女は互いに謝るのはなしと言ってくれたが謝らずにはいられない。

そして思う。情の深い彼女と自分の肉親たちとの差を。比較してしまう。

子を野望達成の道具につかうなどもともと親の情などない父だったが、ルスランが初期の段階で〈魔神〉を宿し、その治癒力を得ていなければとっくに死んでいた。

兄帝もだ。関係は良好と言えなかったが、他の異母兄弟よりはましという評価を得ていると思っていた。だからこそカリエ公女の婚約相手に抜擢《ばってき》された。そう思っていたのに。

（これから、どうすればいいのか……）

ラドミラは「隠居して他に危害が及ばないようにして」と言ってくれたがあの兄のことだ。ルスランが無事生きて帝国に帰ればこそこそ刺客を送るだけではない。公式に、皇帝の権限をつかってでも葬ろうとするだろう。ルスランに魔神が宿っているのは事実だ。そこをつかれて宗教裁判にでもかけられれば申し開きはできない。どうすれば皆で生き残れる？

「落ち込んでる暇なんかないわよ。とりあえずあなたに憑いている〈魔神〉は抑えたわ。あなたの体力からすれば明日《あす》には動けるようになるでしょう。なら、動かないと」

ルスランが眉根をよせ、考えているとラドミラが言った。

「あなたが魔神憑きだと主張しているのは亡き父君の覚え書きだけでしょう？　なら、国に帰る前にさっさとその魔神とやらを体から追い出してしまえばいいのよ。あなたを責める根拠がなくなれば兄君だってあなたに文句は言えないでしょ」

「ラドミラ……？」

「もともとあなたの兄君は秘密裏にことを収めようとしてる。つまり小心者の事なかれ主義なのではなくて？」

「たしかに兄はそういうところがある」

だから主張の強い父に逆らわず、父もこれなら自分の邪魔をすまいと後継者に指名した。

「なら、あの覚え書きは父君の妄想だったと証明してみせれば。もしくは、祓うのが無理でもあなたが完全に魔神の力を制御できるようになればいいのよ」

はっとした。

「そうか、開かれた宗教裁判の場で完全に魔神を抑え込めればその存在を隠し通せる。それでも兄がちょっかいをかけてくるなら黙れと脅してやればいい。弟のジャミルは魔物に殺された。ほのめかせば小心者の兄はおとなしく俺を隠居させてくれる！」

基本方針はなにも変わっていないのだ。よけいな枝葉はとっぱらって、主幹の解決策だけを見て走ればいい。だが肝心の実行策はなんだ。どう動けばいい。どうすればこの身の〈魔神〉を祓える。正体すらわからないのに。

父の覚え書きに答えがあるかと改めて見た。が、横から覗《のぞ》き込んだラドミラ曰《いわ》く、彼女との使い魔契約を結ぶより前に父がかけた召喚陣の数々は父たちがまだ魔導に慣れない初期のものだけあって稚拙《ちせつ》でとても召喚の機能を果たすとは思えないという。

「でも現に召喚できているわけだから。なにか奇跡的な偶然が働いたのだと思う。ここにある召喚陣からはどれが成功してあなたに宿っているものがなにかまではわからないわ」

ただ、気になることもあると彼女が眉をひそめる。

「父君の覚え書きの記録は二年前を境にぴたりとやんでいるわ。最後の記録は禁断の森について。父君は即位の直前に禁断の森に調査団を送っているわね？」

ラドミラが言った。

「一見わかりづらくても答えはこのどこかにあるはずよ。なぜ魔導の塔に押し入った賊は祖母や母の覚え書きの入った箱を狙ったの？　それになぜ二年前で覚え書きが途絶えているの？その年にはなにがあった？」

二年前と言えばルスランの父が即位した年だ。つまりそれは祖父帝が崩御した年でもある。そして皇太子ではなく、帝位継承の圏外にいた父がいきなり躍り出た。

「それは父君がなんらかの術に成功したということではない？　禁断の森で得たなにかをつかって。こんなことを言うと無神経だけどあなたの父君はなんらかの呪法をつかって父親を殺し、政敵を殺し、即位したのではない？　……結局、一年後に報いを受けたみたいだけど。実を言うと前もひっかかったの。禁断の森に住んでいた祖母が亡くなったのも二年前だから」

なにか関係があるのかもしれない、とラドミラが言った。

「今まで何度やっても成功しなかった人外の力をつかうことに成功した。もしかしたら魔物を制御できる方法を祖母のもとで得たのかもしれない。なら、あなたの魔神にも応用できるかもしれない。調べましょう。マルス伯を訪ねる予定は入れてあるのでしょう？　私もいくわ」

たしかにマルス伯を訪ねる許可は得てある。この二日、熱で倒れて公務に支障をきたしたので予定を調整しなくてはならないが。

だが危険だ。ラドミラの首筋に噛みついたときの血の味が口に残っている。母が自害したときに切り裂いたのも首筋だった。ラドミラになにかあったらと思うとぞっとする。

「……君まで来ることはない。この推測が正しければ兄が雇った魔導師が襲ってくる」

「馬鹿ね！　私を誰だと思っているの？　魔導師よ。魔物も魔導の攻撃も見慣れているわ」

これ以上、危険に晒すまい、巻き込むまいとしたら叱《しか》られた。

「そもそもこの顔ぶれの中で魔導をつかえるのは私だけじゃない。絶対いくわよ。私は強いの。退魔の異能だってもってるわ。そう簡単に死なないから」

ルスランが自分のせいで死なせた母のことを考えていると察したのだろう。彼女が言った。

「私は悪女なの。欲しいものをためらったりしない悪評令嬢なの。だからあなたのことも手放したりしない。それしか解決策がなくても絶対、死を選んだりしない。見苦しくあがいても皆が生き残る方法を探すわ。だからあなたは黙って私についてきなさい」

いいわね？　と指を突きつけられ、すごまれた。

「だってあなたは私の使い魔だもの。主には最後まで見届ける責任があるのよ」

彼女の強さが眩しく愛おしかった。目の奥がつんとしてうつむくと、ラドミラがルスランの手を取った。力を込めて握りしめてくれる。

もう声にはならなかった。だから手を通して思いを伝える。

「ありがとう……」と。

一度、断たれた絆《きずな》は切れていなかった。またつながった。なら、もう離さない。

悟ったのだ。

自分にとってラドミラこそがこの世でただ一人の〈ローディツィア〉、運命の女性だと。

◇◆◇　◇◆◇　◇◆◇

《「お前、どこかで見たことのある顔だな」カリエ公女の婚約者である帝国の皇族がこちらを見ていた。会ったことがある。この少年が幼いころに剣術指南をさせられた。まさか覚えているのか。たしかにこちらの顔は変わっていない。だがあれから十年以上たっている。当時から歳《とし》のわりに発育がよくませたくそ餓鬼だったがまだ五歳だったはずだ。そんな幼い身で一介の騎士の顔を今に至るまで記憶にとどめるだろうか。そう思い否定した。が、ぐいと髪をつかんで頭を下げさせられた。シャツを引きちぎり胸元を覗き込まれる。そこにあるのは引き攣《っ》れた傷跡だ。剣術指南など口実。無邪気な好奇心と馬鹿な母親が称した暴力の跡がある。こちらが抵抗できないのをいいことに抜き身の剣で何度も切りつけられた。「やはりな。〈稽古〉のあと生きていたのはお前ともう一人だけだったからな。覚えていた」にやりと笑った顔に、口を封じなければと思った。私はもうつかうまいと封じていた〈神〉をつかうことにした》

元帝国騎士、バリス・アイディーンの回想録より

第四章　終わりを探して

1

森の庵《いおり》はマルス家の所有だ。禁断の森自体がマルス家の領地の一部で伯の居城の傍《そば》にある。ルスランは当主であるマルス伯から正式に招待されているので、直接、禁断の森にいくのではなく、まずは伯の城に向かう。

皇弟の身分で訪問するから時間が惜しくともウームーに転移してもらえない。そもそもウームーもウシュガルルも祖母がいたころからなぜかあの森に近づくことを嫌う。馬車で向かうことにする。

ルスランは王と帝国に滞在期間の延長と予定の変更を願い出た。動きが内通者にもばれるがしかたがない。ラドミラもウシュガルルたち使い魔に家族の身辺警護の強化をお願いした。

「しばらく、ややこしい仕事が入るの」

言うとウシュガルルが眉《まゆ》をひそめた。

『……危険か？　そなたについていなくてよいのか？』

ウシュガルルもウームーも〈我が巫女《みこ》〉と呼んだ母を一年前に失った。宮廷魔導師の激務と危険性が頭から離れないらしい。彼らの愛がありがたい。だが、

「誰《だれ》に言ってるの」

胸を張って返した。魔物である彼らだが人と長く過ごしている。社会で生きていく以上、人はどこかに属し働かなくてはならないことを理解している。だから言えばわかってくれる。

それに過保護な彼らに頼ってばかりではラドミラはいつまでも半人前のままだ。

そのことも含め、やれる、と言う。

「私は当主よ。今回は国賓に同行する形だから警備も万全になる。安心して。だけどルーリエはまだ幼いから絶対に領地から出さないで。守って」

リジェクは騎士団内にいる。ウームーもついているからだいじょうぶだろう。父とレネにはフシュたち三柱をつけて迎賓館で預かってもらうことにした。塔の私室を守ってくれていたマンドレイク一号もピンクのリボンを揺らしながら警護役として合流してくれた。

レネは筋肉の山中においていかれることに「もう少し潤いのある護衛はいなかったの？」と涙目だったがこの際、見た目より効果優先だ。だいじょうぶ。ベルク子爵家の面々なら物理で

敵の攻撃を跳ね返してくれる。心配性の父には護衛任務で皇弟についてマルス伯の城に滞在するとだけ説明した。嘘《うそ》ではない。城の書庫にもお邪魔する予定だ。馬車でルスランのお付きとともに伯の城を訪問し、そこから時間をつくって二人で祖母の庵にいく。

うわさの渦中にあるルスランと泊まりがけで遠出することに関してはもう知ったことかと開き直る。彼にはお付きが山ほどついてくるのだし、自分は彼を助けたい。ならば選ぶべき道は一つだ。他《ほか》が言う悪評など言葉は悪いが「くそ食らえ」だ。

父もこの点に関してはなにも言わなかった。もうあきらめているのだろう。

とにかく。これで用意は整った。

北の辺境にあるマルス伯の居城へ向かう。昔と比べると街道が整備されて往来しやすくなったそうだが、それでも脚の速い帝国産の馬をつかって十日もかかった。

「ようこそおいでくださった」

到着するとマルス伯直々に迎えてくれた。次期当主だという彼の息子も一緒だ。

さっそく書庫を見せてもらう。ただし私的な文書もあるのでお付きは一人に絞ってくれと言われた。こちらとしてもそのほうがありがたい。ルスランとラドミラの二人だけでいくことにする。護衛も含め他のお付きたちは用意された客人用の館《やかた》で待機だ。

さいわいシルヴェス王国の文字は時代が流れても字自体に変化はない。言い回しなどが変わっただけで文意は帝国人のルスランでも読み取れる。なので古文書の専門家を同席させる必要もない。部外者は交えず、ラドミラとルスランだけで調べる。

マルス伯に見てもよいところと駄目なところを確認して、主に禁断の森に関したものを見せてもらう。マルス伯は有能な人だった。事前にある程度の仕分けをしてくれていた。

手間をかけさせた礼を言うと、「いえ、お気になさらず。前にも王命で宮廷魔導師が閲覧に来たのでそのとき整理したのですよ。聞いていませんか」と言われた。聞いていない。

王命まで偽造できる敵。こちらの事情を知られるわけにはいかない。あわててごまかす。

「……魔導師は個々で動くことが多いですから。人と話すのが苦手な偏屈も多くて」

「なるほど」

一応、納得はしてくれたようだ。「我が家にも関わる調査のようですからな。人はおきますが邪魔はしないよう命じておきますので」と、彼は執事を一人おいて出ていった。

見張り付きだ。しかたのない対応だろう。マルス伯が去ってから、ルスランが聞いてくる。

「先に宮廷魔導師が来たとは、もしや君の私室を襲った〈賊〉か」

「ええ。そんな話、塔では聞いたことがないもの。偽物ね。先回りされたかもしれないわ」

なら、めぼしいものは残っていないかもしれない。じっとりとこちらを見つめる執事の様子からするとそうそう書庫のものは持ち出せそうにないが。

二人でどこから手をつけるか相談していたときだ。扉を叩《たた》く音がした。マルス伯の息子が「失礼」と声をかけて入ってくる。彼はこちらに一礼すると、執事に声をかけた。

「グラン、私の部屋のランプの調子がおかしい。ここは私が立ち会うから見てきてくれ」

執事に用を言いつけて席を外させる。それから彼はラドミラに声をかけてきた。

「突然、このような形でお声をかけて申し訳ありません。そちらの魔導師殿はドラコルル家の方でよろしいですね？」

肯定すると彼は上着の中に隠し持っていた文箱を取り出した。

「私はダーシャ様とはたまにお茶をする間柄だったので、これを預かっていました」

ダーシャとは祖母の名だ。聞くと彼は子どものころに父親に内緒で森に遊びに入り、迷ったところを助けられてから祖母の庵に出入りしていたそうだ。

「ダーシャ様は亡くなる前に私に『もし私になにかあって葬儀が終わってからもドラコルル家から人が調べに来るようなら渡して』と頼まれたのです。そのときはなにを不吉なことを言われるのかと思いましたが、きっとあなたがダーシャ様の求めた受け取り手だと思います。もともとダーシャ様はご自身にいつなにがあってもいいよう、代々当主にドラコルル家の者は無条件で招き入れるよう遺言されていたのですけど。父はあの通り頭が固いので」

「祖母は、いえ、ダーシャ様はマルス家には遺言を残したの？」

ドラコルル家にはなかったのに。だがそれなら今回の招待は遺言に沿ったものだ。だから伯は異教徒のルスランの要請を受けたのか。なのにもったいぶって取引材料を引き出すとは。

「あの狸《たぬき》親父」

息子の前で言ってしまった。「ごめんあそばせ」と顎《あご》を上げて開き直ったら笑われた。

「いいんです、事実ですから。そういうところ似ておられますね。ダーシャ様に」

「似ている？」

「ええ。闊達《かったつ》で洒落気《しやれ》があって、行動的で。ダーシャ様が森にこもられたのも親族に反対された身分違いの恋人がいたからだと聞いています。情熱的な方でした。あなたと同じに」

意味深にルスランのほうへ目を向けられたが彼の語る祖母と自分が知る祖母は違う気がする。身分違いの恋？　情熱的な方？　「あの祖母が？」としか思えない。なんの冗談だ。

父親とは違い正義感が強く洒落気のある若者が去って、ルスランが聞いてきた。

「どんな祖母君だったんだ」

「厳しい人よ」

正直を言うとあまりいい思い出がない。

「人と接するのが嫌いな人だったわ。私を預かるのもしぶしぶだった。森の庵に来る人の依頼を受けたのも早く願いを叶《かな》えて森から出て欲しいからという感じだったたし。森を守っているみたいだった。一歩も森から出なくて。だから母は、墓守、と呼んでいたわ。番人、とも」

「墓守、番人、意味深な言葉だな」

「どうしてそう呼んでたかは知らないけど。祖母が歳《とし》をとらない人だったからかも」

「歳をとらない？」

「あまり大きな声では言えないけど。禁断の森の魔女は代替わりしていることになっているけど私が知る限りはずっと同じ人なの。祖母は母が幼いころからあの姿だったらしいわ」

「もしや、だから時操りの大魔女と呼ばれていたのか？　時を操って歳をとらないようにしているように見えたから」

こくりとうなずく。不老がうわさではなく真実と知れるとその秘法を知りたいと人が押し寄せる。だから他には内緒だったが彼には打ち明けてもだいじょうぶとわかっている。

「たぶんなにかの術をつかって老化を遅らせていたのだと思う。祖母と呼んでいたけど祖母じゃないと言ったのはそれでなの。遠い姻戚《いんせき》であるマルス家とドラコルル家の家系図を探せばどこかに祖母の名はあるのでしょうけど遠い存在で。でも不老不死ではなかったわ。亡くなったもの。心臓発作だった。俺で倒れていたのを様子を見に来た母が見つけたの」

言いつつ文箱を開けてみる。ルスランが目を軽く見開いた。

そこに入っていたのは予想外のものだった。帝国の神話を抜粋した紙の束だ。

「これは帝国の文字だな。祖母殿の筆跡か？」

「ええ。どうしてこんなものを祖母は残したのかしら。わざわざマルス家に託してまで」

首を傾《かし》げつつ読んでみる。太古の昔に帝国にいた神についてだった。昔、ラドミラが母から聞かされた神話よりも詳しい。古に起こった戦い、その中で地母神から生み出された子神たちの名まで書かれている。中の一柱にひっかかった。

「……ウガルルム？」

ウシュガルルたちと似た響きの名だ。獅子《しし》の姿をした神と書かれていた。

ぞくりと背を寒気が駆け上がった。ルスランの変化した腕。あれは獅子の前脚に似てはいなかったか？　彼の父が呼び出そうとしたのも古《いにしえ》の神々だった。

（まさかルスランの中にいるのは⁉）

だがどういうことだろう。なぜ帝国から離れた禁断の森にいた祖母がこんなものを書き残している？　それに「ドラコルル家から人が調べに来るようなら渡して」との言葉といい、祖母は自分が死ぬことやラドミラたちが来ることを予見していたのか？

そして神話を抜粋した紙束の下には消えたと思っていた祖母の研究成果があった。禁断の森とそこにある結界、〈時の迷宮〉について記された文を読み、ラドミラはまた驚いた。

「禁断の森ってただの避暑地じゃなかったのね」

つぶやくと、ルスランが絶句した。

「ここが避暑地？　なにを言っているんだ。人の立ち入りを拒む原始の森だぞ！」

「だって祖母が隠居先に選んだところよ？　暮らしやすい景勝地かと思うじゃない。預けられた子どものころはどうして周りに他の家がないのだろうとは思ったけど」

「君はつくづく大物だな。迷い込めば生きて出られないと我が国でも有名だぞ。この森があるから北の民も南下できずにいる。シルヴェス王国にとっては国境防備の要だ」

「よく知っているわね」

「騎士なら常識だ。君のほうこそ博識に見えて意外なところでぽんと抜けているな」

たいへん失礼なことを言われた。

それはともかく、祖母のまとめによるとこの森にある〈時の迷宮〉には〈時操りの魔物〉と二つ名をもつ高位魔物が封じられていて、代々マルス家かドラコルル家から監視のために魔女が派遣されるそうだ。だから他の立ち入りを禁じた〈禁断〉の森らしい。

「墓守、番人、という言葉はここから来ているのか。だが〈時操りの魔物〉とは。また新しい名称が出てきたな。いいかげん混乱してきた。祖母君が〈時操りの大魔女〉と呼ばれていたことや一緒に箱に入れられていた帝国の神話と関係があるのか？」

「あなたの内にいる〈魔神〉とは別の魔物ね。召喚時期やあなたの父君の行動と時系列があわないもの。だけどこの〈時操りの魔物〉も帝国のある東から流れてきた魔物みたい」

ウリディンム、というらしい。人の負の感情を好む悪しき魔物だそうだ。時空を歪《ゆが》めたときの檻《おり》をつくることができるらしい。今から二百五十年ほど前に森の地下に封じられたのだとか。番人を務める森の魔女は代替わりしていて初代の名はヴァネッサ。ドラコルル家からマルス家に嫁いだ魔女だった。二代目がベアトリーチェ、三代目がアデリーナ、そして。

「四代目がダーシャ。……祖母だわ」

ラドミラが知る限りずっと同じ姿で生きているように見えた祖母だが、人より少し長生きなだけできちんと代替わりしていたのだ。そして代々の魔女は禁断の森に住まい、時の迷宮にいる魔物が逃げ出さないか、迷い込む人がいないか監視していたらしい。

「それで祖母は森に人が立ち入るのを嫌がっていたのね」

人嫌いだったからではなかったのだ。魔女のうわさを聞き、助けを求める者がくるようになったが本心では部外者を森に入れたくなかったのだろう。ラドミラを預かるときにしぶしぶだったのもここが危険な場所だからか。

ドラコルル家直系である母や自分がこの森の魔女の由来を忘れるほどの歳月がたっても、この地は代々ドラコルル家から分かたれた血を引く魔女たちが守っていた。

積み上げられた歴史にラドミラは目の奥がつんっとした。だが同時に眉をひそめる。代々守ってきた場所。今の禁断の森に魔女は不在だ。

「……私なにも聞いてないわ。代々、番人が必要なら祖母の死後はどうなっているの」

母からなにも聞いていない。母はこの森についてなにも言わないまま死んだ。もし今起こっているあれこれが番人が不在になったための出来事なら。

(現当主の私の責任よ)

ラドミラはぞっとした。この森と庵の所有者はマルス家。祖母も代々の魔女もマルスの家名をもつ人だった。ドラコルル家は関係ない。だがラドミラはそう考えられる性格ではない。

今のマルス家に魔女はいない。当主はじめ魔女を嫌うがちがちのルーア教徒ばかりだ。

祖母はそんな現状を憂えたのだろうか。次の番人を出すならドラコルル家からだと考え遺言を残したのか。そして忘れられた魔女の存在意義を次代に伝えるためにこれらの文を残したのか。祖母の書き付けには他にも封じられた魔物について書かれている。

「その存在を聖別した神像に入れていくつにも分けることができる、ですって……？」

神像はどんな形でもいい。人の想《おも》いさえこもっていれば神像としての体を成す。一度、器とした神像に宿ればその存在は結界にも感知されなくなる。封じられた迷宮から出ることができる。ただし運ぶには人の手が必要で、魔物は言葉巧みに迷い込んだ人をそそのかし、分祀した自分を外に持ち出させて迷宮から逃れようとしているそうだ。

祖母が実際に見て確認した知識らしい。祖母は危険を冒して迷宮に入り、封じられた魔物を相手に実験と観察を繰り返していたようだ。迷宮の魔物を封じるのではなく完全に滅し、森の番人という重い責務を次代に押しつけることのないように。……優しい魔女だったのだ。

(それで祖母は森の庵をよく留守にしていたのね。幼い私を留守番にして)

ラドミラは納得した。またつんと目の奥が熱くなった。厳しいと祖母を嫌ったりして悪かったと思う。祖母が長く生きたように見えたのも外とは時の流れが違う時の迷宮に入り浸っていたかららしい。中にいると老化を抑制できるのだろう。

魔物の生態に詳しくないルスランが首をひねる。

「魔物が神像に宿るとはどういうことだ？　信仰上の比喩《ひゆ》か？」

「違うわ。ほんとうに器の中に入るのよ。この国の魔物が魂核だけの姿で漂うのを厭《いと》い果実や動物の胎児に宿って体を得るのと同じよ。そうやってもろい実体をもたない魂を守るの。フシュたちも存在をたもつためにたまに聖像に宿って眠るもの。ウームーやウシュガルルはフシュたちほど不安定ではないからめったに聖像を必要としないけど」

ドラコルル家の本拠地、ドラコルル領にある本邸には彼らの聖像が祀《まつ》られた祭壇がある。今はルーリエが香を炷《た》き、花を供えて守ってくれている。

だがこれがほんとうなら。ここ、禁断の森の時の迷宮は、神とも呼ばれた高位魔物を封じることができるのだ。なら、ルスランの魔神も封じられるかもしれない。

もっと手がかりが欲しい。ラドミラは言った。

「祖母の庵にいきましょう」

あそこになら、この文箱に入っていた以上の情報があるかもしれない。

マルス伯に森の庵にいきたいと頼むとすぐに鍵《かぎ》を渡してくれた。

「案内はドラコルル家の魔女には不要でしょうな。あの森なら幼いころ暮らしたというあなたのほうが詳しい。申し訳ないがあの森は誰も入りたがらず手つかずで放置しているのです。庵も鍵はかけているが森の中のことだからどうなっているか」

すまなそうに言う。祖母の庵にある小部屋には王都のドラコルル邸と直結する転移陣がある。なのにつかわなかったのは公式訪問だからという理由の他にこの問題があるからだ。

物置状態になっていた魔導の塔のラドミラの私室の続きの間どころではなく、現地がどうなっているかわからない。この目で確かめるまでは危険で転移できなかったのだ。

さいわいマルス家の居城がある砦《とりで》の丘から禁断の森はすぐそこだ。歩いていける。

そもそも木々の生い茂った森を馬車や馬でいくことはできない。窓から見るとマルス伯が手つかずというのももっともで、祖母が亡くなってまだ二年しかたっていないのにもう木が茂り、昔あった小道の入り口もなくなっている。これは強行軍を覚悟しなくてはならない。

「逆に言うと敵も馬をつかえない。多数で展開してくることはない。なら俺《おれ》一人でも対処できる。他の気配が多いとかえって敵を察知しづらいし秘密のこともある。供はおいていこう」

ルスランが言った。彼の中にいる魔神のことは他には秘密だ。いざとなればラドミラを座標に迎賓館にいるベルク子爵家の面々を呼べばいい。そのために彼らは待機してくれている。

いちいち食事に戻るのは面倒なので食料をつめた袋を背に負い、ラドミラはズボンをはいた男装でいくことにする。昔不評だった騎士服を念のため持参したのだ。その姿を見たルスランが真《ま》っ赤《か》になって自分の上着を脱いでかけ「頼むから俺以外の前でその服は着ないでくれ」と頼んできたのには困ったが。この衣裳《いしょう》はやはり背徳的らしい。

ルスランがほとんどの荷を背負ってくれたので、自身のものだけをもって森に入る。

涼しい。そして甘い独特な緑の香りがする。久しぶりの森の空気を胸いっぱいに吸い込む。供を連れずに歩くというめったにない機会にルスランも開放感にあふれた顔をしている。

「すごいな。さすがは原始の森だ」

「というより森自体が力をもつのかも。迷宮のせいで時の流れがおかしいのかもしれない」

子どものころは気づかなかったが、今の時代にここまで太古の息吹を残した地はまれだ。

「そういえば昔、祖母から庵から離れた見知らぬところを歩いては駄目と注意されたわ。年中春のところもあれば、大木が翌日には苗木になっていたりする不安定な森だからって」

知らずに迷い込むと神隠しに遭《あ》うといううわさもあった。祖母の文書を読んだあとで考えると〈時の迷宮〉に落ちて行方知れずになった者がいるということだろう。

「そうなるとますます祖父が庵までたどり着けたのが妙だな」

やはり魔導師が付き添っていたのだ。そして迷宮の影響を受けたとおぼしき魔力を感じる場所を避けて庵まで案内した。それしか考えられない。

二人で歩いていると横手の森から、ぶひっと大きな鼻息がして牛ほどの大きさがあるイノシシが現れた。ルスランがラドミラをかばい、剣を抜こうとする。それを止めて歩み出る。

「ヒルディスじゃない、久しぶり！」

『ブフフン！』

この森に古くから住んでいる無害な魔物たちの頭で、森の〈主〉ともいうべき魔物だ。なつかしい。昔はよく背に乗せてもらって遊んだ。両腕を広げて抱きつき、少しごわついた毛皮のもふもふを堪能しているとルスランが言った。

「ついてこいと言っている気がする」

「私でも言葉はわからないのに。わかるの？」

「ああ。たぶん内にいる魔神のせいだろう」

どこか心ここにあらずと言った顔でルスランが言う。

「なんだろうな。森の奥に入ってから少し体がおかしい。現実との乖離《かいり》感があるというか」

これは調査を急いだほうがいい。祖母の庵まではヒルディスが連れていってくれた。

なつかしい。母が恋しくて泣いた寂しい思い出もあるが幼い時を過ごした場所だ。

「ここが君が少女時代を過ごした場所か」

ルスランが感慨深げに言った。

「見たかったな。さぞかし愛らしかっただろう」

言ってから、はっとしたように言い訳をする。

「言っておくが俺に幼女趣味はないぞ。君だから可愛かったろうと思っただけだ」

面と向かって言われると照れる。今のラドミラはもうこんな言葉を聞いても「幼女って、まさかルーリエ狙い？」とまなじりをつり上げることはない。

祖母の庵は記憶と同じ姿を保って森の中に建っていた。椅子《いす》代わりにつかっていた切り株もそのままだ。放置されていたわりになにも変わっていないことに驚きを覚える。

扉を開ける。祖母の遺品をまとめに一度来たがここに入るのはそれ以来だ。

「綺麗《きれい》に掃除されているな。だが、これは……」

念のためにと先に入ったルスランが床にしゃがみ込み、木目の間を調べて言った。

「血の跡だ。それもこの広がり。拭き取ってあるが致死量だな」

「まさか。祖母は心臓発作で死んだのよ？」

血など吐くはずがない。ルスランの隣にしゃがみ込むと庵の奥からかさこそと音がした。

ネズミ魔物たちだ。床の穴から顔を覗《のぞ》かしている。これまたなつかしい。手先の器用な彼らはラドミラがここで暮らしていたときもこまごまと家事を手伝ってくれた。森で遊んで破いたエプロンを祖母に叱られる前にこっそり繕ってくれたこともある。

「きゃあ、なつかしい、皆、元気だった？」

状況を忘れて皆で抱き合う……は体の大きさ的に無理なので、床に座って体をよじ登ってくる彼らをなでたり頬《ほお》をすり寄せたりする。

「……君には使い魔《おれ》以外にもたしかに友だちが大勢いるようだな」

少し拗《す》ねたようにルスランが言った。彼からは魔神の香りがするのか小さな魔物たちは近づかない。ルスランには小鳥や狼《おおかみ》といった野生の獣が近づかないと聞いたが魔神が原因だったのか。彼は「皆が逃げちゃうから離れて」とラドミラに言われて情けない顔をしている。

「ここにいるのが俺でよかったな。祖父が約束通り猫を届けていたらネズミ魔物は全滅だ。というよりこの環境で君はなぜ猫を欲しがった」

「だって猫を飼ったことがなかったから。ネズミとも仲良くできると思っていたの」

とにかく彼らはラドミラが本邸に帰ったあとも祖母と暮らしていたはずだ。

「二年前にここでなにがあったか教えてくれない？」

頼むと、『チュウ！』『チチュウッ』となにやら憤慨した身振りをしながら裏手の森につれていってくれた。もとは道だったところにシダなど下生えが茂っていたが、体が大きすぎて庵には入れず、外で待ってくれていたヒルディスが鼻でかき分けて新たな道をつくってくれた。

導かれるままに森の中を進んで、息をのんだ。

そこには墓があった。

まだ新しい。だが丸い土饅頭《つちまんじゅう》になった上に墓石がおかれて、剣が供えてある。

「なにこれ。私がいたときにはなかったわ……」

ここに眠る誰かが庵の床についた血痕《けっこん》の主なのだろうか。

ネズミ魔物たちには近づかせてもらえないので当然、話もできないが、ヒルディスとなら意思の疎通ができるルスランが言った。

「このイノシシ魔物が言うには君の祖母君に頼まれて穴を掘ったらしい。庵にいた祖母君を襲った男たちが埋められているそうだ」

祖母を襲った？　いったいここなにが起こったのか。墓は全部で十二もある。

「どうする？　掘り起こして身元を確かめるか？」

「……いいわ」

相手が賊でも死者の眠りを妨げるのは気が進まない。代わりによい通訳者ができたのでヒルディスにどんな襲撃者だったかを思い出してもらう。

「俺を襲ったのは覆面で顔をおおった剣をもつ男たちだそうだ。魔導師ではない」

そこへ地面がもこもこ動いてモグラ魔物が顔を出した。これまた幼いラドミラの友だちだ。

「墓を暴かなくてもよさげだぞ。彼らが悪漢の持ち物を土中に保管しているそうだ」

えっへん、と胸を張った小さなモグラ魔物たちが次々と顔を出し、古びた短剣や背嚢《はいのう》といった墓には納めきれなかったらしい襲撃者の持ち物を出してくる。土中にあり泥にまみれているが野ざらしより保存状態がいい。ルスランが錆《さび》の浮いた短剣を手に眉をひそめた。

「この短剣は帝国のものだな。……祖母殿を襲ったのはおそらく父の配下だ。魔導術があったとはいえ老体でこれだけの数を相手にしたのだ。心臓発作を起こしたのはそのせいだ」

すまない、と、彼が頭を下げた。

「君の祖母君の死の原因は父だ」

「あなたが謝ることはないの。もう何度も言ったでしょう？」

彼だって被害者だ。悪いのは彼の父で、彼ではない。

「俺を襲わせたのがあなたの父君なら例の覚え書きになにか記されていないかしら。祖母が妨害したのにどうやって時の迷宮に封じられた魔物に接触できたの？」

出発前にざっと目を通したが数が多かったので未読部分もある。

急ぎ荷物に入れていた転移陣を仕込んだ文箱を出して問い合わせを書いた紙を入れる。対となるもう一つは今は迎賓館のルスランの私室にある。あちらに残った従兄たちが交代で見張ってくれているから文が届けばすぐに対応してくれる。

「二年前の分をまとめてこちらに送ってくれと書いて送った。文箱に入る量ならいいが。あの兄たちがこまめに目を通して抜粋した文章を返してくれるとは思えない」

「だいじょうぶよ。今はイフサンもいるし」

ルスランが再び倒れ、体が変化したことでもはや隠し通せずすべてを打ち明けたのだ。

イフサンはなぜもっと早くに話してくださらなかったと怒ったが、頼もしく「今後は私をお頼りくだされ」と言ってくれた。

そう話す間にも返事が来た。ぽん、と文箱の中にびっしり文字が書かれた紙束が出現する。

急いで見ると、そこには留守番組のイフサンがこの十日の間に先帝の覚え書きをすべて読み、必要な部分をまとめた文書があった。ルスランが読み上げる。

「やはり父は森に封じられた神を狙っていたようだ。十二年前に祖父の一行に紛れて魔導師を同行させたほか、十年前にも大人数の調査団を派遣している。だが一人も戻らず計画は立ち消えになったようだ。が、二年前にまた人を送っているな。それがこの墓の下の者たちか」

「そしてあなたの父君は魔物を手に入れたのね。その力を借りるためなんらかの代償をはらって契約をおこない自らの野望を達成した。なのに一年前に亡くなったのはなんらかの契約不履行があって魂を奪われたからだと思うわ。人と契約を結ぶとき、知恵のある魔物はごまかしをおこなうことがあるの。言葉巧みに契約の抜け道をつくって術者の支配から逃れるのよ」

「だがおかしい。帝国で魔物が野放しになっているなど聞いたことがない」

「帝国は大気のメラムが薄いからじゃないかしら。器から出されても自由に活動できなかったのかも。その場合、魔物は自らが〈器〉としたものにこもって眠りにつくの。この魔物の場合は森から連れ出されたときに入れられた器に宿っているのかもしれない」

「……すぐ国に人を送って探させる」

もしかしたら三月前にルスランの異母弟が殺されたのもこの魔物が関係しているのかもしれない。危険な魔物を野放しにはできない。それに器の行方《ゆくえ》がわかればそれをもつ者から時の迷宮のことが聞けるかもしれない。それが無理でも魔物の制御法がわかる。

祖母の覚え書きによると時の迷宮に封じられた魔物は長きにわたり囚《とら》われ弱っているそうだ。が、もとは東の地で神とも言われたドラコルル家の使い魔たちと同等の力をもつ高位の魔物だという。しかも同じ〈祖〉をもつ存在なのでウシュガルルたちと力の質が同じで近づけば反発する。結果、なにが起こるかわからない。絶対に避けるようにと書いてあった。

ラドミラはウシュガルルたちがこの地に来たがらない訳を知った。彼らに助けを求められないことも。

彼らを残してきてよかったと思った。とくにフシュたちは存在が不完全だ。連れて森に入れば禁断の森の魔物を刺激していた。反発が起こって暴走していたかもしれない。

ルスランが文箱をつかって器探索の指示を出す。

ただ問題もある。器がどんな形をしているかラドミラたちは知らない。すでにルスランの父の死から一年、異母弟の死からも三月たっている。

(その間に宮殿から出された器になりそうなもののすべてを追えるかしら……?)

夜も遅くなった。今夜は森の庵に泊まることにする。

マルス伯が来客を泊めるのにつかう館を丸ごと一つ貸してくれたが往復が面倒だ。それにどこに兄帝がよこした刺客が潜んでいるかわからない。その点、森の中なら周囲はラドミラの友だちである魔物ばかり。人はいない。魔物たちが周囲を見張ってくれるので安心だ。

「まさか魔物に囲まれたほうが安全だと思える日が来るとは」

ルスランが遠い目をしている。小屋の中は二年放置したわりに綺麗だったのでマルス伯がもたせてくれたシーツと毛布をつかって寝支度を整える。ネズミ魔物たちがわらわらとやってきて手伝ってくれた。もちろんルスランとは別の部屋だ。彼は祖母がつかっていた部屋をつかい、ラドミラは少女時代を過ごした自分の部屋に泊まることにする。死者が出た建物であることには目をつむる。この大地が生まれて幾星霜《いくせいそう》。その間に命が消えていない地面などない。

久しぶりに森の庵に灯が点《とも》ったのを見て森の魔物たちも集まってくる。キノコ魔物にドングリ魔物、リス魔物やモモンガ魔物たちはちゃっかり中に入って棚や梁《はり》の上に寝床をつくっている。一緒に寝るつもりらしい。久々の森の友だちとのお泊まり会だ。わくわくしてきた。

衣食住の住が整うと次は食だ。

パンや燻製《くんせい》肉、野菜のピクルスなどはマルス伯がもたせてくれたが、昼食のときにパンはすべて魔物たちに食べられてしまった。誰が餌付《えづ》けしたかは知らないが、皆、森で暮らす魔物のわりに人の食べ物の味を知っている。食後の楽しみにもってきた焼き菓子もすべてヒルディスや森の魔物たちのお腹《なか》に消えてしまった。しかたなく自炊することにする。

手持ちの食材を調べていると、ヒルディスがなにかを咥《くわ》えてもってきてくれた。

「あら、食材を狩ってきてくれたの？」

新鮮な川魚だ。ありがたく命の恵みをいただくことにする。さっそく暖炉にかけた大鍋につっこもうとすると、ルスランに止められた。

「待て。なにをしている。うろこ取りは、血抜きは、内臓取りは！」

「あら、知らないの？　血や臓腑《ぞうふ》には栄養があるのよ。塔で栄養学の本を読んだわ」

料理下手《べた》の汚名返上だ。ラドミラは胸を張って自身の知識を披露した。

「実は生が一番いいそうよ。野の獣を見て。肉しか食べないけど元気でしょう。生肉には野菜に含まれる栄養素が壊れず残っているのですって。だから私も生食を試したいのだけど寄生虫がいるらしくて。人の腸は獣より繊細だから必ず熱を通して調理することにしているの」

「それは正しい判断だ。俺も君も人間だ。ただし丸ごと煮るのは調理とはいわない」

「え？　祖母の料理もこんなものだったわよ？」

これだから森の外の人たちは、とラドミラは両手を広げてため息をついた。

「森ではこれがふつうよ？　外と違って贅沢《ぜいたく》な食材がごろごろ転がってるわけじゃないから。余すところなく摂取しないと生きていけないの。そりゃあ骨やうろこは私も嫌いだけど、体を形づくる栄養になるから食べなさいと言われたわ。体にいいものは不味《まず》いのよ」

「なるほど。君の料理下手は祖母君譲りか」

ここの魔女たちはなにを喰《く》ってきたんだ、とたいへん失礼なことを言われた。それだけではない。ラドミラが料理をつくること自体を拒否された。

「君はお茶だけ淹《い》れていればいい。料理は俺がする」

「いくらなんでも国賓殿下に炊事をさせるわけにはいかないわ」

「俺が〈殿下〉になったのは二年前だ。それまでは騎士として生きていくつもりだったから自力で生活できる。斥候《せっこう》任務にもついたし野戦食ならつくりなれている」

言って彼が魚を洗い、解体し始める。骨もうろこも取り、綺麗な切り身にして流れるような手さばきで鉄鍋にバターを入れて溶かすとスライスした玉葱《たまねぎ》を広げる。その上に塩をふった魚の切り身を並べ、レモン、香草を加え蓋《ふた》をして蒸し煮にする。魚と野菜の旨《うま》みがスープに溶け出す絶品の彼の国の魚料理になるそうだ。いい匂いだ。だがこれでは骨分栄養が足りないのではないかと思う。こっそり持参した瓶の中身を入れようとして手をつかまれた。

「なにを入れようとした」

「なにってあなたが小骨もすべてとってしまったから。骨を強くする骨粉よ」

「却下だ」

言うなり小瓶の中身を捨てられた。

「ああっ、砕くの大変だったのにっ」

ドラコルル邸の料理長は初料理以来ラドミラを厨房《ちゅうぼう》には入れてくれなくなった。出される料理は美味《おい》しいが骨や血の栄養分が足りないのではと不満があった。今回の旅は久しぶりの自炊の機会だ。はりきって厨房からもらった骨を魔導の塔の私室で粉にしたのに。

「君はまともに料理をする気はないのか。そういえば誕生日会で食べさせてもらったスープはなぜ紫色だったんだ？　あのときはこの国独特の郷土料理かと思い口にしたが」

「彩りが鮮やかなほうがいいと思って、紫キャベツと赤玉葱を入れたからよ」

最初、薬草をゆでたが焦げ茶のあまり美味しそうではない色になったので追加で入れた。言うとルスランが無言になった。それから付け合わせのサラダをつくり、食卓に並べる。

食べてみろと言われたので口にしてみると美味しかった。

「あなたって料理もできるのね。知らなかったわ」

皇弟なのに器用な人だ。「君が不器用すぎるんだ」と残念な子を見る目で見られたが。

「君の味覚がふつうなことに安心した。たんに料理というものの解釈がおかしいのだな」

やはりこの男は失礼だ。ラドミラはつんと横を向いた。不満を表明する。だがルスランは自分の手料理を食べるラドミラを満足げに見るだけだ。にこにこしている。

そうなるとラドミラも折れるしかない。美味しいものは美味しい。公正でなくては。

「……あなたがどうしても料理して私に食べさせたいというのならここにいる間は料理番をさせてあげてもいいわ。私も忙しいし」

少し悔しく思いながら言うとルスランが笑みを噛《か》み殺すような顔をして、蕩《とろ》ける目を向けてきた。つい、いつものように魔女となめられてたまるかと上から目線で言ってしまったのにこの反応はなに。落ち着かずもぞもぞしていると言われた。

「やはり俺は君が好きだな。素直で愛らしい」

「ぐ、」

口に入れたのはサラダなのにラドミラはむせそうになった。

「君は自分を可愛げがないと思うようだが周囲の見る目がなかったとしか言いようがない。拗《す》ねて顔を横に向けたところやつんと顎をそびやかしたところなど可愛くてしかたがない」

慣れない褒め言葉の羅列に、ちょっとやめてよと抗議したが彼はやめない。

「しかも君は強い。〈魔神〉を身のうちにおく男でも受け入れてくれた。そんな女性は他にいない。君はようやく見つけた俺の主《あるじ》だ。〈運命の人〉。一人の騎士として愛を乞《こ》いたい」

「あ、あのね」

「もちろんこの体のことがある。カリエ公女との婚約もある。だから今はまだ正式に申し込むことはできない。だがもう心は決まっている。どうか待っていてくれないだろうか」

「いや、待って。あなたは皇弟で。身分違いでしょう。周囲だって反対するわ」

「心配ない。俺の心はもう皆も気づいている。従兄たちが今回の調査行を黙って見送り待機すると約束してくれたのも温かく見守るという意思表示だ。イフサンなど気の早いことに赤児のおくるみまで用意し始めたぞ。だからこそ一刻も早く体の問題と父たちの件を解決したい。心置きなく君を口説き落とせるように」

言われてラドミラはつまった。彼のことは好きだ。こう言ってくれるのが素直に嬉《うれ》しい。だが現実問題としていきなり言われても困る。魔物たちはいても森の庵に彼と二人きりなことを改めて意識してしまう。もはや口中のサラダの味を感じない。

「君の心を考えれば家族やこの国から引き離すのは酷だろう。だが俺は君の手を離したくない。ずっとこの体のことで人と距離をおいてきた。そんな中、絶対的な肯定を受けるのは酒や麻薬を超える快感だ。一度手にすると離せない。いや、それ以上を望んでしまう。君から向けられる視線が同情と責任感なのは嫌だ。家族愛も寂しい。異国の殿下という遠い存在ではなく一人の男として俺を見て欲しい。恋して欲しい。最近の俺はそんなことばかり考えている」

返事を求めるような熱い目で見られてラドミラは硬直した。「あ、う、」と意味不明のことをつぶやく。言葉が出ないとはこういうことか。ラドミラは初めて知った。

ずいと彼が身を寄せてくる。ラドミラは頭の中が真っ白になって対処できない。座った椅子の背に身を押しつけ、なんとか距離を取ろうとしたところへ軽やかな鈴の音が聞こえた。

文箱に迎賓館に残った従兄たちからの文が届いたことを知らせる、魔導の鈴の音だ。

前に調査を頼んだ、彼の祖父に従い祖母の庵を訪ねた一行で今の所在がわからない者の一覧が送られてきたのだ。ラドミラはほっとして食卓から離れると文箱を手にする。

「せ、せっかくの料理だけどごめんなさい、先にこれを見ないと」

「……君がそう言うなら」

少々、不満顔のルスランだったがそれでも事件解決を優先させねばと思ったのかおとなしく席を立ってラドミラのほうへやってくる。二人で文を見る。

一覧の中の一人、当時一行の護衛を務めたという騎士の名を見てラドミラは眉をひそめた。

「この人……」

「ああ、彼がベルク家を訪れ、猫のことを教えてくれた騎士だ。まだ若いのに老人めいた口調の男だったな。引退して故郷に戻ったはずだが遠方でまだ確認が取れていない。それでこの名簿に名があるのだと思う。帝国は広い。国内で転移がつかえればいいのだがそうはいかない。父はこういった統治の利便性も考えてこの国の魔導術を欲しがったのかもしれない」

ルスランは言うがラドミラはそれどころではない。この名に覚えがあるのだ。

「……王都のお兄さんたちに頼んで芝居を打ってもらっていいかしら」

ラドミラは言った。今、自分の頭にあるのは推測でしかない。だがこの森の特異性を考えればありえる。証拠が欲しい。そのためには。

「時の迷宮の入り口を知っていそうな人に、罠《わな》をかけるわ」

◇◆◇　◇◆◇　◇◆◇

《馬鹿《ばか》息子が死んだ。警護の厳重な皇居で魔物に食い殺されたそうだ。やはりやったかと思った。あの馬鹿は敵が多かった。そのうちの一人、いたいけな少女の手に渡るよう〈神〉の入った人形を贈った。迷宮を出たあとも保険のため手元におき続けた〈神〉を手放したことに後悔はない。これで秘密は守られる。人形のその後は追わずそのままにしておくことにした。もしあの少女が手放さずにいるなら彼女の身分上またつかいたくなるときがあるだろう。今回のせめてもの礼のつもりだった。それにあの神は弱っている。器に入っていてもそう長くはもたない。なにより〈彼女〉が契約夫にならないかと逆求婚してくれて他に気を配る暇がなくなった。彼女と一時的にでも結婚できれば自分は完全にこの国の人間になれる。過去のしがらみから逃れ、自由に生きられる。だが神は私を許さなかったようだ。少女の新しい婚約者としてやってきたのはベルク子爵の孫だった。そして初めての夜会で彼は彼女を広間から連れ出した。それでわかった。なぜあの少年に数々の召喚陣が効かなかったかが》

元帝国騎士、バリス・アイディーンの回想録より

2

ロベルトは気配を感じてふと顔を上げた。ここは王国の北の辺境にある禁断の森。深い森の中から現れたのは彼が見知った相手だった。一度は破棄されたが、婚約までしている女性。巨大なイノシシ魔物に跨《また》がり、ルスランを従えてラドミラは姿を現した。

周囲を固めるのは森の魔物たちだ。

人は忘れたが長い時を生きる森の魔物たちは覚えている。そのラドミラの姿はかつての森の魔女、初代墓守を務めたヴァネッサに酷似していた。

「なるほど、あれは罠か」

ロベルトが手にしていた魔導陣を描くための杖《つえ》を地面に放る。降参の印だろうか、両手をあ

げる。その様をラドミラは痛ましげに見た。

ベルク子爵家の従兄《いとこ》たちを通して「禁断の森には高位の魔物が封じられているらしい。ルスランがそれを手に入れようとしている」と、帝国筋の周囲にほのめかしてもらった。

彼の兄が即座に反応するだろうことを期待してだ。今までの賊の反応の速さから帝国と王国の間に自分たちがつかうような連絡用魔道具が存在すると推測したうえでのことだ。案の定この国に密偵を潜ませているらしき兄帝が反応した。配下の魔導師にルスランを止めるよう命じたのだろう。彼が来た。

ロベルトは魔導の塔に属する宮廷魔導師の中で最も信頼していた相手だった。その彼が流したうわさに踊らされ禁断の森にいる。勝手知ったる場所とばかりに地面に魔導陣を描きなにかしようとしている。それは彼がルスランを狙う魔導師だっただけでなく以前にもここを訪れたことがあるということだ。封じられた神を探すために。ルスランの父に命じられて。

「驚かないのか」

「ええ。予兆はたくさんあったから」

ラドミラは哀《かな》しげに眉をひそめた。彼が若く、平民の出で魔導書にふれる機会はないのに知識が豊富だったこと。時の迷宮内で体の老化を止め、学んだのなら納得だ。他にも結界が壊された朝食会。副長としてルスランの予定を知る彼ならできる。ラドミラを専属護衛にする通達も遅れていた。使い魔のマンドレイク一号を見て近づけるなと言ったのも蜘蛛《くも》が苦手なのではなく自分の使い魔だったと悟られるのを恐れてだろう。

「ルスランの召喚陣の解呪法を教えてくれたりするから、惑わされたわ」

「別に私個人が彼を憎んでいるわけではないからな。命じられた以外のところで私がなにをしようと勝手だ。……ま、私なりの反抗だ。あんな小者皇帝に忠誠を捧げる理由はない」

ロベルトがどれだけ魔導を愛しているか、今の塔の副長という地位に誇りをもっているかはラドミラも知っている。元の出自という弱みを握られ皇帝の命令を聞くしかなかったのだろう。

……それでやったことを笑って許せるほどラドミラは聖人ではないが。

それでも彼には理不尽な命令を毅然《きぜん》と跳ね返して欲しかった。彼一人の手に余るというなら相談して欲しかった。昔はともかく今のロベルトはこの国の魔導師なのだ。一時はラドミラが夫にしてもいいと思えた、ラドミラを悪女とののしらない数少ない仲間だったのだ。

「名前を変えたし、この国に私を知る者はいない。ばれないと思ったのだがな」

「でもその名前はお友だちのものでしょう?」

ルスランの祖父に従い庵を訪れた者の中に〈ロベルト・バイラム〉の名があった。ルスランが「俺に猫のことを教えてくれた騎士だ」と言っていた騎士の名だ。

よくある名だ。だからルスランも聞き流していた。だが身内に内通者がいる。その者は塔の長が張った王宮の結界を破ることもできる腕の持ち主だ。そう考えていくと独学で魔導を学んだというロベルトの経歴が怪しいものになってくる。他の宮廷魔導師たちは皆、王都で学んだ魔導貴族出の選民《エリート》だ。塔の長とロベルトだけが出自が不確かなのだ。そして塔の長はルスランの父が魔導に手を染めるより前から塔に在籍している。対してロベルトはラドミラの同期。その姿を現したのは二年前だ。それまでどこでなにをしていたかはわからない。

「やはり身分と経歴で不審をかったか。だから私は一時でもいい。貴族の称号が欲しかった。君から契約結婚の打診を受けたときこれでこの国で確固たる地位が築けると思ったが」

ロベルトが苦笑した。

「ロベルト・バイラムは黒鷲《くろわし》騎士団での同期だった。ともにベルク子爵のもとで鍛錬を積んだ。子爵の供をしてこの森に来たときもあいつと一緒だった。子爵の死後あの馬鹿皇族の剣の鍛錬につきあわされ皇子に拾われたところまで同じだ。ただしあいつはあくまで騎士として皇子に仕えた。帝国騎士の家系だったからな。異国人の母との混血だった私と違って。……それでもあいつは異国育ちの私を差別しないいい奴《やつ》だったんだ」

ロベルトにとっての彼はラドミラにとってのロベルトと同じに気安い仲間だったのだろう。

ロベルトの口調にはどこか取り残された寂しさがにじんでいた。

「皇子の命令で森へ再調査に来たときもあいつと一緒だった。迷宮に落ちたときも。二人で神の宿った器をもって脱出した。だがそこではぐれた。私は迷宮に落ちた時点から五年後の時代に出ることができたが、あいつがどこの時代に出たかはわからなかった。が、もしかしたらこの名を聞いて会いに来るかもしれないと思った。そのころはまだあの皇子、君からすればそこの殿下の父親が生きていたからな。本名を名乗ってあいつを探すわけにはいかなかった。……まさかそのときはあいつが迷宮に落ちた八年後の時代に出て、律儀にも当時まだ皇子だった皇帝にこの森の神について報告したとは思わなかったからな」

フメルという家名は昔、二人でよくいった居酒屋からとったそうだ。彼ならすぐわかるだろうと。だが〈ロベルト〉の名にくいついたのは父帝が残した記録を見た現皇帝だった。

「油断した。器に宿った神を他に託した。その神がつかわれ弟が殺されたことで今の皇帝は父親の配下が生きていることに気づいてしまった」

その流れはラドミラにもわかった。ルスランに契約破棄の方法を知らせてきた侍従が語ったからだ。侍従が現皇帝に父帝の離宮を整理するよう命じられたのは三月前。カリエ公女の婚約者だったルスランの異母弟が謎《なぞ》の死を遂げた直後だ。

「私が名を変えても顔は変えていなかったのもまずかった。あのくそ餓鬼はこの国で私を見たと側近にすでにもらしていたようだ。それで今の皇帝にばれた。私は魔導師として先帝に仕えていたが身分は帝国騎士のままだ。騎士として軍務についた敵地で行方をくらましたことになる。軍法会議にかけられれば死罪だ。見逃す代わりに言うことを聞けと命じられた」

「それでルスラン殿下を？」

「私がやったのは朝食会での襲撃と君の私室を荒らしたくらいだがな。他は他の刺客がやった。私は本気で殿下を殺す気はなかった。命令通りやったという事実をつくるために結界にひびを入れ、調べて得た情報を流しただけだ。敬愛していた騎士団長の孫だ。一時は皇子だった先帝の目を盗み守ろうとした少年だ。殺せない。それに今回、命じたのは命を救われた恩のある先帝ではなくその遺児だ。気宇も小さな小者皇帝。適当に従っていると見せるだけで十分だった。だから君からあの召喚陣を見せられたときに解呪法を調べたんだ」

ラドミラがルスランにかけた使い魔契約の上に幾重にもかけられた召喚陣のことだ。

「団長の孫君もその護衛にされた君も心配だった。なにより魔導師としての性《さが》だ。謎を提示されれば解かずにはいられない。そして気づいた。すでにルスラン殿下は魔神の召喚に成功しているのではないかと。その直後に偶然、君の使い魔契約で縛られただけではないかと」

ラドミラが出したのと同じ結論にたどり着いたのだ。

「なら、絶対に殿下を禁断の森の神と接触させるわけにはいかなかった。私はかの時の迷宮の中で何十年も過ごしたからよく知っている。彼ら太古の神は互いに力が反発する。なにが起こるかわからない」

ルスランが目的を達成し国に帰るよう、ラドミラに使い魔契約を解かせようとした。そのため、ラドミラに上に重ねられた召喚陣を解く方法を教えた。

「だがまさかそのせいで君が殿下の内なる存在に気づき、ここ、禁断の森にたどり着くとは思わなかった。それでも静観していれば気づかぬまま去ってくれるのではと思った。迷宮に残された神は弱っている。代々の魔女が守ってきた迷宮の壁も強固だ。そうそう神と神は接触できない。だが君たちが神の力を欲していると聞いては動かざるをえなかった。そして考えたのだ。この災禍を逆に、私が皇帝から逃れるために利用できないかと」

私はすべてから自由になりたい。過去のしがらみを葬り去りたいのだ、と彼は言った。

「知っているか？　この森にかの神を封じたのは誰か。なぜ君の使い魔たちがかの神を封じながら滅ぼさなかったか。祖を同じくする神の力は反発するからだ。だから君の使い魔たちはこの地の神を滅したくともできなかった。だが逆に神と神を会わせればどうなると思う？」

ラドミラははっとした。

「この結界はかの神が築いたものではない。神を封じるために君の使い魔たちが初代の森番、魔女であったマルス家のヴァネッサの求めに応じてつくった檻だ。かの神は檻に囚われたあと己を守るためにその内側に巣をつくった。それが時の迷宮だ。ここには君の使い魔がつくった檻と神が構築した迷宮と二つの結界が存在する。つまり君の使い魔たちが過去に張った檻が代々の魔女に守られながら残っているのだ。その傍でかの神と同等の力の気配がすればどうなると思う？」

ここにウシュガルルたちはいない。だがルスランがいる。その身の内にいる〈魔神〉がこの森に封じられたものと同じ祖をもつ神なら。

「檻が相手を捕縛対象と判断し捕える。そして一つの檻の中に同等の力をもつ弱った神が二柱いれば。喰い合い、反発し、双方共に滅ぶのだ。二つの神の力が混ざり爆発する。森ごと消える。そしてその騒ぎで魔導師が一人、跡形もなく死ぬのはしかたのないことだろう？」

ロベルトが言ってラドミラは気づいた。彼はその騒ぎに乗じて己を殺す気だ。そしてまた名を変え新たに生き直そうとしているのだ。過去につながる自分の痕跡をすべて消したうえで。帝国騎士パリス・アイディーンの名も、宮廷魔導師ロベルト・フメルの名も完全に消し去り、今度こそ帝国の目から逃れて自由に生きるために。

そうラドミラが気づいたのと同時だった。魔導陣を描き終えてから杖を放っていたのだろう。ロベルトが魔導陣を起動させた。

「君は森番の魔女の血統なのに気づかなかったのか？　君が今立つ場所、そこはすでに迷宮の上だ。この時間軸で言うと十年前に私が同期の騎士ロベルトとともに落ちた神をも捕える檻の隙間《すきま》が存在する場所だ」

言うなり、光が弾《はじ》けた。地面が揺れ、代々の魔女たちが守った檻の一部が解かれる。その下から、時を操ると言われたかの神が自身を守るために張った結界が姿を現す。

〈時の迷宮〉だ。

本来の時間軸とは切り離された別の空間。歪められた〈時〉が延々と連なる出口のない時空。それは例えるなら一つの絵の上に張られていた別の絵が破かれたかのようだった。破れた森の景色の下から、重なるようにして存在していた別の空間が見える。

「風、殺陣《たて》！」

すかさずロベルトがラドミラに向けて魔導の攻撃を放った。剣では防げない。とっさに判断したのだろう。ルスランが身を楯《たて》にしてかばうように前に出る。

その刹那《せつな》だ。ルスランの身の内にある神が反応した。

ばちりと魔力の波動が吹き上がり、ロベルトの攻撃を弾く。ドラコルル邸でラドミラの血を見た時と同じだ。自身の器であるルスランと、主であるラドミラを守るため、ラドミラの使い魔契約で封じられていたそれがルスランの深い意識下から目覚め、身をもたげたのだ。

それを見てロベルトが不敵に笑う。

「やはり、な。宿していたか。太古の神、獣の王であるウガルルムを」

ウガルルム、と。ロベルトが魔神の名を口にした。

太古の昔に帝国にいたという神の名を。

「そしてやはり神は君の使い魔契約の影響を受けている。主を守るために動いてしまう。神も魔物も祀る者によって名称が違うだけで元は同じ存在なのだから」

ルスランの体から魔神の、いや、神の力が陽炎《かげろう》のように立ち昇る。自身と主を守る結界を形づくろうとする。だが巫女や魔導師としての知識をもたない騎士のルスランにウガルルムを制御できるわけがない。地に太陽が出現したかのようにその力を露《あら》わにし、暴走を始める。

そしてその力に反応した〈檻〉が門を開く。

神であるウガルルムをルスランごとのみ込もうとする。

さらには同胞の気配に反応して〈時の迷宮〉までもが覚醒する。すべての時と空間を内包した、出口のない空間だ。とっさのことにラドミラは迎賓館にいるベルク子爵家の面々を転移させる余裕もない。ロベルトの再度の攻撃を防ぐのでせいいっぱいだ。

昏《くら》い、光の一筋も差さない、すべてをのみ込む渦がその場に生じる。ルスランが身の内に宿したウガルルムとともに、時空の渦に吸い込まれていく。

「ルスランっ」

ラドミラは悲鳴のような声を上げた。

◇◆◇　◇◆◇　◇◆◇

ルスランが迷宮の中で意識を取り戻したとき、目の前に人の姿をとった〈神〉がいた。

『ほう、お仲間か。ずいぶんと久しぶりに見たな』

彼女の邸《やしき》で見た二柱の使い魔にどこか似た、短髪の男だった。重さも光もなにもない空間に神は忽然《こつぜん》と現れ、立っていた。

自分の内にいる神、ウガルルムと同種の存在だと、本能でわかった。

周囲は闇と光、時と世界が入り乱れる不思議な空間だ。そこにはすべての時があった。無数の枝葉のようにどこまでも延び、連なる時の大樹の幹と葉。その葉の一つ一つに過去の事象、これから起こるかもしれない未来が映し出されている。ルスランがラドミラと出会った歓迎式典の場面があった。ラドミラと祖父が契約を結ぶ瞬間も見える。母が、父が、伯父が、さまざまな人のさまざまな時間が渦を巻く。多すぎる光景に頭がおかしくなりそうだ。

そんな空間の中でウリディンムと名乗った神はただ一柱、孤独に存在していた。

弱っている。自分の内にいる神と同じに。ルスランは感じた。青年の姿を取ったウリディンムには生気がなかった。長い時を生きながら己を崇《あが》める者もなく無に帰そうとしている。

それでもその目は意志を失っていなかった。強い想いを感じる。

これは憎悪か、自己憐憫《れんびん》か。必ずここを抜けだし復讐《ふくしゅう》するとぎらつく目が語っている。

そしてウリディンムはようやく捕えた獲物を見る目で、ルスランを見た。

『だがこれで助かった。お前を喰らえばこの檻を破る力を得られよう。下僕どもに欠片《かけら》に分けた我が分身を連れ出させてもらちがあかなかったからな。この迷宮に閉じ込められて数百年。なかなか力ある獲物に遭遇できずにいたが、これはなかなか食べでがありそうだ』

喰われる。ルスランは本能で感じた。

身の内のウガルルムが暴れ出す。手狭な器に閉じ込められたまま、力をつかうこともできぬまま消えることに恐慌を起こしている。ルスランの意識も引きずられた。

(駄目だ、このままでは俺まで喰われるっ)

そのときだ。声が聞こえた。

「させるものですか！」

ラドミラの声だ。

「その男は私のものよ。絶対、譲らないっ」

啖呵《たんか》をきっている。この声はどこから聞こえてくるのだろう。

ルスランは身の内で暴れるウガルルムを抑えながら辺りを見回した。時の枝葉の上に浮かぶさまざまな光景、その一つにラドミラの姿があった。

「もしかしてそれで私に近づいたの？　魔導師になったの？」

ロベルトを問い詰める彼女の声がそこから聞こえてくる。ルスランは悟った。これは〈今〉の光景だ。ルスランがあとにした迷宮の外で繰り広げられている場面だ。

こちらに横顔を見せたラドミラが声を張り上げている。

「私の苦境を見かねて協力してくれたわけじゃなく貴族の位が欲しかったの？　万一、帝国の追っ手に見つかったとき貴族の身内であればあちらもためらう。だから私と婚約したの？」

「ああ、そうだ。あの小心者の皇帝では父の悪行を隠すため関係者を皆殺しにするだろうからな。それを避けるためなら性悪な魔女が相手でも婚約くらいしてやるさ」

答えるロベルトの姿も見えた。彼の顔は余裕だ。だがルスランには彼の言葉が嘘だとわかった。ラドミラに会うまでは彼もそうだったろう。自分と同じく、うわさから得た情報だけなら彼女の悪評を信じた。悪女相手に誠意を尽くすことはない。利用すればいいと考えた。だが本人を前にすれば変わらざるをえない。彼は偽悪者ぶっているだけだ。彼女に恋している。

「ラドミラ、これが最後だ。一緒に来い」

必死に懇願する声が彼女を脅す音に重なる。彼がラドミラに魔導の攻撃を放っている。

「さすがの私もなんの怨《うら》みもない同僚を手にかけたくない。だがここにおいて君の口から私が生き延びたことがもれては困る。監視のためにも同行させるしかない」

「私が、はい、と従うとでも思うの？　ルスランを傷つけた者を許すわけないでしょう！」

抵抗するラドミラの声がする。ルスランの名を口にし、あの男を責めてくれている。

嬉しかった。早く戻らなくてはと思った。今のラドミラは迷宮にのまれた自分を気にして全力を出せずにいる。このままではあの男に圧倒される。ほんとうの名を元帝国騎士、バリス・アイディーンというあの男に連れ去られてしまう。

ルスランは必死にもがいた。己の内なる神ウガルルムを抑え、迷宮から出ようとする。

そのときだ。別の声が割って入った。

『お前に、あの娘の手を取る資格があるのか？』

それはいつの間にか自分の前から姿を消した時を操る神、ウリディンムの声だった。

『自分を顧みろ。ほら、そこにお前の過去が映っているだろう？』

声にうながされて顔を上げた先には見覚えのある光景があった。ルスランは見た。血しぶきをあげて倒れていく母の姿を。自分のせいで死んだ、自分が殺した母の姿だ。

「――――っ」

思わず悲鳴を上げた。目をつむる。だが脳裏にまた別の光景が割り込んでくる。

祖父だ。讒言《ざんげん》にあい、首を刎《は》ねられるところだった。最期まで凜《りん》と背を伸ばした祖父の首が落ちて転がる。これもまた自分のせいだ。自分がいたから政争に巻き込まれた。父に利用され、口を封じられた。ウリディンムが揶揄《やゆ》する。

『どうしてお前ばかりがこんな目にあうのだろうな。哀しいな』

憎悪、妬《ねた》み、自己憐憫。自分の心の奥底に押し込めていた負の感情が浮かび上がってくる。

「俺は、俺は……」

これがこの檻に囚われているウリディンムの攻撃だということにわかった。神や魔導の知識はなくとも内にいるウガルルムから過去の記憶という形で情報が流れ込んでくる。ウリディンムはルスランの記憶を読み、時の渦からもっとも心に損傷を与える場面を抜き出している。

すべて終わったことだ。見ても母や祖父を助けられない。引きずられないように目を閉じる。だが心が言うことを聞かない。映し出される場面に飛び込みたくなる。幼いころから蓄積した自分を責める心。そこをつかれた。このまますくまっていてはウリディンムに喰われてしまう。わかっているのに動けない。映る過去から心を逸《そ》らすため目を閉じてしまう。

「目を覚ましなさい、あなたは私の使い魔でしょう⁈」

混乱した記憶の中で、懐かしい声がした。

あれは母？　祖父？　いや、違う。大切な、大切な俺の貴婦人、強がりで可愛いご主人様の声だ。目を開けるとそこには自分の過去の光景があった。ラドミラと一緒にいる場面だ。苦しいばかりだった自分の過去にも鮮烈で優しい時間がある。それを思い出した。

「ラドミラ……」

思えば。自分と彼女の使い魔契約を特別な絆のように思っていた。十二年前からずっと存在した彼女との絆。愛しい主とのつながり。ずっと彼女に会いたいと思っていた。

『早く来て、私はここよ』

『大好きよ、私の使い魔さん』

繰り返し自分を呼んでくれた甘い声。祖父を亡くし、母を亡くし、絶望の淵にいた自分を救ってくれた。あの幼い声に恋をした。そしてこの国に来て生身の彼女と出会った。

相手は憎い魔女だ。そう思おうとした。なのに出会った彼女は眩《まばゆ》くて。再び恋をした。

「……死ねない。こんなところで消えてたまるか」

うめくようにルスランはつぶやいた。母が「生きなさい」と言ったからではなく、祖父や伯父一家にこれ以上の後悔をさせないためでもなく。ただ自分が彼女とともにありたい。生きていたい。好きだから死ねない。自分は彼女の使い魔なのだ。主を残して決して死なない。

ルスランはかっと目を見開いた。

誰よりも強くて、それでいてもろくて。なのに強がりで自分に嘘をついてまで無理をする。

そんな彼女を守りたいと思った。全身全霊で幸せにしたいと願った。だから。

「落ち着け、ウガルルム。俺に力を貸せ。あいつを退ける」

今まで抑えつけるばかりで対話しようと思ったことすらない内なる神に呼びかける。

「あんな弱った神と違い、お前は強い。この十二年の間、彼女の思いに触れてきたのだから。お前も彼女に名を呼んでもらいたいだろう？」

呼びかける。とたんに自分の内なる魔神の姿が見えた。巨大な黄金に輝く獅子だ。だが赤児のようにもろく見えた。依《よ》り代として一つの肉体を共有しているからわかる。こいつは恋しいのだ。そして哀しい。自らを生み出した母なる神が太古の戦いに敗れ、眠りに落ちたことが。もう会えない。声を聞けない。抱きしめてももらえない。

仲間たちも去り、ただ一柱、人の世界に取り残されたことが哀しい。寂しい。だからこんなに肩を落としている。しょんぼりと所在なさげに佇《たたず》む子猫のように座り込んでいる。

ルスランは胸がつまった。こいつも自分と同じだ。そう考えるとそっと手を伸ばしていた。

「来い、いや、おいで」

優しく声をかける。相手を制御しよう、身の内から消そう、そんな考えは消えていた。この神も母を亡くし自分が無力だったから大切な人を死なせてしまったと己を責めている。なら、わかり合える。だからこそこの神は自分を依り代としたのだろう。心が似ていたから。

「一緒に戻ろう。彼女を守ろう、今度こそ。彼女をもとの世界に一人で残している」

　この十二年ともにあった。一緒に彼女の声を聞いていた。だからわかる。ドラコルル邸でラドミラの血を見たときにこいつは反応した。彼女が好きなのだ。好きで好きでたまらない。

「ウガルルム、来い！」

　呼びかける。光が弾けた。太古の神と自分の意識が重なる。獅子の咆吼《ほうこう》が響き渡り、獅子の鬣《たてがみ》に似た黄金の光が迷宮の中に満ちる。

　時の枝葉の陰に隠れ、忍び寄っていたウリディィンムが眩《まぶ》しそうに手を顔の前にかざした。

『く、くそっ、なぜだ、我と同じく忘れられ、眠りについた神のはずなのになぜお前はそこまでの力を保っているっ。なぜ、なぜお前だけっ』

　ウリディィンムが光に圧され、消えていく。断末魔の声が聞こえた。

　恐れていた反発は起こらなかった。ウリディィンムが弱り、反発できるだけの力をもたなかったからだ。一方的にウガルルムの力にのまれていく。その存在がちりぢりになり崩れていく。それにつれて創造主を失った時の迷宮が崩れていく。どれだけ己の欠片を分祀してここからも ち出したかはわからない。が、本体は滅んだのだとわかった。

　同情はしない。そんな余裕はない。一刻も早く彼女の元に戻らなくてはならない。

「ラドミラっ」

　彼女の名を呼び、崩れ落ちた迷宮の欠片を押しのけ、ルスランはもとの時間軸に顕現する。

禁断の森の中だった。迷宮にのみ込まれて数時間後の時代に出ることができたらしい。

ラドミラが目を見開いてこちらを見た。

そしてくしゃりと顔を泣き笑いの形に歪めた。

「ルスラン、遅いわよ。あなたがどうかしたかと柄にもなく心配しちゃったじゃない……」

「待たせた、すまない」

纏《まと》った騎士服がぼろぼろになった彼女を抱きしめる。傷ついたのは服だけでない。剥《む》き出しの手の甲に小さなかすり傷ができていた。

ぺろりと彼女の傷をなめる。それから、獰猛《どうもう》な笑みを浮かべて顔を上げた。

「……俺の主にこんな真似《まね》をしたのは誰だ？」

あの男、元帝国騎士、バリス・アイディーンに向き直る。この男に彼女を屈服させようという意識はあっても本気で害する気はなかったのだろう。だから服はぼろぼろになっても傷は手の甲のかすり傷だけだ。同じ女を愛する男としてわかる。だが従わせるためとはいえ彼女に攻撃をかけた。それだけで万死に値する。彼女をこんな姿にした者を決して許しはしない。

「くそっ、なぜ出てこれたっ」

ロベルトが悔し紛れに魔導の攻撃を放つ。

「させないわっ」

ラドミラが防ぐ。その彼女を抱き、ルスランは剣を抜いた。神が相手では役に立たなかった武器だが人が相手ならつかえる。

彼女を抱いたまま繰り出される魔導の攻撃をかわし、ロベルトに迫ったときだった。ロベルトの背後に、崩れ去ったはずの時の迷宮へとつながる入り口が開くのが見えた。吸い込まれないようとっさに避ける。馬鹿な。時の迷宮はウリディンムの滅びとともに消えたはずだ。なのに、ほっそりとした人影が迷宮の中から現れた。こちらに手を伸べる。

「だ、誰だ!?」

ルスランは誰何《すいか》し、ラドミラを背にかばう。人影は女だった。まだ若い。金色に輝く瞳に、ゆるやかに広がる紅の髪。少し派手めな華やかな美貌《びぼう》の女。どこか見覚えのある容姿の娘は顔を上げると、こちらに向かって「やめて」と声を出した。「彼を傷つけないで」と。

ロベルトの仲間か？　それとも兄帝の配下の一人？

身構えたとき、ラドミラがつぶやいた。

「……お祖母《ばあ》様？」

その声に、まだ二十歳にもなっていない若い女が微笑《ほほえ》んだ。闊達に、洒落っ気をこめて。それでいて情熱的に。そして言った。

「初めましてというべきかしら。あなたがラドミラね？　私の〈時〉ではまだ会えていないけれど。会えるのを楽しみにしておくわ。だから……今は彼はもらっていくわね。未来のために」

なんのことかまったくわからない。だが謎の女はそれで話はすんだとばかりにロベルトのほうに向き直る。そして手を伸べた。その体からルスランでもわかる魔力がわき上がる。

「〈動かないで〉！」

紡ぎ出された言葉には魔導の力がこもっていた。ロベルトが動きを止める。なんとか逃れようとしているのがその顔でわかった。だが逃げられない。

「な、なんだお前は、離せっ、私をどうする気だっ」

わめくロベルトを魔導の言霊《ことだま》で捕らえた娘はそのまま迷宮の中へと消えていく。いや、戻っていくのか。ロベルトを連れて。ラドミラがとっさにロベルトを救おうと踏み出し、やめた。

最後に、謎の娘がにっこりと微笑んだ。迷宮の口が閉じる。そこにはもうなにもない。先ほどまであったはずの迷宮は消え、禁断の森もただの森に戻っていた。

「あれは、なんだったのだ。君は『お祖母様』と呼んでいたが……」

元の静けさを取り戻した森でルスランはラドミラに訊《たず》ねた。彼女は反応せず呆然《ぼうぜん》とロベルトの消えたほうを見ている。それを見ていると不安がこみ上げた。

自分はよけいなことをしたのだろうか。彼女はあの男を助けたいと思っていたのだろうか。嫉妬《しっと》よりも彼女の意に沿えなかった、嫌われたのではという恐怖で胸が一杯になる。これは身のうちにいるウガルルムの心でもあるのだろう。あの孤独な神はようやく会えた〈主〉に母神の面影を重ね、無償の愛を捧げている。突き動かされるようにルスランは訊ねた。

「その、すまない、勝手に攻撃した。彼は……君の同期だった。君が望むなら今からでもあの迷宮を探し、こじ開けて……」

「それはいいわ。いいえ、いいの。違うの。わかったのよ」

彼女が心ここにあらずな顔で言う。だがふり返ってこちらを見てくれた。これが惚《ほ》れた弱みか、使い魔の性か。その瞳に自分を映してくれた。それだけで幸福がこみ上げる。

「彼が誰か、彼女が誰かわかったから。だから止めなかった。……そういうことだったのね。ここは時の交錯する迷宮だから。やっと謎が解けたわ」

彼女がよくわからないことをつぶやく。そしてこちらに笑みを向けた。

「あなたも中でいろいろあったみたいね。結局、〈魔神〉とは仲良くすることにしたのね」

そういえばそうだった。あわてて言う。

「すまない。君が祓《はら》う方法を探してくれたのに。だがこいつも苦労しているというか、可哀そうな奴で……」

ウガルルムを弁護すると彼女が「いいのよ」と笑った。

「仲良くできるなら、ともに同じ時を過ごせるならそのほうがいいに決まってるじゃない。私は『祓うのが無理でも完全に力を制御できるようになればいい』と言ったでしょう？　それより私はあなたの中の神をなんと呼べばいいのかしら？　私とも家族になるのよね？」

その笑みがあまりに晴れやかで、慈愛に満ちていて。

「……君が俺の主でよかった」

ルスランは思わず泣きそうになった。嬉しかったから。そしてふれたいと思った。その輝く命にふれたい、その無事をこの手でこの唇で確かめたい。衝動が体の底から湧《わ》き上がる。

さっきまで剣を握っていた手で、それでもできうる限りの繊細さでラドミラの頬に指を添える。顎へと肌の上を滑らせそっともちあげる。目が合った。

口づけされる、それは彼女にもわかったと思う。一瞬、避けられるかと弱気になった。今の自分はぼろぼろで、異国の神を宿した得体の知れない男だ。誰だって避ける。

だが彼女は避けなかった。

血まみれのルスランを、体内の神ごと受け入れてくれた。

3

すべてが終わって王都に戻り、ラドミラは塔の長が住まう魔導の塔の天辺へと向かった。

会見の申し込みはしていない。だが会ってくれる。確信があった。

扉を叩き、声をかける礼儀もはぶいて私室の扉を開く。初めて会う長の姿がそこにあった。

長い髭《ひげ》を生やした老人だった。祖母と茶飲み友だちだったというのも納得の枯れ木のような老体だった。執務机の向こうに腰をかけている彼に向かってラドミラは呼びかける。

「……久しぶり、ロベルト」

「わかったか」

長が目尻《めじり》の皺《しわ》を深めて苦笑する。

「わかるわよ。長の名前はパリス・バイラム。パリスという名は本名で、家名のバイラムはお仲間の帝国騎士、ロベルト・バイラムのものでしょう？　安直すぎない？　一度、それで失敗しているのに」

「この通り今の私の外観は老人なのでね。もう結びつける者もいまいと思った」

ゆっくりと椅子から立ち上がり、叩扉《こうひ》くらいしろとしかめ面をする長の顔が若かりしロベルトと重なった。やはり推測は正しかった。

ルスランがロベルトを追いつめたとき、迷宮の中から現れた人影は若かりし祖母だ。あそこは時の迷宮。さまざまな時代のさまざまな時間が中で生きている。年老い、刺客を迎え撃ったあと死んだ祖母だが、その前に迷宮で長い時を過ごしていたのだ。ロベルトとともに。

「祖母の恋人はあなただったのね」

「ああ。彼女とは迷宮の中で出会った。私が君たちとの戦いに敗れ、二度目に落ちたあとだ。彼女はまだ少女だったが探究心の強い子でね。迷宮の謎を解き、必ず〈墓守〉の必要をなくすと燃えていたよ。それから、私たちはたくさんの冒険をした。あの中で」

ラドミラと暮らしていたころの祖母はよく森の庵を留守にしていた。時の迷宮に入っていたのだ。彼女が人より異様に長生きだったのも迷宮で生の半ばを過ごしたから。迷宮の中での時の流れは外とは違う。この世界の時間軸での祖母は死んだ。マルス家の墓に葬られている。だがあの迷宮の中には生きて笑っている祖母が残っている。若い娘の姿で今もロベルトと一緒に迷宮の中を探検し、魔導の研究を続けているのだろう。あそこはいくつもの〈時〉が同時に存在する空間だから。この時間軸での迷宮が崩れ去っても過去でのあの場所は生きている。

そして二人は恋に落ちたのだ。だから祖母は独身を貫いた。危険を犯しても未来のあの時点に現れロベルトを連れ去った。そしてロベルトの語る未来を信じたから彼が塔の長となるために迷宮を去るのを見送り、ラドミラを預かり鍛えた。厳しかったのも十二年後にウリディンムとの戦いがあると聞いていたからだ。墓守の必要をなくしたいと願っていたから。

「ダーシャは君に似ていた。彼女は迷宮に入り浸った影響か子をもてなかった。だからだろう。ドラコルルの家系の子らを愛しく思っていたよ。とくに自分によく似た君を。自分のほんとうの死因を隠したのは元の流れと違う要素が加われば未来が変わるから。君の身になにか起こるのではと心配したからだと思う。だから私もなにも言えなかった」

「ウシュガルルたちが助言してくれなかったのは」

「私が頼んだ。大事な巫女が伴侶《はんりょ》を得るためだとな。彼らは当主の重圧から体を壊した先代に心を痛めていた。義務から種馬でいいと夫を選んだ君のこともな。だから安心して帝国に嫁ぐといい。彼らも自分たちの巫女が国外に出ることについては了承済みだ」

話している内に長の口調が若かりしロベルトのものに戻っていく。

「それに迷宮に囚われた神、ウリディンムは君たちが倒してくれると知っていたからな。そもそも私は介入したくとも二度の迷宮脱出で力を使い果たした。役に立たん。塔の長の座につけたのはあれから百年、迷宮の中で研究を続け、知識を得たからにすぎん」

「百年……」

「そんな顔をするな。途中からは君の祖母君が訪ねてきてくれた。楽しかったぞ。さて、それよりそろそろ彼の元に戻ったほうがいいのではないか。君が一人でこんなところに来るから今ごろ檻の中の猛獣のようにせかせか歩き回っているぞ。こんな老体相手にも嫉妬してな」

老い先短い身だ、平穏に暮らしたい、とロベルトが顔をしかめて身震いしてみせた。

「どうしてもっと早く私と会ってくれなかったの」

「同じ時間軸にロベルトが二人いては混乱するだろう？　それによけいな助言をすれば未来が変わる。私は再びあの迷宮に閉じ込められることはなく、ダーシャとも会えなくなる」

ダーシャとは祖母の名だ。母も自分たちも祖母のことは〈お祖母様〉としか呼んでいなかった。今の時代にこの名を口にする人がいることを不思議な思いで見る。

最後に聞きたい。

「ロベルト、あなたは祖母のことを」

「……彼女を守れなくて、すまない」

それを聞いて思った。恋心の枯れきった魔導師だった彼は時の迷宮に墜《お》ちてほんとうの恋を知ったのだ。ここにいるロベルトはもう自分が知る野心家の魔導師ではない。祖母をローディツィアと呼んだダーシャの恋人だ。こうして会ってくれたのも祖母の願いだからだろう。

彼はこのあとたぶん森に帰る。これからの余生を祖母を偲《しの》んで生きるのだろう。これが彼の姿を見る最後になる。きっともう会ってはくれない。それでも最後に願ってみる。

「残していく弟妹《きょうだい》たちを見守ってくれる？」

「さあな。私はもう隠居の身だからな。あまり期待しないでくれ」

彼は塔の長の椅子に座ったまま、ひらひらと手をふってみせた。

ロベルトのもとを辞し、塔から出るといきなり肩をつかまれた。噛みつくように言われる。

「なにもされなかったか？　だいじょうぶだったか」

塔の外の庭園で、ルスランが待ち構えていた。

「……いちおうあなたは私の護衛対象のはずだけど？」

それが王宮の敷地内とはいえ白昼に堂々と護衛を待っていていてどうする。

「君を一人で他の男のもとにやるんだ。少しでも近くで待機すべきだろう」

さも当然のように言われたが、いやいや、何度も言うがここは王宮だ。そしてこの人は国賓で公女カリエの婚約者。周囲の視線が痛い。もう悪評は気にしないことにしたラドミラだが、それでも集まる目線にめまいがする。彼をぐいと押しのける。

「これ以上、私を悪女にしないでくれる？　それにあなたは出国準備で忙しいのでしょう？」

ただでさえ予定が押しているところにマルス家を訪問したのだ。もう帝国に帰らなくてはならない。今日《きょう》のこの時間は王に出立の挨拶《あいさつ》にいくことになっていたはずだ。

暗にそのことを伝えたのにルスランはラドミラを離さない。

「君とこのまま別れたくなくてここで待っていたんだ。ラドミラ、俺と帝国に来て欲しい」

ラドミラは息をのんだ。それは求婚の言葉ではないか。

禁断の森で口づけを交わした以上、いつかはされると思っていたが今ここでするか？

「ち、ちょっと待ってっ」

ラドミラはあわてて周囲に声がもれなくなる守秘結界を張った。彼を人のいない場所に引っ張っていけない以上、こうするしかない。そのうえで叱《しか》る。

「ここをどこだと思ってるのよっ。少しは人の目を気にしてっ」

「もう君とのことでこそこそしたくない。それに一刻も早く言質を取りたい」

きっぱりと彼が言った。初期のころの人目と体裁を気にしていた騎士殿はどこへいった。

「正式に君に求婚する、ドラコルル嬢。妻として一緒に帝国に来て欲しい」

性急な口調で言う。いろいろあって彼の滞在予定は大幅に狂った。事の次第を知りたがり焦っているのだろう兄帝からの要請もあり、帰国をせかされる身では時間に余裕がないことも理解できる。だが浪漫《ろまん》や風情のいっさいない求婚だ。

ラドミラだって乙女《おとめ》なのだ。せっかくの求婚なら時と場所を選んで欲しかった。

思わず顔をしかめると、彼がラドミラの前に膝《ひざ》をついた。

「比喩でもなんでもなく君は俺の心臓だ。君がいなければ俺は生きてはいられない。生涯、君を主と呼ばせてくれないか。使い魔として君に使役されたい」

逃がさないとばかりにラドミラの手を取り、かき口説く。

「可愛い年下夫にはなれないがウガルルムの同意は得た。せめて獅子に変化後はふかふかの毛皮を維持できるよう努力する。君さえ同意してくれるなら可愛い年下天使を君との間に量産してもいい。もちろんカリエ公女との婚約は早急に破棄する。それに君の可愛い弟妹たちのために他国に保険を掛けておくのもいいと思わないか。この国が魔導に寛容とはいえいつまで続くかわからない。現にルーア教の力が強くなっているだろう？」

痛いところを突かれた。わずか二月弱の滞在で彼はこの国のことをよく見ている。

「もし迫害を受けたとき他に逃げ場があったらいいと思わないか？　帝国は魔導の必要性を認め始めている。もともと東方の文化を濃く受けた国だからルーア教の力も及ばない。なにかあれば君の弟妹たちのよき亡命先になれると思う。なんならドラコルル家の領地は南方だ。軍を出して我が国が占領、いや、シルヴェス王国に圧をかけて我が国に割譲させてもいい」

ルスランはもはやなりふりを構っていない。ラドミラを説き伏せる。恋のために領土割譲をちらつかせるなど暴君かと突っ込みたくなる。傷つくのは民だと自分の命がかかっていても兄帝との争いを避けようとしていた彼からすれば大決意だ。

「俺が宿した〈なにか〉は魔物なんてものではない。神だ。それこそ一生をかけて封じ込めなくてはならないほどの。そして失敗すれば帝国だけではない。この国も、下手をすれば世界をのみ込む。君の弟妹推しは知っているがそんなことになればレネたちもただではすまないだろう？　ウガルルムはメラムの少ない帝国で長らく眠りについていていただけあって精神はフシュたちより幼いんだ。なのに神の力をもつ。なるべく抑える努力はするが万一、暴走したときは君の手で仕留めて欲しい。そのためにも傍にいて俺を見張って欲しいんだ」

彼が言うことは大げさでも何でもない。ルスランを生かしたままウガルルムを封じ続けるにはラドミラが〈使い魔の主〉として間近で制御するのが一番だ。

だがこの手を取ればルスランは国家間で結んだ公女との婚約を破棄することになる。

ラドミラは王の信頼を失い大公家の恨みをかうことになる。当主の座を捨て隣国に嫁ぐのだからまだ幼い弟妹たちにあとのすべてを押し付けることになる。ドラコルル家の継承は女系優先だから妹のルーリエが次期当主だ。繊細なあの子の気質で務まるだろうかと思う。でも。

（ごめんなさい、ルーリエ）

ラドミラは胸の内で詫《わ》びた。

彼が好きだ。幾万の言い訳を並べようとラドミラ自身がこの不遇の皇弟殿下を見捨てられない。このまま一人で国に帰しても弟妹たちを想うのと同じ比重で心配することになる。

「……責任は取らなくてはね」

ラドミラは言った。嫁ぐ決意ならとっくにつけている。あの森で彼の口づけを許したときから。すべてを受け入れると決めたのだ。彼の求婚の仕方に驚いて絶句しただけだ。

「……しょうがないわね」

身を曲げ、跪《ひざまず》く彼の顎を指で、くいとすくう。

「そこまで言うなら、いってあげてもいいわ」

ラドミラはルスランの顔を覗き込みながら言った。

「その代わり、私を大事にするのよ？　国よりもなによりも優先して、女王のように崇めなさい。あなたは私の使い魔なんだから」

それは兄帝に警戒されたままのうえ身の内に太古の神を宿すという秘密を抱き、これから苦難の道を歩むことになる彼に、縛られるな、という意味だ。過去や今のしがらみは無視しろ、ただ自由に、ラドミラという個人にだけ誠実であれと、彼の重荷を取る言葉だ。

理解したルスランの顔がほころんだ。

彼は恭しく膝をつき、ラドミラの靴先に口づけた。そして騎士らしく誓った。

「誓うよ、俺の女王様」

終章　旅立ちの時

秋晴れの空の下、王都の一画に華やかな花で飾られた金の馬車が待機していた。

この日、わざわざ隣国から皇弟ルスランが行列を仕立てて花嫁を迎えに来たのだ。皆が見守る中、ドラコルル邸から出てきたのは初々《ういうい》しい淡い薔薇《ばら》色のドレス姿のラドミラだ。

公女との婚約を破棄してまで下級貴族の娘を娶《めと》るのだ。国を挙げての見送りとはいかなかった。他国の皇族に嫁ぐというのに王宮からではなく、王都にあるドラコルル家の邸から花嫁は出立する。誰《だれ》からも寿《ことほ》がれた結婚とは言いがたい。が、おかげで出発する間際まで家族と過ごせたラドミラは満足だ。それにこれから嫁ぐ帝国はこの国ほど花嫁の身分を気にしない。おかげで気が楽だ。ラドミラはウシュガルルたち魔物とも堂々と玄関先で別れの抱擁を繰り返していた。禁断の森からは森の魔物たちも来てくれている。

あれから。ルスランは愛《いと》しい主《あるじ》を妻に迎えるため、獅子《しし》奮迅《ふんじん》の立ち回りをしてのけた。

先《ま》ずは帝国にもち帰られたウリディンムの〈器〉をすべて探し出し、破棄した。

あるものは壊して地中深くに埋め。あるものは鉛を流し込んだ箱に入れて内海に沈めた。

そしてラドミラを妻とするために動いた。王国相手に交渉を繰り広げただけではない。兄帝相手に脅し交じりの舌戦を挑んだ。今までのルスランはあえて大切な相手をつくらなかった。だがもう絶対に守らなくてはならない人ができたのだ。今のルスランは前とは違う。密室での兄弟二人の話し合いが終わると兄帝は蒼白《そうはく》な顔でよろめきながら退室したそうだ。

だがこれでルスランの望みは通った。

彼は公女との婚約破棄の責任を取り表向きは隠居の身となる。政争から身を引き与えられた広大な領地で妻と暮らすことになる。兄帝が暴走しないよう見張る役目を自らに課して。

シルヴェス王国側はもともとカリエ公女と彼の婚約をよく思っていなかった。なので帝国側がそう言うならと去る者は追わず。それどころか祝福して送り出してくれた。

さすがに国家間の婚約を立ち消えにすることはできない。そのうち浮上するだろうがこれで少しは猶予も生まれる。何年かあと、カリエ公女が納得して帝国に嫁いできたときには異国に嫁いだ者の先達として力になろうとラドミラは思った。

そして残していく家族のことは。ウシュガルルたちに託した。

禁断の森から戻って、ルスランの求婚を受けると告げたときに聞いた。

「ウシュガルル、ウームー、〈墓守〉のことだけど」

『ああ。あれか。もともとダーシャの代で終わりにしようと言っていたのだ。いつまでもそなたら巫女《みこ》ばかりが犠牲になることもないと思ってな』

『神とも呼ばれた存在ですがウリディンムは私たちのようによき巫女に巡り合えたわけではありません。力を得られず、今では私たちでさえ感知できぬほど小さな存在になっていました。墓守はもう必要はないのです。若い身空であのようなところにいかされるのは酷ですから』

『ラドミラ、そなたは当主になるので妹のルーリエがいかされることになっていた。だが必要ないとそなたの母を説得した。故にそなたに墓守の件は伝えなかった』

それで納得した。ドラコルル家の女たちを〈巫女〉と呼び過保護すぎる対応をする彼らだ。まだ幼いルーリエを墓守という名の世捨て人にすることに心が咎《とが》めていたのだろう。だからこそ二度目の迷宮入りから脱して過去の時代に出、そこから塔の長となって王都に戻ってきたロベルトと祖母のダーシャからこれから起こる未来を告げられたとき手出しはせず見守ることにしたのだ。未来を変えないよう細心の注意をはらってよけいなことは話さないようにして。

「ありがとう、ウシュガルル、ウームー。私たちのことを見守ってくれて」

彼らはずっとドラコルルの一族を守ってくれる。菓子と香などというわずかな供物で。

ルーリエを巻き込みたくないのは自分も同じ。母がもう必要ないと納得したのなら自分もその路線を守っていいのだと思う。

そして、今日《きょう》、ラドミラは隣国へ旅立つ。

見送りに来てくれたルーリエに、ラドミラは先代のドラコルル家の巫女としてフシュたちを託した。連れてはいけないマンドレイク一号もだ。ルーリエが目を丸くして言う。

「連れていかないの？　姉様」

「帝国の大気はメラムが薄くて魔物には酷だから。それに……もっと手間のかかる〈使い魔〉ができたから」

ルスランのほうを見る。大使夫妻と話していた彼が野生の勘でラドミラの視線に気づき、駆け寄ってくる。獅子ではなく、犬か。

「やはりフシュたちは妹君に託すのか」

「言っておくけどフシュたち使い魔めあての求婚だったなら今からでも結婚はなしにするわよ。私は変わらず弟妹推しなの。フシュたちを国外に出すつもりはないわ」

ラドミラは天才といわれる魔導師だ。新たな使い魔を捕まえる魅了の力もある。一人でもやっていける。だからもともと家を出て独り立ちする弟妹たちに使い魔は譲るつもりでいた。なのでウシュガルルとウームーはそれぞれ弟と妹についていてもらっていた。フシュたちのみ手元においたのはレネがまだ幼く使い魔をつかいこなすのが難しかったのと、フシュたちの場合、精神が幼く、これまた幼いレネに与えるのは不安があったからだ。

ルスランが花嫁の不機嫌を感じ取り、あわてて言う。

「そうじゃない。君が寂しいのではと思ったから聞いただけだ。君がそれでいいというなら実のところは他《ほか》におまけはいないほうがいい。君の使い魔はこれから未来永劫《えいごう》、俺だけだ」

焼き餅《もち》めいたことを言われて抱きしめられた。首筋に顔を埋めてきたなと思ったら、かぷりと首筋を甘噛《あまが》みされた。

「ちょっとっ、人前ですること!?」

前に噛みついて反省したことを忘れたのか。怒ったがルスランは離さない。

「すまない、成婚の手続きで君としばらく会えなかったから。内なる獣性が抑えきれない」

ああ、もう、高潔な騎士様はどこへいった。帝国に帰ったあともせっせと転移鍵をつかい毎夜のようにドラコルル邸に通っていたくせにとあきれてしまう。

だけど嬉《うれ》しい。激甘夫になりそうな花婿に蹴《け》りを入れて手を離させながらラドミラは思った。彼と使い魔契約を結んでいてよかったと。従属の力でしつけが可能でないとこちらの身がもたない。この皇弟殿下は身に宿す神の力のせいかラドミラがいくら姿くらましの魔導をつかって距離をおいても主の所在を嗅《か》ぎつけてしまうのだ。そしてべたべたに甘やかしてくる。

ルスランがいたずらっぽく片眉《かたまゆ》を上げて言う。

「俺の態度が恥ずかしいならじっくり時間をかけてしつけてくれればいい。これから時間はあるのだから。とりあえずは甘噛みの禁止からか？」

「待て、と、お預けもよ」

「それは君に対してか？　なら、勘弁してくれ。死んでしまう」

ルスランが悩ましげなため息をつく。だが全身の理性を総動員してラドミラの拘束を解いた

のでよしとする。手間はかかりそうだがしつけは可能だろう。

二人で帝国に向かう馬車に乗り込む。

護衛についているのは侍従のイフサンとベルク子爵家の面々だ。魔導の塔の宮廷魔導師たちもロベルトと長が欠けてはいるが王都を出るまで結界で守ってくれるそうだ。

出発だ。レネが魔導をつかって光文字で「おめでとう！」と祝福の文字を描いてくれる。ルーリエが手づくりの花嫁のヴェールを手渡してくれて、父は涙ぐんでいる。リジェクは国境まで護衛騎士の一員として送ってくれるそうだ。そしてフシュ、シュフ、ムシュの三柱とウームーとウシュガルルたちは空を飛び回り、花を山ほど散らしてくれている。

国を挙げての見送りはなくてもほんとうに自分たちの幸せを願ってくれる人たちからの祝福にラドミラは号泣してしまった。そんなラドミラに口づけ、励ますのは優しい〈夫〉だ。

きっと二人は幸せになれるだろう。

見ている者すべてがそう思える輝かしい門出だった。

これは、幸せをつかんだ使い魔とその主の物語――。

あとがき

一迅社文庫アイリスの読者の皆様、はじめまして。もしくはお久しぶりです、藍川竜樹と申します。

この度は本作を手にお取りくださりありがとうございます。おかげさまで孤高シリーズも⑥巻目を迎えました。皆様のおかげです。ありがとうございます。

(注・こちらは巻ごとに主人公の変わる連作読み切りシリーズとなっております。初めての方でもお話は分かるようにしておりますのでご心配なく。ただ、①巻、⑤巻の出来事が本作には関わってきますので、そちらを先に読んでいただけますとより楽しんでいただけるかと思います)

ということで。先にあとがきを読まれる方にはネタバレになるかもしれませんが、今回の舞台時代はシリーズの中ほど。①巻から始まるドラコルル家弟妹たちのお話の数年前にあたります。①巻ではすでに家を出ていたラドミラお姉様のお話ですね。

今まで名前は出ても一度も姿を見せなかったお姉様。満を持しての登場です。そうです。ラドミラお姉様はこんな人だったのです。

①～③巻のヒロイン、ヒーローも可愛い弟妹たちとして登場します。
他にも作中にちょろっと出てくる王家の幼い王子は一巻のヒーローですし、初代の森の魔女は⑤巻ヒロインのヴァネッサ。マルス伯の息子として出てくる青年は②巻に出てくる肖像画の彼になります。

つまり既刊を時代順に並べると、⑤、④、⑥、①、②、③巻になりますね。

ただ、申し訳ありません。今まで〈王弟〉としていた隣国の王族を今回、〈皇弟〉に格上げしています。ヒロインの国との区別をつけやすくするためと、隣国の形態を考えるとこちらのほうがわかりやすいかと思っての変更です。ご了承ください。

そんな感じで世界観にどんどん厚みが増しているこのシリーズ。変わらず魔物たちも登場しますのでお楽しみに。今回初登場はもぐら魔物たちにマンドレイク一号。マンドレイク一号の名付け親はラドミラお姉様です。姉の命名センスは妹ルーリエにも受け継がれています。（①巻のマンドラゴラちゃん）

と、本作の時代背景ばかり描いてしまいましたが、紙面も尽きてまいりましたのでこの辺で失礼いたします。ここまでお付き合いいただきありがとうございました。

ドラコルル家の物語を楽しんでいただけましたら幸いです。

藍川竜樹

IRIS ICHIJINSHA 一迅社文庫アイリス

ぼっち令嬢に持ち込まれたのは、王太子との偽装婚約⁉

『孤高のぼっち令嬢は初恋王子にふられたい —呪いまみれの契約婚約はじめました—』

「わ、私、あなたの呪いを解きます」
ぼっち気味の令嬢ルーリエに舞い込んだのは、王太子殿下との婚約話！　殿下の婚約者候補になった令嬢が次々と呪われることから、呪いに対抗するため、魔導貴族のルーリエに契約婚約話が持ち込まれたのだが……。彼に憧れ、隠れ推し生活をするルーリエには、彼の存在はまぶしすぎて——⁉　期間限定でも最推しとの婚約なんて、無理すぎます！　呪われた王太子と令嬢の婚約ラブコメディ。

著者・藍川竜樹
イラスト：くまの柚子

伯爵様との偽装結婚は魔物の赤ちゃんのお世話付き⁉

『孤高の花姫は麗しの伯爵様と離縁したい ―魔物の子育て要員として娶られました―』

著者・藍川竜樹
イラスト：くまの柚子

「決めました。この子たちの母になります」

巡礼聖技団の歌姫リリベットは、突然訪ねてきた男爵の叔父から魔導貴族の伯爵レネとの結婚を命じられる。とある理由からリリベットの力が必要なだけの偽装結婚だというのだが……。小さな魔物たちのお世話でぼろぼろの彼との結婚生活は問題ばかり――だけど、私、期間限定の嫁としてがんばります！　魔物使いの歌姫と訳あり伯爵（＆ちびっこ魔物たち）の契約結婚ラブコメディ！

IRIS ICHIJINSHA 一迅社文庫アイリス

書庫番令嬢の政略結婚相手は、訳あり宮廷魔導師で⁉

『孤高の書庫番令嬢は仮婚約者を幸せにしたい ―王から魔導師の婿取りを命じられました―』

著者・藍川竜樹
イラスト：くまの柚子

「誓います。決してこの婚約を後悔させないと」

母の死因となった罪を抱え、王宮書庫で司書をしている侯爵家令嬢ユーリアは、王命で宮廷魔導師のリヒャルトを婿として迎えることに。これは政略。彼に貴族位を与える形だけの婚約――そう思うけれど、隠れて保護していた魔物を共に世話する内に、惹かれていく心は止められなくて……。訳あり宮廷魔導師と引きこもり書庫番令嬢（＆かわいい魔物たち）の溺愛×政略婚約ファンタジー！

IRIS ICHIJINSHA 迅 ICHIJINSHA

孤高《ここう》の悪評令嬢《あくひょうれいじょう》は皇弟殿下《こうていでんか》と契約破棄《けいやくはき》したい
—手違《てちが》いで騎士皇弟《きしこうてい》を使《つか》い魔《ま》にしてしまいました—

2024年12月１日　初版発行

著　者■藍川竜樹
発行者■野内雅宏
発行所■株式会社一迅社
〒160-0022
東京都新宿区新宿3-1-13
京王新宿追分ビル5F
電話03-5312-7432（編集）
電話03-5312-6150（販売）
発売元：株式会社講談社
（講談社・一迅社）

印刷所・製本■大日本印刷株式会社
ＤＴＰ■株式会社三協美術

装　幀■小沼早苗（Gibbon）

ISBN978-4-7580-9688-1

●この作品はフィクションです。実際の人物・団体・事件などには関係ありません。

この本を読んでのご意見
ご感想などをお寄せください。

おたよりの宛て先

〒160-0022
東京都新宿区新宿3-1-13
京王新宿追分ビル5F
株式会社一迅社　ノベル編集部
藍川竜樹《あいかわたつき》 先生・くまの柚子《ゆずこ》 先生